青雲志

第二部　不見青雲

下卷

沉筱之 —— 著

目錄
CONTENTS

第二十一章　純粹

雪一落，周遭就清朗了許多。上京城一掃前幾日烏雲密布的陰霾，看著天穹放亮，似乎人也跟著精神起來。

這日雪一停，江家便也熱鬧了。人還沒走近，東院裡就傳來說話聲，「竹枝三捆，木柴兩捆，米糊裝了一整罐，奴婢和留芳穿破的襖子也帶上了。」

「夠了嗎？」這是個年輕女子的聲音，乾淨又清澈。

「足夠了，少夫人。」德榮道。

「行，走吧。」

幾人沒從正門走，而是從東院的側門出去的。德榮是長渡河一役的遺孤，蒙顧逢音收養，才不至於飢寒交迫。自己受過苦，便想著為他人擋風雨，路上遇到乞兒，總會施捨一二，當年在中州，他和朝天勒緊褲腰帶，給小巷口的病老叟送過三年饅頭。京中富庶，他們又住在官邸，需要幫助的人少了，德榮便餵起野貓。他在江家住了幾年，附近的野貓都認識他，一到冬天便來跟他討吃的。野貓很靈性，知道他是大戶人家的下人，絕不跟著進府，吃完東西「喵嗚」一聲便離開了。

今年的初雪來得急，雲頭在天上醞釀了幾日，倉皇間落下，把野貓後巷的窩給壓折了，德榮說要給貓兒搭個新窩，青唯朝天幾人便跟著一塊兒去。

謝容與遠遠看過去，幾個人動作俐落，尤其是青唯，她似乎得了溫阡的真傳，手很巧，不一會兒就把窩棚搭好了，野貓見是德榮在，其中一隻沒有走遠，就在一旁舔爪子，牠竟是第一個瞧見謝容與的，叫喚了一聲。

青唯下意識別過臉去，見是謝容與，她將手裡的破襖交給駐雲，囑她鋪進窩舍裡，起身拿帕子揩手。她今日穿著襦裙短襖，明明厚實的衣衫，穿在她身上卻顯單薄俐落，可能因為她瘦。謝容與卻知道她並不太瘦，至少脫衣之後抱起來，該有肉的地方都是有的，跟她這個人一樣，富有勃勃生機。

謝容與把袖爐遞給她，看著她因為專注微微泛紅的眼角，笑道：「小野姑娘『差事』忙完了？」

青唯點點頭，「這裡辦好了，待會兒還得掃雪，我幾日沒練功夫，院子裡雪都積起來了。你怎麼回來了？」

早幾年她沒人庇護，都是憑真本事活著，練功夫幾乎從不偷懶。這些日子為何懈怠，原因只有謝容與最清楚。

朝天適時過來：「少夫人，那小的掃雪去了。」

「快去快去。」

謝容與牽了青唯的手，跟她一起往院子裡走，他今日一早去了廷議，本來該回衙門，外頭有差事要辦，正好要路過江家，便回來看看她，「過會兒我就得走了。」

「小野。」謝容與頓住步子，「今早我去宮裡跟母親請安，我母親說，她想見妳。」

青唯正待將袖爐交給留芳拿著，還沒遞出去，被這話嚇得手一顫，袖爐往下跌去，她眼疾手快地勾手接住，望著謝容與，「長公主要見我？」

她上一回見到榮華長公主是意外，因為她擅自闖宮，當時長公主待她頗嚴苛，一連好幾問也有些咄咄逼人，她總覺得她給長公主的第一印象並不好。

青唯心裡有點發毛：「長公主為什麼要見我？」

謝容與覺得好笑：「她是我的母親，妳是我的娘子，不該見麼？」

「該見，可是……」青唯猶豫著道：「我不知道與長公主說什麼。」

她有點怵她。

謝容與道：「一家人能說什麼，一些家常罷了。我母親可能會問問辰陽那邊納采、納吉有什麼規矩，岳前輩有什麼喜好，到時我會陪著妳的。」

納采、納吉這些，不是成親才有的禮俗麼？

青唯道：「可是我們都這樣了，還用得著問這些麼？」

「我們怎麼樣了？」謝容與的聲音含著笑意，握著青唯的手稍稍緊了些。

他總是適可而止，頓了片刻道：「不管怎麼樣，當年結親用的到底不是妳我的姓名，眼下再結一回不方便，該有的體面不能短了妳，至少該把聘禮補上不是？」

他又笑了笑，「也不是今日就見，我母親近來住在宮中，不方便回公主府。」

這事青唯聽說了，皇后身懷六甲，後宮諸事都落到榮華長公主身上，得聞還能緩個幾日，青唯不由得鬆了口氣。

回到東院，院中廝役呈上一封信函，「公子，劼北的來信。」

信上字跡潦草，收信人寫的是謝容與，信卻直接寄來江家，顯然是岳魚七的。

青唯和岳魚七在中州分道而行，青唯隨顧逢音北上來京，岳魚七則趕去劼北查曹昆德。一別兩月，岳魚七該是打聽到一些消息了。

謝容與順手把信遞給了青唯，青唯拆開來一看，「果然有曹昆德的信兒了。」

「怎麼說？」

青唯一邊看信一邊道：「還記得當年曹昆德流亡到劼北，遇到一個姓龐的恩人兄長麼？這個恩人兄長全名叫龐元正，沒他曹昆德活不下來。師父兩個月前到了劼北，跟劼北人打聽這個人，聽那邊的老人說，龐元正早在咸和十四年就死了。」

謝容與道：「咸和十二、十三年，劼北鬧過大災荒，那時候大周離亂，朝廷和各州府的救濟糧有限，劼北民生多艱，甚至有易子相食的慘象，龐元正是因為災荒過世的？」

「不錯。」青唯點頭道：「師父信上說，曹昆德早年被賣到劼北，得龐元正收留，七八年的時間，他們相處得宛如家人。咸和十二年，劼北災荒，日子越過越難，三天未必能吃上一頓飯，龐元正覺得留在劼北苦無出路，便動了離開的念頭。他當時已經成家了，除了髮妻，下頭還有一個六歲的兒子，他的妻子當時又有孕在身，他走不開，於是決定把離開的機會讓給曹昆德。」

「他覺得曹昆德念過書，人也聰明，只要有機會，將來一定有大作為。他跟離開劼北的騾隊討了一個名額，幾乎掏空所有家底，為曹昆德湊了盤纏。當時的情況幾乎等同於離開劼北生，留在劼北死。龐元正這個舉動，無異於把活命的機會讓給了曹昆德，曹昆德也許諾，等他到京城謀得出路，一定會帶龐元正一家脫離苦海。」

「日子太苦了，單是上京這一條路，曹昆德就走了快兩年，等他終於到了京城，龐元正已經過世了。不過曹昆德當時並不知道這事，他居無定所，劼北那邊的人即便想給他寫信，也不知道往哪裡寄，何況他後來進了宮，與宮外幾乎斷了消息。一直到昭化元年，他晉了入內內侍省的押班，才有門路往宮外遞信，但當時長渡河的仗都打完了。」

咸和十七年，士子投江，接踵而至的就是長渡河之戰。長渡河一戰慘烈，將軍岳翀戰亡，近三萬將士犧牲，劼北一帶更是哀鴻遍野。

謝容與問：「龐元正過世了，他的妻兒怎麼樣了？」

「師父信上正說這個呢，昭化元年，曹昆德聽說龐元正離世，為了報當年的捨命相助之恩，拚命打聽恩人妻兒的消息。直到長渡河一役結束，龐元正的妻兒都活著，不過後來……

不知所蹤了。」

不知所蹤了？

謝容與直覺不對勁，正待喚人來問，德榮進來東院，聽他們議論劼北的往事，適時說道：「長渡河一戰後，劼北一帶的遺孤難民不計其數，單靠朝廷的救濟根本活不出來，後來還是義父來到劼北，才開啟了民間商人收養遺孤的先河。」

這事堪稱昭化帝上位後的第一樁政績，民間商人收養劼北遺孤，朝廷作為回報，減免行商稅，開通劼北通往中原的商路，這才讓劼北從連續數年的災荒與戰亂中回緩過來。

「當時商人收養遺孤，也有個先後排序的。」德榮說道，譬如他和朝天，他們的父親是長渡河戰亡的將士，就是最先被挑走的，挑走也會好生教養，德榮和朝天小時候都有教書先生來教他們認字，看朝天喜歡練武，顧逢音甚至為他請了武藝師父。反之，如果是一般的難民遺孤，即便被收養，也是做下人的命，「像主子們適才說的龐家母子三人，如果在劼北找不到他們的蹤跡，也許是被哪家大戶選去做下人了，少夫人可以請岳前輩去中州、慶明這樣的富庶地方打聽打聽。」

「師父信上也是這麼說的，他眼下又回到了中州，說是順便查一查之前我們在中州瞧見的白隼，師父他說……」青唯說著，目光落在信的最後兩行，目光隨即一滯。

謝容與見她神色不對，不由問：「怎麼了？」

青唯握著信的手微微收緊，半晌搖了搖頭：「沒什麼。」

謝容與把她手裡的信拿過來細細看了，最後幾行的確沒寫什麼，岳魚七稱那隻往來上京與中州的隼養在一家大戶人家的院中，具體位置在江留城的榴花巷子，就目前的線索來看，似乎跟曹昆德沒什麼關係。

謝容與雖然是中州人士，但他生在上京長在上京，對江留並不熟悉，正待喚人去查，外頭一名玄鷹衛匆匆進府，稟報道：「虞侯不好了，朱雀街那一帶出事了！」

「早上太僕寺林家的大少爺出門抓藥，跟遊街的士子撞了個正著，士子裡有人認出他，兩邊一言不合動了手，眼下林大少爺被堵在街上，已被人潮壓得瞧不見了，哦，對了，曲五公子也跟著……」

曲不惟獲罪，朝廷一干大員受他牽連，通通下了獄，其中包括太僕寺的林少卿。買賣名額一案在士人中引發軒然大波，無處宣洩的怒火便對準了朝廷，對準了這些落獄大員的親眷。林家比不得曲家，林少卿一入獄，家僕跑了，他的夫人秦氏也病倒了，林家的少爺想要出門為母親抓藥，奈何士子天天遊街鬧事，他如同過街老鼠，往門外邁一步都難。眼看著母親一病不起，他實在沒法子了，只好求到了曲茂跟前，央求曲茂看在昔日一同流連花叢的分上，陪他去藥鋪抓藥了。他想著畢竟曲茂為朝廷立過功，那些士人怎麼都會顧及他的顏面。

謝容與眉心一蹙：「京兆府跟巡檢司呢？」

「士子人數多，鬧得太厲害，道旁的百姓也被捲了進來，京兆府和巡檢司竭力攔人，事態還是失控了，眼下京兆府尹已派人進宮請禁衛了，就是不知道死人了沒有……」

謝容與聽了這話，再顧不得其他，疾步朝府外去了。

朱雀街上沸反盈天。

藥鋪附近已經亂作一團，衝突也不知道由誰先挑起來的，捲在其中的一個人幾乎要被這推攘的人群淹沒，只能竭力維持著不被人踩在腳下，他依稀間記得似乎是有人認出了買賣名額的罪魁之一，叫林什麼的來著，然後那人分辯了兩句，一切就變成了這樣。每個人都是憤怒的，恨不得親手去懲戒那些罪惡之人的親眷，彷彿是他們剝奪了公平公正的機會，饒是人群已經失去了控制，還蜂擁著往藥鋪門前擠。捲在其中的這個人能清楚地感覺到有人就在自己的腳下，他聽到低微的呻吟聲，他多麼想彎下身去拉這個人一把，可是他不能，一旦他卸了力氣，等待他的將是被人群吞噬。

恍然中，他聽到馬蹄聲，似乎有人終於衝進巷子，喝退了人群。穿著鐵鍪銀鎧的殿前司禁衛利箭似地將人群強制分開，在他將要失去呼吸前，一把握住他的手腕，把他拽了出來，隨後認出他：「尤紹？」

尤紹身上的傷還沒好全，此刻已經脫力，但他來不及顧這許多，指著藥鋪，「快、快救五爺，五爺還在裡面。」

藥鋪是擠得最厲害的地方，掌櫃的關門關晚了，藥箱藥櫃砸了是其次，要命的是也許死了人。殿前司一刻不停地往外撈人，等到把最裡頭的幾個拖出來，其中兩個已經沒了生息——一個藥鋪的小二，一個來抓藥的婦人。林家的少爺倒有一息尚存，但也好不了哪兒去，他的身上全是被抓傷的血痕，幾乎衣不蔽體，額上還有烏紫的腫包高高隆起，已經昏死多時了。

救下尤紹的禁衛環目望去，只見角落裡有個大藥簍子翻倒在地，裡頭似乎有人在蠕動，他幾步上前，直接把人從裡頭撈出來，正是曲茂。

曲茂運氣好，人群衝過來前，他躲進了角落裡的藥簍子裡，保住了一命。他身上也有瘀痕，適才的一刻窒息讓他以為他會死在這裡。

「五爺，五爺您沒事吧？」尤紹衝進藥鋪子。

曲茂搖了搖頭，還沒開口，就看到有人抬著小二與婦人的屍體從眼前走過，後頭跟著的就是那位他陪著來抓藥的林家少爺。腹中一陣翻江倒海，曲茂險些嘔出來。

他不是第一回瞧見屍首了，當初在脂溪礦山，更殘忍的場景他都見過，可沒有一回比今日更讓他觸目驚心。

曲茂其實和這位林家的大少爺並不熟，充其量就是酒肉之友。

可是今早天不亮他求到他跟前，他還是答應了。

——「停嵐，求求你了，我母親再不吃藥就要沒命了。」

——「停嵐，你是唯一一個能幫我的人，就這一回，你陪我抓藥，有人遇到我們，你幫我開脫說這案子跟我沒關係。」

曲茂自從回京以後，已連著數日不曾出門。

他根本不願意見人。

但是他想，太僕寺的林少卿是受他父親牽連，而他的父親，是被他害入獄的，這個忙，他應該幫。

沒想到到了藥鋪子，那些人一見到他們倆，瘋了一般質問他們士子登臺的因果，質問他們為何要助紂為虐，竹固山的幾百條人命怎麼清算。即使那位林家少爺已拚命解釋不關他們的事了，可是那些士子說著說著還是衝了上來。

「都是你們的錯——」

「是你們害死了那些人——」

質問聲直到眼下還如魔音一般迴響在耳畔。

禁衛見曲茂臉色不好，喚來一個隨行兵衛交代了兩句，把曲茂引到藥鋪後院，推開一間藥房，「曲校尉暫在這裡休息一會兒，鋪子的坐堂大夫受了傷，在下已讓人去別處請大夫了。」前頭還有許多事要處理，禁衛說完這話便要離開。

曲茂失了魂一般坐著，見禁衛要走，一下握住他的手腕，結巴著問道：「他們，為、為什麼這麼恨我？」

「我跟他們無冤無仇，他們為什麼這麼恨我？」

這事說起來太複雜了。

竹固山的人命是血淋淋的，但是名額買賣的內情還在追查，眼下外頭猜什麼的都有，士子與百姓們的憤怒在情理之中，朝廷也沒辦法強壓下來。

禁衛一時間難以啟齒，只能勸曲茂：「稍安勿躁。」隨後匆匆出去了。

曲茂在藥房內茫然地坐了一會兒，忽然聽到外頭有吵嚷聲。聲音雜雜沓沓地湧來耳畔，就像適才士子的厲聲質問一樣，讓曲茂覺得害怕，覺得恐懼，然而他經這一難，似乎無端明白了這些士人的憤怒由何而來，心中的猜測像一根引繩，牽引著他朝院子走去。

好在藥鋪的內院與外頭隔著一張門簾，他看得到外面，外面的人瞧不見他。

人群已經徹底疏散了，今日的禍端卻不好處理，因為沒有罪魁。京兆府尹一刻前就來了，命人拿了幾個帶頭遊街的士人。這些人大都是秋試過後，上京來等明年春闈的，正是氣盛，聽得府尹質問，憤懣地道：「我憑什麼不能打他們！他們的父親買賣洗襟臺名額，為了滅口殺了多少人？他們不知者無罪，那些冤死的人就有罪了？！」

「洗襟臺為什麼會塌，它本來是無垢的，因為這些人的私欲讓它髒了，這是天譴！」

「聽說有一個徐姓士子得知真相，放棄登洗襟臺，決意上京告御狀，結果半途被那曲賊追上殺害在荒郊野外，朝廷難道要姑息惡賊，不允我等伸冤嗎？！」

這些人說的每一句話如同巨石砸向曲茂的心間，似乎那日脂溪山洞的崩毀沒有消殆，直到眼下熱流才裹著碎岩朝他襲來，將他的意志砸得分崩離析。

這時，有一個身著襴衫，長著一雙吊梢眼的文士越眾而出，朝府尹施以一揖。

曲茂認得他，他是遊街士子的帶頭人之一，旁人都稱他蔡先生，先前那些士人出離憤怒地拿藥秤、書冊砸向他們的時候，這位蔡先生也在旁邊冷眼看著，就像在看什麼最低賤的東西。

蔡先生道：「大人，今日事情鬧成這樣，是草民的過錯。是草民無能，才讓事態失控，以至無辜百姓被捲入，丟了兩條人命。朝廷要問罪，草民甘願領罰——」

這話一出，士人中便響起異聲，「蔡先生何錯之有，為何要領罰」，「是啊，人又不是蔡先生害的，朝廷要責罰，也該責罰林家與曲家的少爺」。

蔡先生抬了抬手，壓下了異聲，「朝廷要問罪，草民絕無二話，但，草民絕不承認今日我等做錯了，曲不惟買賣洗襟臺名額濫殺無辜罪大惡極，還望朝廷嚴懲不貸！」

「曲賊罪大惡極，望朝廷嚴懲不貸！」

「曲賊罪大惡極，望朝廷嚴懲不貸——」

一聲聲士人的高呼再度如魔音一般灌入曲茂的耳中，逼得他跌退數步，雪後的晴光照在他身上，讓他覺得無處可躲，他挖空心思想為自己的父親辯解一二，可是他發現自己連一個像樣的藉口都找不出來。

就在這時，他想到了一個人。

這幾年曲茂每每遇到困境時，都會想到這個人，只是從前的困境可能是尋花問柳時忘了帶銀子，可能是差事辦砸了不知道怎麼善後，而今天，他是真的日暮窮途。

他一下捉住尤紹的胳膊，急聲道：「快，幫我去找他，我要見他。」

彷彿上天聽到了他的話似的，沒過多久，一個墨色身影便出現在藥鋪。江家離朱雀街有些遠，謝容與到的時候，京兆府尹已經安撫好遊街士子的情緒了，謝容與正待跟府尹問明事由，鋪子後的門簾被掀開，尤紹垂頭立著，低低地喚了一聲：「殿下。」

謝容與很快明白過來，與府尹交代了兩句，跟尤紹來到後院。

後院細雪未掃，曲茂頹然坐在地上，知道謝容與來了，並不抬頭，日暉很清淡地灑下來，卻驅不走他眼底的霾。過了許久，曲茂才艱難地道：「我爹他，是不是害死了很多人？」

謝容與沒有回答。

他能這樣問，便說明他已經知道答案了。

曲茂低聲道：「我不明白。不是說我爹拿了幾個洗襟臺的登臺名額麼，這跟殺人有什麼關係？拿了名額是不對，賣來換錢，那是不義之財，我也知道的，我為他賠上不就行了……這些日子，我湊了些銀子，把我從前搜羅的寶貝都賣了，你知道的，我有個古越的青銅裹玉如意，我很喜歡的，我拿去當鋪抵了三千兩。可是……可是他們說，賠銀子不夠，賠三倍也救不了我爹，因為我爹害死了人。」

曲茂那個玉如意是無價古品，若真要賣，非萬萬兩不能出手。

三千兩，實在賤賣了。

這些話其實早在回京的路上曲茂就問過謝容與了，可他那時驚聞噩耗，問出來也只為洩憤，旁人說了什麼，他全當作耳旁風。

謝容與知道，這一次，他是真的願意認真聽。

謝容與於是道：「洗襟臺修好前，侯爺賣了幾個洗襟臺的登臺名額，後來洗襟臺塌，買名額的人的平步青雲夢落空了，侯爺擔心他們或他們的家人找上門來，為了捂住這樁醜事，所以殺了不少人。」

曲茂張了張口，他仍穿著藍衫子，眼神從來沒有這麼靜默過，「我知道，上溪的竹固山我去過，聽說那座山上的山匪，因為幫我爹賣過名額，後來被滅口了。」

他只是糊塗，不是傻，有些事只要他願意去想，是能想明白的。

眼下他終於明白了，原來當初曲不惟請命讓他去上溪，並不是巧合。

「還有陵川一個姓徐的書生，他想上京告我爹的御狀，被滅口在半路。聽說他家裡的人都死光了，有個癡情的妓子找了他很多年，一直沒有找到。」

曲茂問：「這就是這些士子這麼恨我的原因麼？」

謝容與道：「眼下真相尚未完全水落石出，但名額買賣的惡行的確有失公允，何況牽涉數條人命，百姓的憤怒是不可避免的，朝廷也無法安撫，想要平息事端，只有徹底找到真相。」

曲茂抬頭看向他：「找到真相。這就是你這麼久以來，一直在做的事麼？」

謝容與沉默著點了一下頭。

曲茂於是安靜了很久很久，「那我爹，最後會上斷頭臺麼？」

「……會。」

「不管我做什麼都沒用？」

謝容與看著他：「罪無可恕。」

曲茂的眼淚便掉下來了，他坐在雪地上，拚命想要忍住淚，最終還是哭得不能自己，他說：「其實我爹他……對我很好很好。」

道理不難想明白，曲不惟究竟犯了多重的罪，曲茂心中亦有衡量。

他起初只是接受不了，才執意把過錯攬到自己身上，覺得是自己害了父親。

他甚至知道，曲不惟走到末路，並不是謝容與的過錯，這個案子哪怕沒有謝容與，也會有別人去查，畢竟這底下埋了太多的冤屈與不公。

「我回京後，託關係去牢裡看過我爹。我想跟我爹磕頭認錯，可是我爹一點都不怪我，他不讓我給他下跪，還逼我跟他劃清界線，讓我跟朝廷說以後不認他這個爹……可是我做不到……我爹他，一直對我很好很好。」

曲茂稍稍平復了一些，抬袖揩淚，「清執，我不想待在京城了。」

「我想去找章蘭若。」他說，「在陵川的時候，章蘭若問我，如果有一天，我所認為的對的，其實都是錯的，我最相信的人，做了最不可饒恕的事，我該怎麼辦？」

那時他答得輕巧，說曲不惟要真被朝廷治罪，他見到他，還不一樣給他磕頭。

可是時至今日，他真正到了曲不惟的牢獄前，他的父親根本不讓他磕這個頭。

而他得知了一切真相，也失去了磕頭的勇氣。

因為膝頭彎曲下去，便跪在那些冤死之人的枯骨上。

「我覺得章蘭若問我這個問題的時候，他已經知道答案了。當時在山洞裡，他才是義無反顧的那個。我想去陵川，等他醒來，問一問他答案是什麼。」

曲茂雖然有功，到底是重犯之子，這樣的身分其實並不方便離開，然而謝容與很快就應允了，「我會著人送你去陵川。」

曲茂站起身，望入謝容與的眼，「謝清執，我從前以為我很了解你，到了眼下，我才發現我根本看不透你是怎麼樣一個人。昭化十四年，你戴著面具站在我面前，說你是江子陵的時候，你究竟是怎麼想的？」

那日也是寒冬初雪，尚在病中的小昭王戴著面具走在流水巷中，聽說此處是京中世家子弟常來的地方，然而於他而言，這裡的街景是陌生的，鋪天蓋地的日光讓他覺得倉皇，因此一個不注意，他便跟一個喝得半醉的藍衫公子撞了個滿懷。

藍衫公子見他戴著面具，指著他，「你是那個江、江……」

謝容與不想再做深宮裡的昭王了，鬼使神差地，順著他的話往下應：「江子陵。」

曲茂上前拍拍他，「我知道你，怎麼，傷養好了？來來來，吃酒吃酒。」拽著他便往眼前的明月樓去了。

雖然戴著面具，人的風姿渾然不減。

那天明月樓的姑娘都瘋了，覺得曲茂拐了一位清恣玉骨的仙人來。其實曲茂跟真正的江辭舟並不很熟，此後連著找謝容與吃了幾回酒，也是因為只有他在，那些樓裡的紅牌才願意露臉。

後來不知怎麼，兩個人就走得近了些。曲茂總覺得而今的這個江辭舟待他是不同的。他的身邊，除了隔三差五尋花問柳的紈褲公子，就是那些高高在上，瞧不起他的世家讀書人，他總覺得，整個上京城真心實意與他結交，既不把他當酒肉朋友，也沒有看不上他的，只有江辭舟。那時他還在懊喪，怎麼先頭十幾年，他結遍京中權貴，偏偏漏了一個江子陵呢。

直到後來他才發現，江子陵早就沒了，他身邊的那個人摘下面具，居然是久居深宮，名滿京城的小昭王。

曲茂問：「你這麼一個人，為什麼願意跟我這樣一個不學無術的廢物結交呢？是因為成日跟我混在一起，別人才會相信你是江子陵麼？」

謝容與道：「不是。」

「因為有很長的一段時間，我都不知道我是誰。」

究竟是謝楨所希望的那個逍遙自在的謝家小公子，還是昭化帝所期待的清朗若舉，執身謹正的昭王。

他背負著洗襟臺的重擔長大，背負先帝與老臣們的期望，日復一日地陷在深宮，性情深處彷彿被上了一道枷鎖，連小時候的記憶都變得模糊。昭化十二年是他第一次離京，雖然只是前往柏楊山督工，他直覺他是喜歡宮外這樣自由自在的日子的。謝容與本打算等洗襟臺建好以後，就跟昭化帝請命去宮外走走，他許多年為了他人的期望而活，他想離開了，想試著了解自己究竟是怎麼樣的人，去找找自己究竟喜歡什麼，憎惡什麼。沒想到洗襟臺坍塌，他被困在又一段夢魘中走不出來。直到戴上面具。

那日在街上撞見曲茂，可能就是緣分吧。

從前他沒有接觸過這樣不學無術的世家子弟，結交最多的只有趙疏。看著曲茂放肆笑，恣意怒，糊塗又真摯，不去刻意攀附誰，也不刻意瞧低誰，他忽然羡慕起來。

他的遠遊夭折在一座坍塌的樓臺，乘舟辭江去彷彿是一場夢，他希望把它找回來。

「與你結交，是因為你很純粹，你一直都在做最真實的你自己，從不多加遮掩。」謝容與道：「那是我當時做不到的。」

所以他從來沒有瞧不上他。

曲茂總說自己是個廢物，但這世上並沒有真正的廢物，任何人都有旁人不可企及的長處。

曲茂聽了這話，露出一個笑來，這是他多日來第一個發自真心的笑，大概是覺得自己這幾年的兄弟義氣多少也不算白費吧。

可他想到自己父親，心中還是難過的。

他說：「如果順利，我明早就去陵川了。要是……要是我趕不及回來為我爹送行，就讓他走得好受一些，別遭太多罪，算是……算是幫我盡孝了。」

謝容與頷首道：「好。」

「還有這個。」

曲茂在雪地裡站久了，渾身凍得發麻，手指探入袖囊子裡，掏了許久才掏出一張紙來，「之前我在東安，有幾個家將找到我，說封叔擅自調兵，不合朝廷的規矩，讓我幫忙簽一張調兵令給封叔送去。後來我去脂溪，路上撞到了章蘭若，章蘭若提醒我說這張調兵令有問題，所以有回我路過封叔帳子，就把這張調兵令順手拿了回來，想說回京以後問問爹。本來我也沒多在意，後來脂溪礦山炸了，章蘭若重傷昏迷前，又提醒我一次，我才上了心。我爹落獄了，回京後我誰也不敢相信，便把它藏了起來誰都沒說。不過眼下已經沒有意義了，反正我也救不了我爹，調兵令給你，你看看有沒有用吧。」

曲茂說著，把那張被他簽了名的樞密院調兵令交到謝容與手上，駐足片刻，低聲說了句：「保重。」帶著尤紹離開了。

「……如果末將所料不錯，曲不惟不供出章鶴書，原因就在這張調兵令。」

兩日後，衛玦暗查結束，回到玄鷹司向謝容與稟報。

「章鶴書利用這張調兵令，把封原擅自調兵的罪名栽贓到曲茂身上，一旦章鶴書拿出調兵令的存底，曲茂便從有功之臣變成曲不惟的共犯，侯府一門父子二人獲罪，侯府上下一個都跑不了，曲不惟不願家人受牽連，這才拚命把章鶴書摘出來。」

祁銘道：「那衛掌使可曾告訴曲不惟，我們已經把曲校尉平安送出京城，只要他如實招出章鶴書，我們必想辦法保侯府平安。」

「說了，但用處不大。」衛玦道：「這張調兵令沒有作假，只要簽了曲茂的名，就是鐵證，哪怕玄鷹司願意相信曲茂，三司辦案還是講證據的，何況朝廷那麼多雙眼睛盯著，所以還是那句話，對於曲不惟來說，咬死不供出章鶴書，才是最能保住曲茂的法子。」

他說著頓了頓，「又或者，殿下可以以牙還牙，拿這張調兵令去威脅曲不惟，逼他招出章鶴書，否則就把調兵令公布於眾，但末將以為，曲不惟並不會受殿下威脅，他不傻，很清楚殿下不會拿曲茂的性命犯險。」

謝容與道：「我記得請這樣的調兵令，章程極為嚴苛，封原前往陵川，打的是清查礦山帳目的旗號，請不請調兵令其實在兩可之間，樞密院批不批，也在兩可之間，所以章鶴書想要確保拿到這張調兵令，後續拍板的一定是他自己的人。這張調兵令到了樞密院，最後究竟誰拍板的你們查了麼？」

「回殿下，查了，是樞密院顏盂顏大人。」

顏盂？

謝容與對這個人印象不算深，只記得他官拜簽署樞密院事，表面上跟章鶴書走得不遠也不近。倒是近日章鶴書被賜「休沐」，他算為數幾個並不避涼附炎的，還登門拜訪過章鶴書一回。

「把這個人拿了。」謝容與道。

「誰，顏盂？」

幾名玄鷹衛皆是震詫。

衛玦道：「可是顏盂照規矩辦事，玄鷹司並沒有充分的理由捉拿他。」

謝容與道：「不必找充分的理由，找個藉口即可。」他想了想，「便稱是封原的供詞牽涉到顏盂，請他過衙回話。」

至於過衙後，為何把人扣下了，餘後藉口可以再想。

曲茂這張調兵令幫了大忙。章鶴書敢在這麼重要的關節用上顏盂，謝容與直覺，只要撬開顏盂的嘴，章鶴書就避無可避了。

玄鷹衛連夜出動，像一場無聲的風波席捲了上京城。

多虧曲茂回京後從未跟人提起這張被他偷偷藏起的調兵令，當玄鷹衛找上門來，顏盂簡直猝不及防。衛玦的話很客氣，說的是「請顏大人回衙門協助查案」，語氣卻不容婉拒。

當朝四品大員被玄鷹司帶走，朝野一時間異聲再起。

連著幾日廷議多有爭辯，還好謝容與藉口找得無可指摘，只說「協助查案」絕不提「緝拿」，加上背後有趙疏的支持，異聲最終被壓了下去。

然而朝廷的氣氛明顯更加沉鬱了，似乎越臨近真相，越是人心惶惶，隨著波及的面越來越廣，誰都在想，這場舊案到底牽涉了多少人。

或許也是受京中氛圍的影響，不過幾日間，天就寒了下來。皇帝日夜繁忙，來後宮的時間越來越少，連皇后的元德殿都去得少了。反倒是章元嘉，近些日子竟養好了些。有身孕的人，一個月是一道坎兒，先頭那道坎兒過去了，到了寒冬，不懼冷不說，連精神頭都好了起來。

她近日不攝六宮事，長日漫漫無從打發，便招後宮的嬪妾們過來說話。趙疏的後宮冷清，算上章元嘉，有正經封銜的統共只有六人，除了皇后，最高的就是個嬪位，人少了，爭端也少，這些嬪妾們平日見不到趙疏，反而更敬重皇后，應了皇后的召，過來陪了她幾日，見她精神好，便提議說等馥香園的梅花開了，要陪皇后過去賞梅。

新鮮的梅色映著一段日光，叫人瞧了心情開闊，怡嬪在一旁打趣說，「等這梅花謝了，小皇子也該出生了，宮裡這樣無趣，多了個小娃娃，姐妹們可有樂子找了。」

章元嘉笑道：「若知道妳這樣會逗悶子，本宮該早些召見妳們，前些日子本宮總是歇不好，人也憊懶了。」她說著，四下看了一眼，「可惜芸妹妹總不在。」

章元嘉口中的芸妹妹便是落芳齋的芸美人，前些日子因為家裡出了事，在宮裡哭了一宿的那個。

她的父親是太僕寺的林少卿，嘉寧元年她就進宮晉了美人，章元嘉性子柔和，與這宮裡的老人兒相處得都好。

可能是有身孕的緣故，人說悵惘就悵惘起來，近幾日章元嘉在眾人跟前提了好幾回芸美人，怡嬪幾人知道皇后心善牽掛姐妹，想著左右那芸美人又沒被降罪，不過憂思生疾，便陪皇后過去瞧一眼，解了她的愁思也是好的。

芸美人的落芳齋就在附近，到了跟前，院門口的內侍連忙迎上來道：「皇后娘娘萬安，院子裡住的這個近日身上染了疾症，娘娘身懷龍子，不能讓她衝撞了娘娘。」

怡嬪道：「什麼衝撞不衝撞的，芸妹妹身上的病症本宮知道，那是心病，就是要見人才能好呢，娘娘擔心芸妹妹，不過想進去看一眼，也要被你這碎嘴子攔著。」

「正是了。」一旁的褚貴人也附和，「今日是寒食節，後宮的姐妹往年這個時候都是聚在一塊兒的，大不了我們陪著娘娘進去，便是心病有病氣，我們也幫娘娘擋了。」

「這……」小黃門聽了這話，卻是猶豫。

官家讓人傳話的時候，只說不讓芸美人去見皇后，可沒交代皇后來了要硬攔，再說硬攔他們也不敢。

小黃門正是左思右想，便聽章元嘉柔聲道：「本宮是個喜團圓的人，適才褚妹妹說得不錯，往年這個時候，後宮的姐妹都是聚在一起的，本宮日前聽芸妹妹夜裡啼哭，十分擔心，是故想進去陪她說一會兒話，公公若不放心，在一旁瞧著還不成麼……」

小黃門只是個位卑的內侍官，哪裡當得起章元嘉這話。

他想著左右還有這麼多娘娘在，再不敢相阻，由章元嘉與眾人進去了。

落芳齋不大，芸美人就歇在內院的寢屋中，她的確得了心病，不過一月時日，本來豐腴的人肉眼可見的消瘦下來，聽到外頭有紛亂腳步聲，還以為是下頭的婢子送藥湯來了，本要喚人輕點聲，朦朧間睜開眼，入目的竟是一襲金絲鑲邊褖衣，她驚得坐起：「娘娘，妳……妳們怎麼來了？」

後宮姐妹和睦，沒什麼勾心鬥角，怡嬪幾人見芸美人消瘦成這樣，忍不住上前握住她的手，「要不是皇后娘娘執意來見妳，我們竟不知妳病成了這樣。」

芸美人聞言不由詫異，章元嘉執意來見她？

在這樣的時候？

章元嘉對上她的眼神，淡聲道：「妳們去外頭守著吧，本宮有幾句話想單獨對芸妹妹說。」

眾人只當是皇后要說體己話，應一聲是，很快出去了。

章元嘉又道：「芷薇，妳也去院外。」

寢屋中只剩章元嘉與芸美人兩人，章元嘉在榻邊坐下，默了片刻，說道：「妳父親落獄後，妳母親病了，家中上下一夜間走的走，散的散，妳哥哥為了給妳母親買藥，日前不慎受了傷，好在救回來了。眼下妳母親和妳哥哥都好，京兆府得了昭王的令，已幫著安置了。本宮能打聽到的只有這些。」

芸美人垂下眼，半晌，苦笑了一聲：「皇后都知道了。」

章元嘉一下握住她的手：「是，我把我知道的都告訴妳了，妳也把妳知道的告訴我好嗎？」

不待芸美人回答，她很快又道：「早前林少卿落獄，妳能這麼快得到消息，連夜去央求官家，說明妳很清楚宮外究竟發生了什麼。」

她朝院外看了一眼，低聲道：「我這些年太糊塗，身邊被我父親安插了眼線渾然不知，近日刻意試探才覺察出來，官家因此對我失了信任，什麼都不告訴我，我不怨他，但我不想聽我父親的一面之詞，求妳告訴我，小昭王在陵川究竟查到了什麼，我哥哥為什麼一直不回來，是不是因為我的父親？還有洗襟臺的坍塌，究竟是怎麼回事？」

芸美人注視著炭盆嫋嫋升起的青煙，良久道：「娘娘還是獨善其身吧。您是官家的心上人，無論發生什麼，官家都會護著您的。娘娘只當什麼都不知道，洗襟臺的案子，娘娘不要碰了。」

「到了這樣的關頭，本宮如何獨善其身？」章元嘉道：「此前林少卿落獄，芸妹妹做到坐視不理了麼？」

其實早在數月前，章鶴書進宮來探望她，章元嘉就覺得不對勁了。

那時她正在操持仁毓的親事，趙永妍意屬張遠岫，是私下悄悄告訴她的，章元嘉顧及女兒家的顏面，除了趙疏，沒跟任何人提過趙永妍的心意，哪怕被幾個侍婢聽見了，怎麼會傳到宮外去？然而章鶴書進宮卻問起仁毓是否心儀張二公子。

章元嘉道：「我的貼身侍婢是我父親的人，她和我說，我父親是遭到攻訐才被停職，我哥哥為了取證，在一個叫脂溪的地方受了傷，是故不能回來。但我太了解我哥哥這個人了，他去陵川，是去柏楊山督工的，絕不會因為旁的事擅離職守，如果我父親的罪名是莫須有的，他必然相信朝廷會還父親清白，不可能前往脂溪，他去脂溪，只能說明……」章元嘉咬了咬唇，知道時間緊迫，必須以真話換真話，「只能說明至少在他看來，那裡的罪證，真的牽涉到了父親，他是於心有愧，才會放下自己的差務，為朝廷取證。」

章元嘉緊緊握住芸美人的手，看入她的雙眼，「雖然妳我位份不同，處境卻別無二致。入了這後宮，除了為官家活，就是為母族活，有時候在深宮陷得久了，便把自己的來路淡忘了，以為宮外的那些事都是俗世中的沉浮，離我們很遠，其實不是，身在天家，享萬民奉養，身上便已經套上了臣民的枷鎖，這是我嫁給官家前，哥哥親口對我說的。我們或許失了自由，總不能把自己也丟了，多少還要活個對錯是不是？妳把妳知道的原原本本地告訴我，至於真相如何，我自會分辨……」

芸美人淚盈盈地望著章元嘉。

章元嘉這一番話分明不是為了開解她，聽完之後，她連日來的困頓竟散去不少，是啊，她這些日子一直沉浸在家族的橫禍中，險些忘了對錯。

她點了點頭：「其實妾身知道的也不多，只聽說當年曲侯賣出過幾個洗襟臺的登臺名額，至於那名額的由來……」

章元嘉沒在落芳齋逗留太久，出來的時候，晴光已經消褪了，天際浮上陰雲，大概又是一場雪將至。章元嘉稱是乏了，散去了一眾嬪妾，攜著芷薇往元德殿走。

芸美人其實沒有說太多，只告訴她曲不惟為了掩蓋罪過，犯下了許多惡行，而那些被他拿來買賣的名額，有人稱是從章鶴書手裡得來的，因為眼下沒有證據，趙疏只是停了章鶴書的職。

章元嘉也不知道該信趙疏還是該信父親。

直到眼下，她一直以來的困惑與不解都有了答案。

洗襟臺坍塌以後，趙疏待她莫名的疏遠；大婚當夜，年輕皇帝沒有笑容的臉；還有這些年下來，她和趙疏之間說不清道不明的隔閡。

想明白這些以後，章元嘉居然沒有多麼難過。可能那些該有的、翻湧的情緒，早在此前消磨殆盡了吧，她早就預料到這一天的到來。

章元嘉是冷靜的，在此時此刻，她想到的卻是章庭的一封手書。

手書的內容沒什麼特別，只叮囑她照顧好身子：「無論遇到何事，務必寧心靜思，謹記家訓，辨清對錯，做問心無愧的決定。」

章氏的家訓是「清嘉度身，蘭若度心」。

章庭寫這封信的時候，正是今年盛夏，他趕去脂溪取證前。

而今想想，哥哥這封來信，是為了提醒自己嗎？

「娘娘。」見周遭無人，芷薇在一旁輕聲喚道：「娘娘，您問清楚了麼？」

來落芳齋前，章元嘉告訴芷薇，說宮中消息閉塞，要想法子從芸美人口中問出章鶴書的處境，為此她們一起籌謀了數日。

章元嘉頓住步子，別過臉來看著芷薇，彷彿在看陌生人一般。

芷薇被這目光震住，怯聲又喚：「娘娘，您怎麼了？」

章元嘉搖了搖頭，陌生的目光彷彿只是錯覺，她的眼底映著漫天的雲霾，浮上憂色，「問清楚了，父親的處境很不好，如果沒有人拉他一把，等哥哥回來，一切都遲了……」

「日前父親不是說想透過我給京外送一封信，妳去傳話吧，便說我肯了，這封信，本宮幫他送。」

第二十二章　黑暗

上京入冬的第二場雪比初雪還要來勢洶洶，上午晴光萬丈，到了下午，已是黑雲壓城城欲摧了。雪在黃昏時分撒鹽一般落下，一直到隔日清早才稍稍式微。剛清掃乾淨的街道又被一片白茫茫覆蓋，尤其是城南太傅府，因為府上久無人住，門前的雪比尋常人家積得更厚，早上老太傅回府，不慎在階前摔了一跤。老人家經不起磕絆，不到午時身上便起了熱，府上的人煎藥的煎藥，請大夫的請大夫，忙了一上午，總算見雪停了，拿了笤帚正待出門掃雪，便見一輛馬車在門前停下。

張遠岫下了馬車，帶著白泉往府裡走，一面問迎上來的下人：「怎麼樣了？」

「階前這一跤摔得不重，病倒約莫是路上受了寒，老爺聽說京裡鬧事，急著趕路，有兩夜沒歇在驛站。好在早上大夫看過，說只要養上幾日，適應了京中的氣候便能好起來。」

說話間，張遠岫已掀簾進了屋中，一名侍從正要給老太傅餵藥，見狀道：「二公子到了。」

張遠岫快步上前，將引枕支在老太傅身後，順勢將人扶起，接過藥碗，「我來吧。」

太傅府冷清不是沒緣由的，老太傅早年喪妻，後來喪女，之後一直沒有續弦，半生操持著開辦學府授學育人，那幾年朝廷中的文士，一半是他的學生，昭化帝還是太子時，也受他的教導。是故雖然他眼下已經年過古稀，在士人心中的威望不減。

老太傅淡淡嘆一聲：「不過是摔了一跤，下頭的人小題大做，恁的把你喚來，耽誤你的正事。」

「京中的氣候不比慶明莊上，一入冬便冷得快，身上一處不適處處不適，便是他們不說，忘塵也該來。」張遠岫道，他環目在屋中看了看，喚來侍從，「讓人再添兩個炭盆，用最好的紅羅炭，都記在我的帳上。」

手中的藥湯還燙，熱氣浮上來，在他的眉眼氤氳開，「先生即便要回京，也該提前差人與我說一聲，我好安排人去接，這麼急匆匆地趕路，仔細一個不適應，整個冬天都不好過。」

他話裡有埋怨的意思，下頭的人聽了並不覺得不妥，兩人情同父子，這樣的埋怨，都是身為人子的關懷。

老太傅太老了，雙目已經渾濁，有時候竟望不清裡頭的神色，「如果為師提前和你說想來京城，你會肯麼？你只會寫信來阻我，說京中太冷，一切等到明年開春再說。」

「京中的事我都聽說了。清執在陵川找到了罪證，查到洗襟臺涉嫌名額買賣。清執這孩子，繼承了他父親的天資，只要他想做的事，就沒有做不好的。眼下京裡鬧成這樣，我怎麼能不回來。」

張遠岫目光還落在藥湯上，見熱氣稍褪，自己先嘗了一口，還是燙。

「昭王殿下一直是我們這一輩的佼佼者，從他初涉朝政起，每一樁差事都辦得漂亮，除了……今次也是一樣，洗襟臺涉嫌名額買賣，消息傳出去，京中士人不滿是難免的，好在眼下很快就要結案了，等朝廷懲治了該懲治的人，事端也就平息了。」

「真的能夠平息麼？」

老太傅看著張遠岫，「你不用瞞我，來京路上我已經打聽清楚了。」

「洗襟臺的登臺名額是從翰林出的，官家不查翰林，是顧及我這個老臣的顏面，但是翰林不能不給朝廷一個交代。那些登臺士子是怎麼選的，只有我最清楚，解鈴還須繫鈴人。」

「解鈴的確需要繫鈴人，但洗襟臺是先帝說要修築的，遴選士子登臺也是由先帝提出的，而今先帝不在了，先生如何充當這個繫鈴人？」張遠岫道：「眼下京中士人鬧也只是鬧個一時，等到朝廷處置了曲不惟，案情公布於眾，一切便會好起來的。」

他說著，把藥湯遞出去，老太傅擺擺手推了，蒼老的聲音沉得像是每一個字都要墜在地上，「不是的，當年先帝決意修築洗襟臺，朝廷其實有許多反對之聲，長渡河死的人太多了，留下的遺孤也太多，那些都是可憐人……是我和憶襟，聯合翰林文士，力持先帝之見，為此，先帝後來還處置過一批士子……」

憶襟二字，就是張遠岫的兄長，張正清的字。

「先生。」張遠岫聽到這裡，淡聲打斷道：「不管過去發生過什麼，我只知道，先生和兄長希望修築洗襟臺，是為了讓後人銘記投江士子的赤誠。洗襟無垢，洗襟臺的意義正在於此。不管後來那些人，何鴻雲也好，曲不惟也好，更或是別的人，想要利用洗襟臺做什麼，這座樓臺本身並沒有錯，『柏楊山間高臺入雲間』，這是兄長的心願，也是我的心願……」

「忘塵你不明白，你當真問過你的兄長嗎？其實憶襟未必希望你……」

張遠岫道：「我只記得，當年兄長趕赴柏楊山前，曾謂我『只有洗襟之臺高築，那些投江的士子才會永遠活在世人的心間』，那些士子裡，曾經有我的父親，而今，還有我的兄長。」

他說完，再度把藥湯遞出去，「再耽擱藥就要涼了，先生吃了吧。」

老太傅看著張遠岫。

他太聰明了，不等他開口便知道他要說什麼，只是這麼多年了，心願已成執念了，不願多聽罷了。

「官家意欲為你和仁毓郡主賜婚，此事你想得怎麼樣了？」

「還在考慮。日前忘塵已回稟過官家。官家說，可以容忘塵細思幾日。」老太傅把藥吃完了，張遠岫接過藥碗擱在一旁的方几上，「不過忘塵經多日深思，覺得娶裕親王之女，不失為一樁好姻緣，答應了無妨。」

「你想聽聽為師是怎麼想的嗎？」

「先生請指教。」

老太傅抬手慢慢握住張遠岫的手腕，「忘塵，你離開吧。」

「不要答應娶什麼郡主，不要陷在這裡，更不要做下一個謝楨。你不是謝楨，前人已逝，大周朝已經好起來了，不需要燃盡自己以全報國執念，你如果還有抱負沒有實現，憑你的本事，做一個地方州官，一個為民謀福祉的府官，去到哪裡不能有一番作為？你離開吧，忘塵，京中的一切都交給為師，等到有一天一切塵埃落定再回來。」

老太傅握在張遠岫手腕的手緩緩收緊，蒼老的手背筋脈蜷曲遒結，渾濁的眼眸透出殷切的盼望，彷彿他這一路奔赴回京，就為了跟他說這樣一句話似的。

張遠岫想起在陵川時，老太傅給他回的一封信：「至於重建洗襟之臺，依為師之見，臺起臺塌，天定自然，實則不必執著。」

可是執著之人若能為一句話而動搖，脂溪礦山山崩地裂時，他便不會拾起那個錦囊了。

張遠岫的目光淡如陷在山谷裡的湖，風被四面山壁擋去，漾不起一絲漣漪，「好，但不是現在。忘塵一介庸人，沒什麼抱負，只有一個心願罷了。等願望實現了，忘塵便遵循恩師之意，與您一起離開京城。」

老太傅的身子本就不好，今日又染了風寒，說了這麼久的話，人很快就乏了，張遠岫伺候完他吃藥，見他難掩倦色，叮囑了幾句便離開了。

洗襟臺坍塌那年，先帝病重，老太傅也病倒了，年紀大了畏寒畏熱，自那以後，老太傅一年有多半時間都在慶明的山莊休養。京中的城西舊邸交給了張遠岫，太傅府雖留了人，因為除了一些書冊，府上沒什麼珍貴的事物，需要顧看的地方並不多。

張遠岫從老太傅的屋中出來，卻見一名僕從正往東面的廂房中送炭盆。

府上的主子只有太傅一個，是有什麼下人病倒了，竟也要用炭盆取暖麼？

張遠岫心中狐疑，喚管家的來問，管家的道：「二公子，不是下人，早上大夫過來看診，說正屋久無人住，有點陰冷，不如東廂這間乾燥暖和，小的們打算把東廂熏暖了，讓老爺搬到這間住。」

張遠岫頷首，腳下步子一折，就要去東廂幫忙拾掇，正這時，白泉匆匆步入內院，呈上一封邀帖。

「公子，言大人的家宴帖子。」

言大人是禮部侍郎，也是裕親王妃的兄長。趙疏意欲為仁毓郡主和張遠岫賜親，朝中不少大臣已有耳聞。言侍郎是趙永妍的舅父，眼下他在家中設家宴，卻給張遠岫遞來這麼一張帖子，究竟在試探什麼，不言自喻。

白泉低聲問：「公子，您要赴宴麼？」

赴宴即為家人，張遠岫跟言侍郎做不做得成家人，還在兩可之間。

張遠岫沒有作聲，等出了太傅府門，上了馬車，才淡淡回了一句，「容我想想。」

其實也沒什麼好想的，老太傅說得不錯，京中的士人鬧事不是這麼好平息的。名額買賣一案，引起士子百姓對這座樓臺的憎惡，遊街的士子中已有不少人請求朝廷停止重建洗襟臺。等到小昭王把案情的真相披露於眾，這些義憤填膺的士人不知道還要攪起怎樣的風雨。

想要讓洗襟臺平平安安的矗立在柏楊山，必須有一個在士人心中一言九鼎的人站出來，告訴他們不管發生了什麼，洗襟臺本身並沒有錯，它是無垢的，是一塵不染的。

而這個人，只能是下一個謝楨。

利弊得失他早就權衡過了，他必須要做下一個謝楨。

哪怕他對仁毓郡主的印象其實很模糊，想不起來她究竟長什麼樣，又是怎麼樣一個人。

張遠岫撩開車簾，對白泉道：「幫我回言大人，說屆時我會赴宴。」不等把車簾放下，他想了想又道：「不，這就送我去言府，我親自向言大人致謝。」

等張遠岫從言府出來，已經是日暮戌時了，言侍郎留他一同用晚膳，張遠岫推拒了，只稱是改日家宴再敘。他上了馬車，吩咐白泉回太傅府看看。誰知馬車駛入一條背巷，忽地停下，白泉在車外低低喚了聲：「公子。」

張遠岫直覺有異，撩開車簾，只見長巷裡立了一個罩著黑衣斗篷的女子。

雖然她沒露臉，張遠岫還是認出了她，「溫姑娘，好巧。」

「不巧。」良久，青唯才答道，她揭下兜帽，露出一張乾淨的臉，「早就聽說老太傅要回京，我已經在這附近等了張二公子幾日了。」

「張二公子，不知是否方便借一步說話？」

張遠岫頷首，他下了馬車，獨自提燈走近，青唯見閒雜人等都離開了，也不含糊，開門見山道：「曹昆德一個宦官，這些年久居深宮，能摻和的事一樁都沒少摻和，宮外的消息一個不落，他在朝中一定有一個同黨，這個同黨，就是張二公子吧？」

張遠岫立在暮天雪地裡，眉眼靜得如溫玉。

聽了青唯的話，他沒有回答。

她能過問他，說明她已經知道答案了。

「去年薛叔墜崖蒙你相救，並不是巧合吧？你這些年一直希望重建洗襟臺，後來你結識了薛叔，聽聞他意欲上京查清洗襟臺坍塌真相，便和曹昆德合謀，一方面以薛長興落難引我上京，一方面藉我挑起風波追查何家偷換梁柱的事由，迫使士人不滿朝廷不得不答應修建洗襟臺。薛叔墜崖的地點，本來就是你事先和他說好的接頭地點，所以你才會那麼輕易地找到他。」

「你為什麼會知道我活著，曹昆德告訴你的，還是你本來就認得我？」

「還有去年冬天，我被左驍衛追殺，你之所以會出現得那麼及時，也不是巧合。如果我所料不錯，你和曹昆德雖然合作，但你們的目的不盡相同，你的目的只是重建洗襟臺，當時朝廷已經應允下來，你沒有必要害我，但你很清楚曹昆德的行事手段。你知道在我徹底倒向小昭王，沒有利用價值以後，曹昆德會毫無顧忌地向朝廷檢舉我來殺我滅口，這才是你能先所有人一步，在長街救下我的原因。」

張遠岫看著青唯，許久才道：「溫姑娘既然已經知道了，何必多此一問。事已至此，溫姑娘若對忘塵有任何怨言，忘塵甘願領受，絕無多一句的分辯。」

「我沒有怨言。」青唯道：「因為我相信我幾回落難，張二公子都是真心實意地幫我，否則你不會把中州俞大人的私宅住址告訴我。」

去年青唯離京，張遠岫擔心她無處可去，給了她一張名錄，上頭都是他最為信賴的人。後來青唯決定去陵川，因為沒有文牒，託中州的俞大人幫忙，隔日張遠岫還趕來與她見了一面。

「我在中州看到了白隼。民間養得起隼的人太少了，遑論用隼來送信。後來有人幫我查證，發現這隻隼被養在江留城的榴花巷子，這個住址，正是俞大人的私宅。俞大人不過一個七品地方官，他沒事養隼做什麼，但他是張二公子最信任的人，這隻隼，他是幫張二公子養的。」

「張二公子心思如此縝密，如果不是為了幫我，何須把這麼隱祕的私宅告訴我。」

張遠岫問：「這就是妳今日在這裡等我的原因？」

其實青唯覺察出端倪，本可以第一時間告訴謝容與的，但是，一旦小昭王吩咐玄鷹司追查張遠岫，他就再也沒有抽身而出的機會了。

一報還一報，當初張遠岫在她落難時幫了她，而今她也願意不計前嫌，拉他一把。

原來她今夜等在這裡的目的，竟然和老太傅是一樣的。

青唯道：「我知道每個人都有自己的執念，單憑我幾句話，張二公子未必會更改心意，但我一直相信，張二公子與人為善，只是被執念束縛，才走到了今天這一步，眼下大局未定，只要張二公子願意回頭，一切都來得及。我今日到此，只有一個請求。」

「溫姑娘請說。」

「張二公子既然與曹昆德合作，該知道他籌謀多年的目的是什麼。我直覺曹昆德想要做的事不簡單，不想因此再出什麼岔子，還請張二公子把你知道的告訴我。」

張遠岫問：「這些只是溫姑娘的猜測麼？」

「不只猜測。」青唯實話說道：「我查到了劼北的龐先生，曹昆德的恩人，還有龐元正不知所蹤的妻兒。」

張遠岫的眼底浮起一絲意外，似乎沒想到她的動作這麼快，然而這一絲意外很快消弭在了他淡然無波的目光中，「溫姑娘既然說了每個人都有自己的執念，我有，曹公公自然也有，我知道的的確比溫姑娘多一些，但是，恕我無可奉告。」

青唯聽了這話並沒有多意外。

她只是隔著燈火看向他，露出非常非常失望的神情。

隨後她不再說什麼，轉身朝巷口走去。

這副失望的神情讓張遠岫的心莫名一沉，他不由出聲喚住她：「溫姑娘。」

「今日溫姑娘在這裡等了多久？」

青唯回過身：「重要嗎？」

不重要。

她或許午過就來了，看他驅車去言府，沒有露面。一直等到他從言府回來，才出聲攔住他。言侍郎是仁毓郡主的舅父，他應下言家的家宴，以後大概真的要做郡馬了。可是青唯早一步攔下他，他便不會娶趙永妍了麼？就好像老太傅千里來京，只為勸他忘塵，他答應了麼？

張遠岫道：「溫小野，如果一年前，崔家沒有出事，薛長興沒有落獄，曹昆德也沒有去信告訴妳岳魚七也許在京中，妳還會上京嗎？」

青唯沒有絲毫遲疑：「會。」

沒有人能夠教唆她上京，除了她流亡經年心中的冤屈與不平，也許早一點，也許遲一點，她還是會來到這個是非之地的。

張遠岫笑了。

看，其實每個人都有自己既定的路，他們的一切因果，都由自己所選擇，旁人根本不可能左右。因此他寫不寫那封讓她來京的信，結果並不會不同。其實事到如今，他一手操縱的，只有自己的航船罷了。

「小昭王，他待妳好嗎？」

青唯沒有回答，這是他們之間的事，與他無關。

但是答案顯而易見。

張遠岫道：「其實我一直都知道妳活著，也知道曹昆德為妳更了姓，讓妳寄住去了崔家。」

「崔弘義後來遷去了岳州。也是巧，嘉寧元年，老太傅為我賜字忘塵，也提議讓我去岳州。他說岳州雖不比中州富庶，慶明繁華，卻是一個遠離是非的安居之地。我那時第一個想到的便是妳也在岳州。」

他一直記得那個在洗襟臺廢墟上拚命尋找親人的小姑娘。

天涯海角，有個人與自己同病相憐，實在幸甚。

或許是當時執念未深吧，張遠岫其實動了忘諸塵煙，遠赴岳州的心思。

但他最終沒有這麼做，老太傅為張正清賜字憶襟，卻要他忘塵，這是什麼道理？

他選擇了考科舉，去寧州試守。

及至幾年後翰林詩會上重逢，她左眼上的紅斑也遮不住她的姿態亭亭，當初眼底的迷茫散盡了，只餘清明。

張遠岫這才發現那個與他同病相憐的小姑娘長大了，病也好了，只有他，依然在病中。

「溫小野。」張遠岫道：「眼下想想，幸甚妳我識於緣淺。」

亦止於緣淺。

青唯出了暗巷，天已經全黑了。她今日其實不是一個人來的，京中士人鬧事，她身分特殊，獨自出門多有不便。好在朝天有侍衛身分，可以帶刀綴行。朝天一直在隔壁巷子等著，見了青唯，他疾步上前，「少夫人，他說了嗎？」

「沒有。」青唯搖頭。

她今日來找張遠岫，除了試探曹昆德的目的，如果能夠問出一些章鶴書的線索那就更好了。

但是張遠岫的態度很明確，一個字都不願多透露。

「師父那邊回信了嗎？」

「小的早上跑了一趟驛站，岳前輩的信還沒到。」

日前青唯發現江留養隼的宅子是俞大人的私邸，立刻就給岳魚七回了信，讓他直接查中州府衙的俞清。信是八百里加急送去中州的，不出兩日就該到了，憑岳魚七雷厲風行的辦事速度，加上齊文柏的幫忙，約莫近幾日就能收到回信。

青唯雖然願意給張遠岫機會，甚至親自前來勸他回頭，但也知道事關緊急，容不得片許耽擱。

青唯立在巷口思忖片刻，覺得事已至此，她已沒有替張遠岫隱瞞的必要，不如讓玄鷹司早作應對。她與朝天很快回到江家，誰知謝容與不在倒也罷了，德榮竟也不在。

喚來一個廝役過問，廝役道：「公子戌時回來過一趟，本來說等少夫人一塊兒用晚膳，衙門的祁護衛過來了，說牢裡關著的那位曲侯急病不起，擔心出事，請公子過去看看。公子走前留話說夜裡興許回不來了，德榮收拾了些衣物，給公子送去宮裡了。」

青唯道：「曲侯病了？」

曲不惟除了是買賣名額一案的主謀，還是眼下被緝拿的嫌犯，唯一一個知道名額由來的，在水落石出前，他必須活著。青唯知道茲事體大，謝容與今夜必須留宿衙門，但她不想因為意外耽擱正事，喚來朝天，把今夜在張遠岫處的所聽所聞，包括他與曹昆德的合謀，中州俞清養隼的私宅詳細說了一遍，催促他進宮告知謝容與。

是夜，大牢裡燈火通明。

「下午都還好好的，晚上忽然犯了腹痛，不知道是誤食了東西還是旁的什麼疾症，太醫已經過來了，眼下正在為曲侯診脈。」

謝容與一到刑部大牢，刑部的唐主事便過來稟道。

謝容與問：「牢裡的獄卒查了嗎？」

「都查了，沒有異樣。」

兩人說話間，很快到了甬道盡頭的牢房，曲不惟已經從腹痛中緩過來了，眼下正盤腿坐在草席上，太醫為他看完診，開了一劑藥方，見是驚動了小昭王，連忙道：「殿下，罪犯曲不惟的腹痛乃風雪天急寒所致，大牢裡潮濕陰冷，到底年過五旬的人，久居於此，身子骨多少扛不住。」

謝容與聽了這話，喚來一名獄卒，囑他去取乾燥的棉被和取暖的炭盆，隨後見高窗漏風，命人把窗欄修補了。

曲不惟冷笑一聲：「不要以為你施捨一點好處，我就會領你的情。該說的我都已經說了，旁的沒有的事，你再怎麼問也問不出來。」

謝容與正在看近日獄卒的排班表，聞言連眼都沒抬，「本王知道侯爺什麼都不會說，也不想在侯爺這裡浪費工夫，今夜前來，不過是受人之託照看侯爺，侯爺不必多想。」

一旁的唐主事見小昭王一片好心被當作驢肝肺，頗是不忿，在一旁幫腔道：「曲侯大概不知道吧，樞密院的顏盂眼下已被玄鷹司緝拿，侯爺不想說的我們自會從別人口中問出來，天網恢恢疏而不漏，侯爺莫不是誤以為自己手裡握著天底下獨一份的祕密？」

顏盂是章鶴書最信任的人，這些年幫著章鶴書做了不少事，明面上與章府的關係卻不遠不近。

曲不惟聽是顏盂落網，心中十分震詫，但他面上依舊平靜無波，「受人之託照看我，你受何人之託？」

不等謝容與回答，他又道：「老夫該招的已經招了，竹固山的山匪，是老夫下令剿殺的；徐述白、沈瀾等人，也是老夫命人滅口的；包括上溪衙門的暴亂，也是老夫在幕後策劃的。要說其中有什麼差池，當初老夫讓人去竹固山剿匪，本意只想滅口那幾個知情的山匪頭子，後來出了點岔子，山上的匪全死了，死了老夫就認，多少條人命你們都可以算在老夫頭上。洗襟臺的名額老夫賣了四十萬兩外加一幅稀世名畫，你們可以找禮部清算清算，看看老夫到底得賠多少，等老夫死了，你們大可以把老夫私藏的錢財、分封的田地，一律沒了。」

謝容與看完了簡冊，吩咐唐主事增派看守大牢的人手，隨後淡淡道：「本王已經讓禮部算過了，侯爺一共得賠七十萬兩，不過這筆銀子侯爺不必操心了，已經有人幫你賠過了。」

謝容與說完這話，見牢房已經整理妥當，轉身便要離開，曲不惟叫住他，「誰幫我賠了？」

謝容與頓住步子：「怎麼，侯爺不必顧忌那張調兵令，眼下對本王有話說了？」

曲不惟聽到「調兵令」三個字，瞳孔猛地一縮。一旁的唐主事是個明事的，見狀立刻打了個手勢，帶著一干獄卒離開了。

曲不惟目不轉睛地盯著謝容與，「什麼調兵令？」

「還有什麼調兵令能讓侯爺這樣杯弓蛇影？封原手下的兵卒成了叛軍，調兵令，自然是調動這些叛軍的軍令。」謝容與道：「停嵐著了章鶴書的道，被人騙著在調兵令上署了名，而今章鶴書手上留了調兵令的存底，只要侯爺多說一個字，章鶴書就會把調兵令拿出來，不是這樣麼？」

曲不惟眉頭緊鎖：「你怎麼會知道這張調兵令？」

「停嵐給我的。章蘭若提醒過他調兵令有異，他留了個心眼，把調兵令從封原處拿了回來，一直貼身藏著。」

「今夜本王來大牢，也是受停嵐所託要照顧侯爺。」謝容與道：「侯爺一直以來總想著一人之錯一人擔，絕不牽連一家老小，卻沒仔細想過停嵐知道自己的父親淪為階下囚後會怎麼辦。」

曲不惟怔怔地聽完，狀似不在意：「這個糊塗東西慣來不爭氣，老子管他怎麼辦，左右周家會在必要時扶他一把，天塌了也砸不到他，再說……」曲不惟盯著謝容與再度冷笑一聲，「他不是還有昭王殿下這個至交麼。」

謝容與道：「他去陵川了。」

「停嵐雖然糊塗，但是不傻，臨走前，他弄明白了侯爺犯下的所有罪行，大概覺得無法接受，所以無論如何都想離開。他還說，也許不會回來為侯爺送行了。」

曲不惟並不為所動，他只是別開臉，「混帳東西有多遠滾多遠。」

謝容與續道：「不過他臨走前，為侯爺賠清了禮部清算的帳目。不只七十萬兩，他賠了一百二十萬兩。中州侯爺的私庫由他做主直接充公了，這些銀子是他把家中值錢的東西、這麼多年從各處搜羅的寶貝變賣了湊的。他本來還想賠得更多，但實在拿不出來了。侯爺知道他這麼做是為什麼嗎？因為他說，除了本該賠付的七十萬兩，他更該賠的是侯爺欠下的人命，可惜那是無論賠多少都無法挽回的。」

「本王知道侯爺今日無論如何都不招出章鶴書，必定權衡過利弊。但你想過停嵐真正想要的是什麼嗎？他掏空銀子時在堅持什麼？他又為什麼要離開？」謝容與問。

「還有。」謝容與上前一步，在曲不惟的草席邊上擱下一個小巧的玉如意。曲不惟神情一滯，這枚玉如意正是古越青銅裹玉如意，流傳了千百年，後來到了曲茂祖母手上，祖母臨終前把玉如意給了曲茂，曲茂這個人喜新厭舊，只有這個玉如意他一直珍藏著，是他最喜歡的，「停嵐為了救侯爺，把這個玉如意當了。無價的古玉，只換來區區三千兩，太不值了，我費了些工夫贖了回來，侯爺留在身邊做個念想吧。」

謝容與言罷，不再理會曲不惟，逕自出了牢房。

牢外的唐主事迎上來低聲問，「殿下，曲侯會招麼？」

「不知道，試試吧。」謝容與揉著眉心。其實玄鷹司這兩日對顏盂的審訊並不順利，歸根究柢還是在於他們沒找到切實的突破口。

「當初曲不惟買賣名額，章鶴書為了安撫蔣萬謙等人，承諾等到洗襟臺重建，以一賠二，還給了空白名牌作保。那名牌等閒仿製不出來，只能由當年的士人牌符改製，可惜太難查了，咸和十七年、昭化元年、昭化七年，那麼多士人牌符，誰知道章鶴書挑的是誰的，無疑於大海撈針嘛！」唐主事垂頭喪氣道：「要是能查出章鶴書到底是拿哪年的牌符改製的就好了。」

謝容與沒應這話。

確實是大海撈針，可他們這一路走來，哪一步不是這樣艱難，那些難能可貴的線索，哪一條不是從浩繁的卷帙中摸索出來的？

出了大牢，外頭夜風正盛，謝容與一刻不停地回了府衙，曲不惟那邊已經留了人盯著，但他做事謹慎，牢房剛增補了人手，為防出岔子，今夜是沒法歇了。他喚人拿了顏盂的供詞，正要細看，這時祁銘帶著一個內侍進來值房，「殿下，長公主稱是想見您。」

「這會兒見？」謝容與問。眼下已經亥末了，等他到了昭允殿，只怕子時都過了。

「是。」內侍是昭允殿的老人，十分信得過，「長公主說多晚都等著，還請殿下一定過去。」

謝容與聽了這話，自不能推託，簡單收拾好案宗，跟著內侍往昭允殿去了。

外間風聲漸勁，雖然是寒夜，也能瞧見天上厚重的雲層。近日朝務繁忙，到了這個時辰，玄明正華外各個值房都點著燈火，謝容與順著未歇的燈色一路到了昭允殿，阿岑把他引入長公主的內殿，隨後掩上門退下了。

內殿四明，長公主穿著一身宮裝，待謝容與見完禮，淡淡說道：「不是我要見你。」

她隨後站起身，「元嘉，妳出來吧。」

屏風後出來一人，章元嘉朝謝容與盈盈施了個禮：「表兄。」

他們這一輩大都年紀相仿，謝容與身為長兄，卻是最疏離的，平心而論，章元嘉與他並不很熟，只是在宮宴上略有交集罷了。只是，今夜既然決定要見謝容與，她已想好了該怎麼做，是以待長公主離開，章元嘉逕自道：「表兄，日前表兄趕赴陵川，究竟在查什麼，元嘉已經知道了。」

小几上還擱著半碗參湯，章元嘉身懷六甲，是不該熬夜的，大概是靠著參湯才撐到這時，謝容與沒答這話，先請了章元嘉坐，隨後才站著回話，「皇后娘娘懷有龍嗣，安心養身便是，前朝的事，不必放在心上。」

「元嘉如何安心？眼下連表兄也要拿這樣的話搪塞我麼？」章元嘉道：「元嘉今夜既然甘冒大不韙單獨面見表兄，表兄該當知道元嘉的目的。元嘉只希望表兄實話告訴我，我父親他，當真有罪嗎？」

謝容與沉默片刻，「目下尚未有定論。」

不待章元嘉回答，他忽地道：「怎麼，章鶴書這幾年在娘娘身邊安插的眼線，被娘娘發現了？」

「表兄怎麼會知道，官家說的？」章元嘉愣道。

可是這話問出口，她便已知道了答案。

趙疏和謝容與之間從來不會說這些瑣碎事的。

而小昭王明敏異常，又身在宮中，有什麼異樣是他瞧不出來的？章鶴書這幾年行事總是快人一步，加之帝后之間的隔閡，想想便能知道為什麼。

謝容與這麼問，不為別的，只是不想兜圈子，願意和她打開天窗說亮話。

「表兄說得不錯。我這幾年，的確被蒙在鼓裡。」

謝容與道：「娘娘今夜見臣，不只是為了說這些吧。」

「是，元嘉還有一個不情之請。」

章元嘉安靜了片刻，站起身來，逕自繞出方几，她深深吸了一口氣，驀地朝謝容與跪下。謝容與眉心一蹙，在她膝頭落地前先行將她扶起，「娘娘這是做什麼？妳我君臣有別，這樣的大禮恕臣受不起。」

「如何君臣有別？」章元嘉望著謝容與，「如果我父親有罪，我還有何顏面做這個『君』？」

她退後一步，執意屈膝跪下，「元嘉的請求之意重，乃是把身家性命都託付在了表兄身上，還望表兄萬萬領受。」

她說著，雙手呈上了一封信，「此前我為了騙取父親的信任，縱容我身邊的侍婢與父親互通消息，而今父親處境艱難，不得不手書一封私函請我轉遞京外。這封信我不曾看過，眼下將它原封不動地交給表兄，信上的線索想必對表兄追查洗襟臺之案的真相大有幫助。」

「元嘉只有一個請求，如果章氏一門無辜，還請表兄務必還我們清白。」

「反之，如果父親當真有罪，任何懲處，元嘉甘願陪同父親一起領受。」

私函上的署名儼然是章鶴書的筆跡，章元嘉抿緊唇，握著信函的指節蜷曲發白。

做出這樣的決定其實是很艱難的，在收到父親的信後，章元嘉連續數夜輾轉難眠，她甚至想過，如果這封信當真可以救父親於水火，她願意透過自己的門路幫父親把這封信轉遞京外。

但是章庭告訴她要做對的事。

兄妹二人的關係很好，從小到大幾乎從未吵過架，小時候章鶴書忙於政務，都是章庭領著章元嘉上學堂，後來章鶴書與章氏一族劃清界線，依舊延用了「清嘉度身，蘭若度心」的家訓，而這則家訓的含義，就是章庭教給章元嘉的。

「至於我說的不情之請，」章元嘉道：「在一切水落石出前，還請表兄不要把今夜元嘉做的一切告訴官家。」

她低垂著眼，露出一個惘然的笑，「嫁給官家這幾年，我一直以為是我在包容他，包容他的繁忙與淡漠，縱容他莫名的疏離與沉默寡言，其實不是，直到今日我才明白，原來他身處這樣的兩難之地，從來就是他體諒我居多。」

是故哪怕有這麼多的隔閡，整個後宮也看得出，他唯一寵愛的就是她。

「他一直是個好皇帝，從兩手空空走到今日，一路行一路難，只是他走得太快，元嘉沒能跟上他。而今山雨欲來，我不想因為要顧慮我，拖慢了他的步子，我希望他能堅定如初，做出的所有決定，不會因為任何一個人而改變。」

謝容與接過信，「好，臣答應娘娘。」

待章元嘉起身，他退後一步，躬身揖下，「臣也謝過娘娘大義。」

見章元嘉咬著唇欲言又止，謝容與明白她想問什麼，說道：「至於令兄的傷勢，娘娘不必擔心，令兄在脂溪的確受了傷，眼下已有好轉，臣今早收到陵川齊大人來信，說令兄不日便會甦醒……」

謝容與和章元嘉說完話，沒在昭允殿多逗留，很快離開了。

他一向沉得住氣，今夜卻有些心急。眼下唯一能證明章鶴書參與名額買賣一案的，就是他偽造的空白登臺名牌，無奈追查名牌猶如大海撈針，玄鷹司並著禮部苦查了數日，只找到了名牌的仿製之法而已。謝容與直覺手裡的這封信就有他最想要的線索，剛出了昭允殿便要拆信來看，一旁的玄鷹衛見狀，立刻提燈為他照明。

信是送給京郊辛集縣一個吏胥的，章鶴書讓他去一趟慶明，找城東鐵匠鋪子的掌櫃收租。章鶴書很謹慎，信的內容幾乎全用了暗話，但謝容與還是看明白了。

他把信收好，「衛玦呢？」

「衛大人這幾宿都歇在衙門。」一旁的玄鷹衛道：「虞侯眼下要回刑部麼？屬下這就去傳衛大人。」

謝容與為了揪出章鶴書的罪證，這些日子在幾個衙門間連軸轉，聽了這話，他道：「不必，我去玄鷹司。」

線索得來不易，他必須親自送達。到了玄鷹司，衛玦跟章祿之幾人竟然還沒睡，看過信，衛玦道：「這就是了，章鶴書當年偽造登臺名牌，肯定找了精通這門手藝的人，慶明城東鐵匠鋪子的掌櫃，應該正是此人。收租子是暗話，大概是遞消息讓他連夜跑路的意思。眼下這封信落在我們手裡，只要在章鶴書反應過來前，將這辛集縣吏胥和鐵匠鋪子的一干人等一塊兒拿下，必能人贓並獲。」

衛玦根本不需要催促，立刻著人調集人手，一隊去辛集縣捉拿吏胥，一隊跟他趕去慶明拿人，另外還吩咐章祿之連夜提審顏盂，就拿信的內容做突破口。

衛玦隨後跟謝容與請辭，連夜便要離京，一開門，險些與正準備進屋的兩人撞個正著。好在習武之人眼疾手快，衛玦側身一避，朝天也拉著德榮退開一步，行禮道：「衛大人。」

衛玦點了個頭便離開了。

謝容與見朝天和德榮滿頭大汗，先一步問，「怎麼了？家裡有事？」

德榮道：「朝天有事稟給公子，在宮中兜了一大圈。」

朝天進宮路上撞見德榮，兩人先是到了刑部，又追到昭允殿，到了昭允殿，聽阿岑姑姑說謝容與已經離開了，然後又折返回玄鷹司。

「是少夫人讓小的帶話。」朝天道。

他把青唯是如何發現曹昆德與張遠岫有勾連的細節告訴了謝容與，「少夫人說，雖然官家已經派人盯住了曹昆德，但曹昆德心思縝密布局日久，宮外還有張二公子相助，他要做什麼，只怕防不勝防，她那邊已經給岳前輩去信了，也請公子早做防備，案情釐清在即，萬莫要在這樣的當口出了岔子。」

謝容與聽了這話，沒有絲毫猶豫，立刻喚來一名玄鷹衛，讓他把青唯的話原封不動地轉述給趙疏，順便補了一句，「非常之時非常行事，還請官家尋個理由，立即把曹昆德拘禁起來。」

玄鷹衛遲疑道：「可是虞侯，都這麼晚了……」

謝容與看了眼天色，「還不到四更，去吧，官家定然還在看劄子。」

玄鷹衛領了命，疾步往禁中走去，在玄明正華前遞了牌子。與此同時，紫霄城的南門一角大敞，衛玦帶著數名將卒策馬疾馳而出。而禮部、刑部、大理寺等衙門燈火徹夜通明，裡頭大員坐在書案前或是翻查卷宗，或是書寫奏報，他們神情肅穆，幾乎忘了疲倦。

在這個無雪的靜夜裡，每一盞亮著的燈火都像無聲張開的獸目，每一個奔走的不眠人都像風雪再度到來前尋覓生機的蛩蟲，他們不僅僅在消弭的風中嗅到了危機，更為了掙脫黑暗，看到隔一日天亮起來時的光明。

也是在同樣的夜裡，一支細竹管一抖，落下一段煙灰。東舍裡，曹昆德長長一嘆：「老了，天一冷，連支竹管子都握不住了。」

整個屋子裡彌散著一種令人沉淪的靡香，小金碟上的細末就快要被焚盡。這些細末是從一塊糕石上剔下來的。前陣子青唯闖東舍，這塊糕石還有拳頭那麼大，不過數日，只餘下指甲蓋那麼丁點了。

曹昆德今年身子不好，這東西本來下了決心要戒，不知為何，上回見了青唯，那癮說來就來，怎麼都壓不住。這幾日竟有成災之勢，只要一刻離了它，渾身就提不起力氣似的。罷了，左右趙疏大半年前就對他起了疑，暗自派人盯著他，最近更是拿「怕他辛苦」做藉口，不讓他在邊上跟著了，他就順其自然地與這糕石沫子相伴，也不必擔心宣室殿傳喚。

墩子順勢將一張絨毯搭在曹昆德膝頭，輕聲囑咐：「師父，仔細受涼。」

好半晌，曹昆德才從沉淪中睜開眼，沒頭沒尾地道一句，「是時候了。」

這句話說來莫名，墩子卻聽明白了，膝頭落地，痛喊一聲：「師父！」

曹昆德望著他，目光近乎是慈愛的，「去吧，路咱家幾年前都給你鋪好了，記得咱家教給你的，把話兒帶出去，把該報的仇報了，記得你曾經受的苦，記得那些跟你一樣的劼北遺孤所遭過的罪，他們沒你幸運，不能像你一樣撿回一條命。咱家呢，就在這裡為你當個銅牆鐵壁，幫你把那刀槍擋上一時。」

「是。」墩子向曹昆德磕了三個響頭，眼底含著淚，「墩子謝過師父。」

第二十三章　實情

夜更深一些，城中的一間茶鋪內舍發出一聲杯盞碰撞聲。一群學生聚在長桌前，一邊圍看新寫的檄文，一邊焦急地等待著什麼。

其中有個身著破舊襖衫的耐不住性子，「砰」一聲把茶盞放在桌上，問道：「袁四，你說的那個證人究竟什麼時候到啊！」

「是啊，蔡先生被關入京兆府大牢已經有幾日了，那天朱雀街踩死了人，說到底不是蔡先生的過錯，誰讓林家、曲家的少爺敢在這時候露面？朝廷不處置這些罪人之後就罷了，反倒捉拿蔡先生，蔡先生有什麼錯？不過是領著我們遊街討問真相而已！袁四，你不是說有法子讓朝廷放了蔡先生麼，什麼法子你倒是說呀！」

眾人口中的袁四正是角落一個穿著襴衫的中年人，此人生得一張闊臉，其貌不揚，難得的是氣度沉穩，聽了眾人的催促，他不急也不躁，「諸位，我早已說過了，朝廷關押蔡先生，這個決定並沒有錯，那天朱雀街上死了人，死了人就得有人負責，蔡先生是我們當中領頭的，朝廷自然要捉拿他。想要讓朝廷無罪放人，只有一個法子，那就是證明當日我們遊街，乃或是對那兩名罪人之後惡語相向都是情有可原、有理可循的，是朝廷沒有給我們想要的公正，才讓我們氣不過，當街洩憤。」

「可是如何證明朝廷沒有給我們想要的公正？洗襟臺這案子，朝廷不也正在查麼？我們遊街歸遊街，說到底也只是催促朝廷加緊釐清案情，還天下一個真相罷了。」

「所以我才讓諸位稍安勿躁。」袁四道：「諸位當真覺得，當年士子投江後，朝廷為之震動，改革一新，此後所有的決策都是公平公正的嗎？不然，長渡河一役結束，劼北一帶滿目瘡痍，朝廷為了收拾這爛攤子，沒少做髒事。我已說了，我有一位故人，他深知當年朝廷犯下的過錯，所有的內情由我說來只是轉述，諸位還是等他現身說法吧。」

「說來說去還是要等你那個證人！本來說好的子時到，眼下都快寅時了，人影都沒瞧見一個，再等下去天都快亮了！」破舊襖衫忍不住心急，脫口道：「袁四，該不會根本沒有這個人，一切都是你杜撰出來矇我們的吧！」

袁四沒吭聲，回答他的是門扉的一聲輕響，眾人移目看去，進來的是一個眉清目秀的年輕人。如果有宮中人在此，一眼就能認出來人便是曹昆德身邊那個影子似的小太監，連個正經名兒都沒有，因為剛入宮時，幹的是趴在地上，給宮中各位貴主當墊腳的差事，所以人稱一聲「墩子」。然而他眼下換上襴衫，看上去竟跟尋常書生沒什麼兩樣，只有那雙眼是幽深的，讓人辨不清他的過往如今。

「曹先生來了。」袁四立刻起身，將墩子迎進屋中。

墩子環目望去，「諸位有禮，敝人姓曹，單名一個穗字，取來年穀穗豐收之意。」

「你就是袁四說的那位證人？」一眾士人將信將疑地看著墩子。

長渡河一役已過去了十八年，熟知這場戰事的後續因果的，多少應該有些年紀了，眾人本以為他們等的證人是一個劼北的老人兒，沒想到來人竟這樣年輕。

墩子道：「不錯，你們在等的人正是我，我便是當年劼北一帶的遺孤。」

「可我觀公子的模樣，並不像遺孤啊。」

「是啊，公子說話的口音也是正經京中官腔，聽不出在劼北生活過。」

「你拿什麼證明你是劼北人？」

「對，我們不能這麼輕易地信了你，除非你證明給我們看！」

墩子沒吭聲，他似乎早就料到了這些士人會質疑他，神情沒有絲毫動容，一言不發地解下薄氅交給袁四。

一眾人等不知道他要做什麼，皆是安靜地看著他。

墩子手上的動作並沒有停止，隨後解開襟口的盤扣，將外衫也脫了下來。外衫褪下還有內襖，襖子去了，剩下還有一層中衣。但墩子依舊沒有停手，直待將中衣也褪下，屋中眾人俱是倒吸一口涼氣。

裸露的肌膚沒有一處完好的地方，密密麻麻遍布著傷痕，這些傷顯見得是舊傷，有些成塊的傷疤因為身體的成長，新膚的生成，被撕裂得支離破碎。然而傷處太過猙獰，不難辨出是怎麼形成的，有鞭痕，也有火碳的烙印，左胸下有一片皮膚是凹進去的，大概是肋骨斷後沒仔細接遺留的創跡。

屋中的人震詫得說不出話來，墩子口音一改，變成了劼北的家鄉話，「沒有人會往自己的身上施加這樣的傷痕，除了那些飽經苦難的，在家鄉根本活不下去的劼北遺孤。」

「諸位，你們眼下肯相信我的話，聽我細細說來了嗎？」

一匹疾馬衝破黎明前的夜色，在江府門前急停下來，馭馬人下馬時摔了一跤，然而他根本顧不得疼，匆匆往府中奔去，一面高喊道：「少夫人，信到了，岳前輩的信到了！」

此人乃江家的一名護院。

昨晚青唯回家後，愈想愈覺得不安，她雖然讓謝容與提防曹昆德了，可是曹昆德蟄伏了十數年，他的預謀豈容他人輕易破壞？及至深夜，青唯才和衣躺下，半夢半醒間，豎著耳朵都在聽外間的動靜。因此朝天和德榮一回來，她就起身了。聽朝天說官家已派人臨時拘禁了曹昆德，她仍不能放心，催促家中一名護院再去驛站看看，好在結果沒有讓她失望，岳魚七八百里加急把信送來了。

青唯收到信立刻拆開來看，岳魚七不擅文墨，寫信從來簡短，這一封卻足足有三頁，開頭連寒暄都省去了：「小野，為師近日照妳說的，會了會中州的俞清。此人確備受張遠岫信賴，是這位張二公子在中州地界的接頭人。他嘴有點硬，為師用了點妳不需要知道的辦法才讓他把實話吐出來。」

「曹昆德的事他知道得不多，不過關於曹昆德那個恩人，龐元正妻兒的下落為師已經問清楚了。龐元正過世沒幾年，劼北很快打了仗，就是人們熟知的長渡河之役。這一戰過後，劼北一帶哀鴻遍野，本來還能勉強過活的人徹底活不下去了。活不下去怎麼辦？朝廷的賑濟糧到底有限，只能讓民間幫忙想法子。中州有個商人，也是妳的老熟人顧逢音，他因為去劼北做買賣，不忍見民生多艱，回到中州後，便收養了幾名劼北遺孤。這事由他開了先河，隨後受到朝廷鼓勵，漸漸就傳揚開了，以至於中州、慶明一帶的商人紛紛效仿，也開始收養劼北遺孤。」

「我眼下才弄明白，原來朝廷的鼓勵不只是說兩句讚揚的話而已，而是有切實的政策的。比如江留，當時江留的官府聲稱，凡收養五名以上的遺孤，可減除三成的行商稅，如果這些收養遺孤的富商有買賣往來劼北，行商稅不但可以全免，官府還會予以資助。這是好事對不對？一方面，解決了部分劼北難民的生計；另一方面，朝廷又透過經商，帶著劼北從苦難中走出來。我聽人說，劼北有名的渠茶和劼綢，就是這樣時興起來的。」

「可惜事有兩面，這樣一個決策，多少也造成了些惡果。當時商人收養劼北遺孤，先挑長渡河將士的親眷，沒有才挑那些剩下的。收養了將士遺孤，說出去面上有光，這些遺孤多少也會受到善待，哦，那個經常來向我討教功夫的小子，叫顧朝天的，不就是這樣的出身麼。至於那些剩下的，本來就吃不飽穿不暖的劼北人，會不會被收養，收養過後的遭遇會怎麼樣，就聽天由命了。那時官府的政策大致是，收養五人減免三成稅，十二人減免五成，二十人減免七成。顯而易見，收養得越多，賦稅越低。可是二十個人，哪怕都收來做下人，做最低賤的僕從，那也是二十張吃飯的嘴要餵，所以……」

岳魚七寫到這裡，似乎覺得不堪，暈了好大一團墨漬，他另起了一行，寫道：「所以，當時商人中有人鑽空子，專挑那些難養活的收養，等在官府登記好了，得了便宜，便將人扔在一旁，三天餵不了一頓飽飯，過得連狗都不如，還不讓人自己出門找吃的，怕被官府知道了遭到懲處。他們暗中把這些人關起來，這些人有的熬不下去，很快就沒了。自然官府也是要管的，派人定期上門尋訪，也會抽查難民與遺孤的狀況，可是那麼多難民，總有漏網之魚，再說表面功夫誰都會做是不是？官府又不可能派人住到這些商人家裡。」

「其實這還算好的，更有甚之，有極少數人有一些不為人知的癖好，專門以折磨人取樂，甚至……太不堪我就不多說了，被收養的遺孤和難民飽受摧殘，在劼北好歹算個人，離開劼北，連人都不是了。據俞清說，龐元正的妻兒很不幸，就是被這樣一戶人家收作了下人。這家人的家主姓廖，簡而言之不是個東西，妻兒三人去廖家不過一年，先後就被折磨死了。當時正是昭化元年。也正是同一年，曹昆德晉了內侍省的押班，終於有門路往宮外遞消息。」

「曹昆德這個人吧，說他陰毒心狠不為過，不過單從這樁事來看，他也算是個人物。他離開劼北這麼多年，為了活下去咬牙淨身，在宮中也混出頭了，卻依舊惦記著龐元正將他送出劼北的恩情。滴水之恩湧泉相報，能做到這一點的人不多。曹昆德一直希望能報答龐元正，所以在得知龐元正身死，餘下妻兒受盡折磨也不在人世後，他把所有的錯都歸咎在自己身上，他覺得是因為自己沒能早一步回報龐氏一家，才讓他們落得如此下場。曹昆德隨後決定為龐家妻兒報仇。」

「按理說，他的仇家是誰很明顯，正是那個收養龐氏妻兒的廖姓家主。不過有樁事說來也怪，早在曹昆德找到龐氏妻兒前，這個廖姓家主已經死了，他折磨長渡河遺孤的案子也大事化小不了了之了。聽俞清說，曹昆德之所以與張遠岫合作，是因為他有舊怨未了，依然有仇人逍遙法外，他在等一個合適的時機揭發此人的惡行，所以在宮中蟄伏下來。」

「這就是我從俞清這裡探到的，關於曹昆德的全部。俞清肯定隱瞞了一些跟張遠岫有關的線索，可惜我沒問出來。對了，上回妳提的曹昆德身邊的那個墩子我也查了查，也是巧，曹昆德雖然沒能從廖家救出龐氏妻兒，卻陰錯陽差救下了這個倖存的小兒。至於日前妳在中州看到的白隼，那隼確實是由曹昆德豢養，在上京與中州之間往來送信的。小野，我直覺這事不簡單，曹昆德究竟想做什麼，他的仇人究竟是誰，他蓄勢待發地在等著什麼，一切雖然未知，浮出水面之時，必定有跡可循，妳在京中還需趁早提防，珍重。」

青唯蹙眉看完最後一行，不禁費解，一切正如岳魚七所說，廖姓的家主已經死了，曹昆德的仇人會是誰？他說的合適的時機，到底是怎樣一個時機？

青唯思及眼下顧逢音也在京中，這個廖姓家主也是中州人，指不定顧逢音知道他呢。

正待吩咐德榮與朝天去打聽，一抬眼，卻見德榮雙手握著信紙，指尖不斷顫抖，臉上更是連一點血色也沒了，他抬眼看向青唯，向來安靜的眼底露出少見的驚惶：「少夫人，出、出事了……」

城中，茶舍內。

「……長渡河一役後，劼北一帶遺孤無數，我便是其中之一。奈何像我這樣出身低微的，即便被收養，也是那些商人為了減稅用來湊數的，遇上好的人家，勉強有口飯吃，遇上不好的人家，等著我們的就是地獄。」

墩子環顧四周，目光是幽靜的，「是年，我被中州一戶廖姓人家收養，做了一年下人。諸位觀我模樣，便知在短短的一年之內，我遭到了怎樣的虐行，然而還不只這些——」

墩子說著，握住腰間褲帶，朝外一扯。

褻褲落地，映入眼簾的瘡疤猙獰可怖。

士人中不禁發出陣陣低呼，有人不忍直視，不由得別開臉去。

曹昆德救下墩子那年，已是入內內侍省的押班，憑他的地位，在京中為墩子置一處安身的宅子不難，何必讓這個苦命的孩子跟自己一樣做那無根之人呢？

可是曹昆德沒法子，因為墩子遇到他時已經殘缺不全了。

這時，一名士人說道：「曹兄弟的遭遇在下十分同情，但是，那個殘害你的歹人已經不在了，事情過去多年，今日重提又有何用呢？」

「正是，平心而論，官府做得並沒有錯，曹兄弟實在是命不好，遇上了這樣的惡人。」

他們今日聚在這裡，究其原因，是為了營救蔡先生。還是那句話，除非能證明朝廷在洗襟臺一案上處置有失，他們是沒法要求官府放人的。

「諸位別急，我的話還沒說完。」墩子道：「諸位只道是那姓廖的惡人已經死了，可你們知道，朝廷是怎麼懲處他的嗎？朝廷根本沒有公開他的罪行，只是祕密將他處決了，他的同黨，他家中那些助紂為虐的家眷，至今依然逍遙法外。」

「當時我們一共七人被那姓廖的收養，除了我，其餘六個一個都沒活下來，其中包括一家母子三人。而且據我所知，那年中州、慶明等地，這樣的惡商不只一個。然而官府碰上這樣的事，俱是祕密處決，絕不追查！諸位知道這是為什麼嗎？因為官府不敢將這樣的醃臢宣揚出去，否則百姓們還怎麼誇讚官府？豈不汙了先帝的卓然政績麼！」

「更有甚者，當時中州有一個頗有名望的富商，他非但親手將我們推入火坑，在發現我們被虐待後，還包庇姓廖的，正是他和官府聯手，才將此事大事化小小事化了，把數十條因為受虐喪生的性命視為兒戲，反倒全了他的名聲！」

墩子說到這裡稍頓了片刻，語氣從激昂變得沉鬱，「而最重要的一點，我想請問諸位，長渡河那一仗，真的需要打嗎？諸位想想，長渡河一役前，劼北是什麼樣的？長渡河一役後，劼北又成了什麼樣？」

長渡河一役前，劼北災荒，劼北人雖窮，多多少少還能苟活；長渡河一役後，劼北哀鴻遍野，遺孤無數，以至朝廷不得不聯合民間商人收養遺孤。

這時，先前那個破舊襖衫道：「曹兄弟這麼一說，在下想起來了，當年長渡河戰事前，朝廷便有人主和，是士子投江過後，朝廷才一致決定應戰蒼弩十三部。」

「是，我也記得昭化十一年還是十二年來著，先帝提出要修築洗襟臺，當時其實有不少人反對，京中一些士人說，與其修築樓臺勞民傷財，不如拿這筆銀子去安撫劼北遺民。後來這批士人還被問罪了。」

「先不論這一仗該不該打，照這麼看……」坐在角落裡的幾名士子相互對視一眼，「朝廷在劼北的處置上的確有失偏頗？」

「事後居然還有顏面修築樓臺紀念他們的功績！」

破舊襖衫問：「曹兄弟，你敢擔保你說的字字屬實？」

「我敢以我的身家性命起誓！」墩子豎起三指賭咒發願，接著又道：「且我手上還有一名關鍵證人，正是我適才說的那個跟官府聯手，包庇姓廖的中州富商。」

「這富商眼下人在哪裡？」

「已經被我的人拿住了。他目下距這裡有點遠，諸位若肯等我一個時辰，我把他帶來，讓他親口說出實情。」

「好！」破舊襖衫高呼一聲，轉頭看向舍中的所有士人，「各位，眼下看來，朝廷的確在整個洗襟臺大案，包括十餘年前的長渡河之役中有所隱瞞，而我們皆被蒙在鼓裡！事不宜遲，我提議我們眼下便去朱雀街，要求朝廷公開真相，無罪釋放蔡先生！」

「去朱雀街做什麼？依我看，直接去宮門！」

「對，粉飾太平有何用處！不如直接去宮門！那麼多死去的劼北遺孤，洗襟臺下那麼多冤屈與不平，難道還不夠讓朝廷還我們一個真相嗎！」

滿堂士子的憤懣之情被徹底點燃，破舊襖衫深深點了一下頭，轉頭對墩子道：「既如此，勞煩曹兄弟待會兒直接將那惡商帶到宮門口，讓他當著天下人的面招出他的罪行吧。」

江家。

青唯見德榮神色有異，問：「你是不是想到了什麼？」

「少夫人，」德榮嚥了口唾沫，「能不能讓小的看一下最後一張信紙？」

青唯毫不猶豫地將手裡的信紙遞給他，德榮一行一行地看完，竭力平復了一會兒，「這個收養龐元正妻兒的廖姓家主，我應該認得。」

「他是義父的朋友，做瓷器買賣的。為了減免商稅，有一回他到家裡，專程向義父詢問如何收養劼北遺孤。義父心地善良，為了鼓勵他幫助劼北孤兒，還帶我去見了他。義父也勸過他，讓他量力而行，說收養孩子，不像貓兒狗兒，給口飯就行了，既然養了，就要好好對待，沒想到一年後……」

德榮抿緊唇，靜了片刻才道：「一年後究竟發生了什麼我不太清楚，只知道那些被廖姓家主帶回去的劼北遺民出事了……那天他找到義父，說官府查到他身上，求義父為他作證，說他是無辜的。義父很生氣，說什麼這一切都是他咎由自取，他幫不了他，為此還氣病了一場。後來……似乎江留府的大人也登過門，跟義父商議廖姓家主的案子，具體怎麼說的我記不清了，只記得他們讓義父不能宣揚出去。其實那段時間江留傳過流言，稱義父沽名釣譽，包庇惡人，不過我相信義父的為人，沒把這當回事，久而久之也就淡忘了，而今想起來……」

德榮抬眼，怔怔地看向青唯，「少夫人，岳前輩的信上說，曹昆德有仇沒報，他的仇人，會不會就是義父？說到底，是義父鼓勵那廖姓家主收養遺孤，也是義父幫他隱下了罪名，不然義父怎麼忽然來京了呢？」

青唯聽他這麼一說，霎時猶如醍醐灌頂，此前怎麼都想不明白的幾個疑點相互串聯了起來，真相剎那浮上水面。

是了，她就說怎麼會這麼巧，她要上京，顧逢音也上京了。

原來她在中州看到的那隻白隼，當真攜著曹昆德的信函，只是那封信既不是給張遠岫也不是給俞清的，而是託俞清轉遞給顧逢音的，目的就是為了逼迫顧逢音上京。

顧逢音上京這一路一直憂心忡忡，到了京中，非但不與朝天德榮住在一起，朝天德榮幾回去鋪子上探望他，他也避之不見，青唯原還以為這養父子三人並不親近，照這麼看，顧逢音早就知道曹昆德要找他尋仇，不想把兩位養子牽扯進來罷了。

最重要的一點，依曹昆德今時今日的地位，他早就可以報仇了，岳魚七的信上卻說，曹昆德在等一個合適的時機。

那麼這個時機是什麼時機呢？

彼時青唯趕到中州撞見白隼，正值謝容與於脂溪取回證據的半月之後，那時消息傳到京中不過幾日，剛好能讓白隼飛個來回。

所以曹昆德是在等真相即將水落石出的這一天。

他選在這個時機的原因是什麼？他除了跟顧逢音尋仇，還想要做什麼？

極度不好的預感席捲了青唯心間，她根本來不及細思，當機立斷道：「德榮，你立刻進宮找官人，讓他借我點人手，當務之急保住顧叔要緊。」

「朝天，你這就跟我去顧叔鋪子上瞧一眼。」

天已經漸漸亮了，一夜風停，天際竟不見朝霞，雲團子積得很厚，雪卻沒有落下，青唯急鞭趕到城西的鋪子前，很快下了馬。

跟青唯同行上京的那位顧府管家正焦急地在門前徘徊，看到青唯與朝天一起，訝然道：「江姑娘，三少爺，你們怎麼會同路過來？」

他不知道青唯的真正身分，有此問無怪。

朝天解釋道：「這位是我主家夫人。」

管家沒反應過來所謂主家夫人正是昭王妃，正要細想，青唯問道：「劉管家，顧叔呢？」

「我正著急這事呢，適才鋪子上忽然來了幾個粗衣壯漢，老爺跟著他們走了。」

「具體什麼時候的事？」

「半個時辰前吧，當時天還沒亮。」

青唯眉心一蹙，緊趕慢趕，還是晚了一步。

劉管家見青唯的神色不對勁，「江姑娘，是不是出什麼事了？」他一拍大腿，懊喪道：「我就說，我當時就覺得那幾個粗衣壯漢有點古怪，我該把老爺攔下來的！」

青唯道：「劉管家您先別急，先回答我幾個問題。」

「第一，顧老爺上京，其實不是為了處理生意上的岔子，而是因為收到了一封京中的來信對不對？」

劉管家猶豫再三，這事顧逢音原本誰都不讓說的，可是眼下眼見著老爺被歹人劫走，他管不了那麼多了，「不瞞江姑娘，老爺的確是收到一封信才決定上京的。這幾日老爺在鋪子上也沒忙別的，只是反覆查各地的帳目，大有要把家業分出去的意思。老爺昨夜還說，家中這麼多少爺裡，屬二少爺最聰明，京中和中州的買賣，以後就交給二少爺來管，少爺要是管不過來，小昭王自會幫他。」

顧家的二少爺正是德榮。

顧逢音這話，大有交代後事的意思。

青唯又問：「類似的信函，顧叔並不是第一次收到是不是？」

如果曹昆德一早便認定仇人是顧逢音，應該許多年前就聯絡過他，否則顧逢音不會在收到曹昆德信函的第一時間便決定上京。

果然，劉管家道：「這樣的信，老爺的確不是第一回收到了。此前一共寄來過兩回，第一回在，在……」

「昭化元年？」青唯問。

昭化元年，曹昆德得知龐氏妻女的下落，救下墩子，寫信質問顧逢音。

「對、對，昭化元年，老爺收到信後，十分自責，還大病過一場，說什麼他做錯了事，會遭報應的。」劉管家道：「第二封信大概在兩年前，老爺收到信後，又鬱鬱寡歡了數日。」

兩年前，正是朝廷決定重建洗襟臺之時。

這第二封信，應該就是曹昆德與顧逢音約定上京的信，顧逢音因為自責，答應了曹昆德的要求，直待今年初秋，接到第三封由白隼送來的信，與青唯同路來到京中。

這樣就沒錯了，顧逢音一定是被曹昆德的人帶走了。可是他究竟去了哪裡呢？

青唯知道單憑自己和朝天，想要在這偌大的京城找一個被有心藏起來的人無異於海底撈針，好在德榮已趕去宮中問謝容與借人了，與其無頭蒼蠅似地亂撞，她眼下最好等玄鷹衛的增援。

青唯憂急地在原處徘徊，直到半個時辰過去，街口才傳來橐橐的馬蹄聲。數匹駿馬疾馳而來，正是祁銘等一眾玄鷹衛，德榮也在其中。

青唯疾步上前：「你們怎麼才來？」

祁銘一邊下馬一邊解釋道：「今天不知道怎麼回事，城中各街巷一早便有士子遊街，紛紛往宮門的方向湧，把各個街口堵得擁擠不堪，若不是虞侯早有防備，天還沒亮便讓我等出宮聽少夫人調遣，屬下恐怕眼下都趕不過來，少夫人莫要怪罪。」

青唯意識到自己語氣不善，緩聲道：「你別誤會，我沒有怪你們的意思，我就是有點著急。」

她緊接著問：「曹昆德已經被拘禁了嗎？」

「官家一接到消息，立刻派人去東舍把曹昆德帶走了，但是……墩子不見了。」

青唯聽了這話並不意外，曹昆德如果沒有後手，他就不是曹昆德了。

所幸她等的這一時沒有白費，已經把顧逢音可能去的地方細想了一遍。

曹昆德一個大璫，朝臣雖然會給他面子，但多少瞧不上他，他的本事頂了天，能夠真正收買的人，除了手底下的內侍，只有各宮的侍衛了。這兩年青唯能順利進出東舍，除了有墩子引路，角門的侍衛「功不可沒」。要說這些輪班的侍衛不是曹昆德的人，青唯是不信的。而眼下墩子一個內侍能順利離開宮禁，必然有侍衛與他裡應外合。

墩子一個內侍在城中沒有落腳處，這些侍衛卻是有的。

「如果我記得不錯，外重宮門和城門，都是由武德司看守對嗎？」青唯問。

「少夫人說得不錯。」

「好，你們這就去取武德司的排班表，我想查一下這兩年我每一回進出東舍，角門都是由誰人看守。」

祁銘聽了這話，目中流露出些許訝異之色。

青唯問道：「怎麼了？有困難？」她也知道擅自取其他衙門的排班表絕非易事，可是性命攸關，再難只有克服。

「不是。」祁銘道，隨即喚了身後一名玄鷹衛一聲，玄鷹衛應聲上前，呈上三冊卷宗，祁銘解釋道：「這是屬下出宮前，虞侯派人問軍衙討來的。武德司近三年的排班表都在這裡了，虞侯說，雖然不知道少夫人查出了什麼，這些排班表想必對少夫人有用。」

城北的餘溝巷有間破舊宅子，主人家一旬只回來一回，每回提著刀來，提著刀走，鄰里鄰近的瞧見了也不稀奇，偌大的京畿之地，有皇親國戚，自然就有三教九流，餘溝巷裡住的都是下三等，哪怕傳來殺人的動靜，住在隔壁的也該吃吃、該睡睡。

今早天不亮，破舊宅子的門「吱呀」一聲被推開，雜亂的腳步聲踩破了清晨。附近的人聽了，只當是那提著刀的主人家又回來了，正要閉上眼睡，忽然聽見一聲哀號，間或伴著低斥聲。巷口一個乞丐不勝其擾，推開宅門正待大罵，瞧見院中的場景，不由得傻了眼。

院中的哪裡是什麼下三等，分明是數名身著赭衣的侍衛。院當中還擱了一把紫藤交椅，上頭坐了個目光陰鬱的公子，更離奇的是這公子面前還跪了一個衣著富貴的老叟。

乞丐知道撞見了別人的私隱，轉身正要走，忽然被一隻大手拖入宅中，隨後脖間一涼，什麼都不知道了。

墩子蹙了蹙眉，叮囑那武德衛：「清理乾淨。」

隨後看向跪在地上的人，「繼續說吧。」

顧逢音眼下已經知道眼前的內侍就是當年廖家那個倖存的孩子了，「……你說得不錯，當年的確是我鼓勵廖兄收養劼北遺孤的，沒想到後來出了那樣的事……我知道你活著，原本想要收養你，可是你不見了……」

「死到臨頭了，裝什麼濟世菩薩？」墩子嗤笑一聲，「當初不是你把我和龐氏母子推入火坑的麼？你分明可以出堂作證，揭發那惡鬼的惡行，卻聯合官府一起包庇他。」

顧逢音沒有作聲。

墩子的話都是實情，這些年他一直活在自責中，是他讓廖昌收養遺孤，也是他親自幫忙挑的人，後來官兵從廖家抬出龐氏母子的屍首，顧逢音甚至不忍多看，餘後多年從未有一日心安。

良久，他嘆一聲，「冤有頭，債有主，曹昆德當年寫信質問我，我便想過有今日，你因此要怨我，要恨我，甚至想要我的命，我都認了。顧家的家業，我為你留了一份，算是對你當年的遭遇聊作補償了。」

「聊作補償？幾個銅子兒就能把我過往的遭遇抹去嗎？你這一條命，能換得回那些遭受不公的所有劼北人的性命嗎！」墩子冷聲斥道，他的神色隨後緩了緩，語氣卻更加陰沉，「我要你去宮門口認罪，當著所有人的面，撕開你偽善的面具，你肯嗎？」

顧逢音沉默了一會兒，低聲應道：「好。」

「我還要你親手寫下一封血書，把你所有的罪狀盡訴在內。」

顧逢音沒有遲疑，「好。」

墩子朝身後的武德衛看了一眼，武德衛會意，扔下一張白絹和一把匕首。

顧逢音割破手指，將自己當年是如何激進地幫助劼北孤兒，以至於釀成大錯，間接害死十數劼北人的性命，後又是如何為了保全自己名聲，沒有出堂作證一字一句寫了下來。

他寫的時候，墩子就立在一旁看，就在他寫到末尾時，墩子一下捉住他的手腕，「等等，最後這一段，我說一句，你照書一句。」

「當年蒼弩十三部入侵，長渡河之戰打與不打皆在兩可之間，因朝廷主戰，才釀成了劼北慘禍，以至劼北難民不得不遠離家鄉，去別處求生。其時劼北已然怨聲載道，後來中州廖昌等人虐待遺孤案起，朝廷為了掩蓋過失，防止劼北重翻舊帳，以至揭開長渡河一役的瘡疤，不惜包庇惡人罪行粉飾太平，今我以數十年所見所聞起誓，我之所言句句屬實，劼北遺民的不幸，皆源於長渡河一役，源於朝廷的漠視與放棄，源於⋯⋯」

顧逢音聽墩子說到一半，忽地停了手，急聲道：「不行，我不能這麼寫，你說的⋯⋯根本、根本就是不對的！你只看到了長渡河一役後，劼北人的不幸，可是你沒有想過，那一仗如果不打，外族一旦入侵，劼北人又會遭受什麼！再者，當年官府並非有意包庇廖兄的惡行，不公開他的罪行，是因為有更多的劼北遺孤受到了善待，如果此事宣揚出去，反倒會澆滅了各州府對劼北的積極相助之風，我承認我不出堂作證，確有保全名聲的私心，但官府這麼做，實乃為了大局著想。你太偏激了，一個決策本來就有兩面，如果我這麼寫，所有人的目光都會聚焦在那些不好與不幸身上，言語是真正的殺人利器，引著人們把劼北的災難歸咎於長渡河一役，對你而言有什麼好處？！」

墩子淡淡道：「沒什麼好處，在我看來，這就是實情。」

不是麼？十數年來，人們歌頌士子投江的赤誠，長渡河將士的英勇，卻無一人看到因此生活在地獄裡的劼北人。

士子已經湧往宮門，時機即將到來。他和師父蟄伏了多年，今日，他們就要把這些骯髒的、不為人知的陰暗揭開，徹底顛倒乾坤。

墩子的語氣驀地一厲，「這一段你寫也得寫，不寫也得寫，來人——」

兩名武德衛制住顧逢音，其中一人抓著他的手，仿著他的筆跡寫下最末幾行，顧逢音掙扎著道：「你便是逼著我寫了，到了宮門，我也不會照著你交代的說，我——」

「你覺得你還有命去宮門嗎？」墩子拿帕子揩自己的手，「劼北的證人，有我一個就夠了。至於你，所有人都知道中州的顧老爺來了上京，他無法面對自己的罪行，自戕前寫下血書，由我帶去宮門公布於眾。不必擔心他們會質疑我，畢竟你的字跡，你的屍身，還有你出於愧疚分給我的那一份家業都是最有力的證據。」

墩子說完，收好血書，正要吩咐人動手，忽然門口傳來一聲響動，他反應極快，立刻閃身避開，然而提刀的武德衛卻慢了一拍，被襲來的石子兒擊中手腕，長刀落在地上，發出「嗆啷」一聲，青唯的動作一瞬不停，閃身入院，一面高呼一聲：「朝天！」

一個時辰前，青唯拿到武德衛的排班表，很快找出東邊角門的可疑看守，隨後發現這些看守俱是效力於武德司一名趙姓校尉。青唯與玄鷹衛於是趕到京兆府，從衙門調出趙姓校尉的檔冊，查找他名下的宅子。宅子一共三間，俱在幽僻的地方。青唯與祁銘等人兵分三路前往搜尋，果不其然，顧逢音被帶到了城北的餘溝巷。

玄鷹司的人馬多半都在京外，今日馳援青唯的人並不多，眼下再一分兵，跟著青唯的只有幾人，遠不及院中武德衛的人數。好在眾人目標明確，知道當務之急是救下顧逢音，相互之間甚至不需要通氣，由朝天帶人攔下武德衛，青唯趕到近前，搶身奪過跟前一人的腰刀，長刀在掌中一個回落，便要割去綁在顧逢音身後的繩索。

正是這時，凌空伸來一隻手，挾住顧逢音疾退三步，居然讓青唯撲了個空。

此人正是墩子。他竟然是會功夫的。

只是墩子功夫再高，哪裡比得過岳魚七教出來的青唯呢？眼見著墩子一掌劈來，青唯側身靈巧躲開，步子不停，很快再度掠到近前，不過三五招的功夫，便從墩子手中搶下顧逢音。

院中武德衛的功夫都不弱，況乎玄鷹衛寡不敵眾，青唯審時度勢，救下顧逢音，立刻便要帶著他後撤，誰知顧逢音瞧見墩子翻牆欲逃，居然從青唯手中掙脫開，大喊道：「江姑娘，別管我，搶血書，快搶血書——」

青唯問：「什麼血書？」

來不及等顧逢音回答，她順手將他交給朝天，立刻去追墩子。幾名脫身的武德衛見狀，飛身撲來，與此同時，一牆之外的暗巷傳來駿馬嘶鳴——原來墩子擔心有異變，早就在牆外備了快馬。

青唯心急如焚，她雖不知道血書是什麼，卻猜出此物事關緊要，八成與曹昆德的預謀有關，三下五除二解決掉武德衛，縱身躍出牆外。

豈知只這麼一會兒工夫，外頭已徹底亂了。青唯追出暗巷，只見士子與百姓從四面八方湧上街道，他們不知道聽說了什麼，每個人的眼中都飽含著憤怒，紛紛高喊著讓朝廷還予真相。青唯懵了一瞬，她早上聽聞士子堵了街口還不以為然，眼下這狀況，又豈是尋常的遊街？

墩子必然追不上了，她被困在擁擠的人群中，想要脫身都難。不多時，朝天幾人順著暗巷找到了她，見了眼前的場景，瞠目結舌，「少夫人，這、這是怎麼回事……」

青唯搖了搖頭，剛想問顧逢音，街口再度傳來馬蹄聲，數名披甲持銳的殿前司禁衛艱難地從人群中闢開一條道，來到青唯跟前。

青唯到底是重犯，玄鷹衛警覺地擋在她的身前，好在禁衛並沒有無狀之舉，為首的一個十分有禮地向青唯躬身一揖，「想必閣下便是王妃殿下，屬下奉官家之令，京中急變，請王妃殿下立刻進宮。」他說著，知道青唯不會輕易信了自己，取出一把竹扇，「此乃昭王殿下信物，殿下眼下也在宣室殿中等著王妃。」

第二十四章　因果

這把竹扇正是青唯劈了江家後院的湘妃竹，送給謝容與的。

青唯瞧見竹扇，不疑有他，「帶路吧。」

幾人在僻巷上了馬，前面引路的殿前司禁衛道：「城裡被堵得水泄不通，朱雀街走不了了，我們只能從北門繞行。」

北門一帶住戶本來就少，只要順利繞開人群，大約半個時辰便能到宮中。

糟糕的是城中一帶，街巷中幾乎沒有下腳之處，不斷地有新的人加入遊街的隊伍，他們中有向朝廷討問真相的士人，有一知半解自以為在聲張正義的平民，更有什麼都不知道、跟著去湊熱鬧的百姓。

今日沒有廷議，朝臣們上值的時辰要比平常晚一些，他們不是被堵在路上，就是被這副場景驚得不敢出門。

京兆府尹聽完捕頭的稟報，連聲吩咐：「快！調集城中所有衙差，千萬不能出事故！」

祁銘望著黑壓壓的人群，在巷口勒轉馬頭，對身後的玄鷹衛道：「先不回宮了，你等隨我去城北塔樓待命，一旦瞧見宮中傳信，立刻去北大營調兵！」

與之同時，城南太傅府的府門被推開，張遠岫看著眼前急掠而過的士人百姓，淡淡道：「是時候了，我們走吧。」

還沒步下臺階，身後傳來急促的拄杖聲，老太傅追到院中，「忘塵，你去哪兒？！」

「去宣室殿。」張遠岫回過身，很溫和地笑了笑，「可能路上會走得久一些，不過到的時候，應該剛剛好。」

他的語氣波瀾不驚，似乎只是在說一樁平常事，老太傅依舊聽出了異樣。

他甩開拐杖，蹣跚地追到近前，眼底的渾濁就像淚花，「忘塵，聽為師一句勸，離開京城，今日便離開！再也不要執著於『滄浪水，洗白襟』，也不要想著修築洗襟臺了！把剩下的都交給為師，其實這一切歸根究柢，原本就是為師——」

「先生這幾年僻居慶明山中不問俗世，怎知外間變遷幾何？把一切交給先生，先生便能給出所有人都滿意的解嗎？」不等老太傅說完，張遠岫便打斷道，他的語氣隨即緩和下來，「先生放心，只待明日天亮，雲霾便會徹底散去，柏楊山的樓臺會永駐世間，一切都會結束的。」

「不是的，不是這樣的！」老太傅追著張遠岫下了石階，可是他太老了，微濕的階沿令他險些栽倒，好在身後的僕從趕上來攙住了他，然而張遠岫已經走出去很遠，老太傅啞聲喚道：「忘塵，你回來，其實、其實你哥哥他從不希望你——」

然而張遠岫的身影已經消失在街口。

老太傅的話他都聽到了，可是他沒有回頭。

有時候世事就是這麼可笑，正如他被賜字忘塵的這幾年，心中執念不敢放，從未有一日忘塵。

青唯跟著禁衛穿過三重宮門，來到玄明正華候命。宮門口的侍衛早就得了趙疏的吩咐，繳了青唯的軟玉劍與隨身暗器，很快放她入內。

這是青唯第一回來到禁中，廣袤的拂衣臺連接著一百零八級漢白玉階，直直通往高處的宣室殿。青唯拾級而上，到了宣室殿門口，禁衛跟她打了個手勢，帶她退去一旁待命。

青唯望不見殿中，只聽見裡頭有人正稟報著什麼。

「……這些士子起初聚在城北的一間茶舍中，目的只是為了商議如何救下被京兆府關押的蔡先生，後來不知聽說了什麼，開始質疑朝廷對劼北遺孤的處置……」

另一人接話道：「安置劼北遺民、開通商路復興劼北，乃先帝上位後的第一樁政績，在此之前，劼北先是災荒，又是戰亂，亂了不是一年兩年了，朝廷的決策按說該是功大於過，可是眼下遊街眾人居然把劼北的苦難與長渡河一役聯繫在一起，說正是因為打了仗，劼北才苦上加苦。這倒也罷了，之後他們稱是找到了劼北遺孤的證人，又說六年多前，先帝為了修築洗襟臺，處置過一批說真話的士人，然後把這些事件串聯在一起，弄得倒真像是朝廷在掩蓋什麼似的！」

這時，有人似乎低聲提議了什麼，適才說話的人一下就急了，「解釋？你倒是說說怎麼解釋——長渡河一役是錯的，劼北遺孤遭受虐行，朝廷為了堵住天下人的嘴，祕密處決了商人，沒有把他們的罪行公布於眾，數年後，先帝想要修築洗襟臺，有士人站出來說真話，先帝於是處置了他們——這才是那些人願意相信的『真相』！流言最怕不是空穴來風，而是有人故意曲解事實！何況眼下又出了買賣名額這麼大的案子，真是跳進黃河都洗不清！」

這一番話說完，宣室殿上靜了一瞬。

趙疏問：「外頭可是溫氏女到了？」

禁衛聞言，應了一聲，立刻帶著青唯進入殿中。

其時已有不少人尊稱青唯為王妃，但青唯知道自己仍是重犯，並不以王妃自居，到了殿上，跟著禁衛向趙疏叩首，「罪人溫氏，見過官家。」

趙疏很快讓她平身，「妳提前窺破墩子的動向，警示朝廷扣押曹昆德，可是查到了什麼？」

謝容與就立在陛臺之下，青唯先是看了他一眼，見他點頭，才如實說道：「回官家，草民查到的不多，只知道曹昆德的恩人妻兒當年慘死劼北，而曹昆德把這一切過錯都歸咎於顧叔……就是商人顧逢音身上。草民為了救顧逢音，追查到了墩子的動向，他早在士人中安插了自己的耳目，煽動士人情緒，連夜寫下檄文，並利用學生們救蔡先生心切，透露朝廷在長渡河、包括在洗襟臺的處置上有誤，慫恿他們向朝廷討問真相……更重要的是，墩子擄走顧逢音後，逼迫他寫下了一封血書，正如適才那位大人所說，血書上，墩子把劼北遺孤的不幸，朝廷的包庇，包括洗襟臺修築之初士人們的反對，跟長渡河一役聯繫在了一起。」

帶青唯進宮的禁衛道：「末將已經派人在各街巷搜捕墩子，一經發現，立刻捉拿。」

宮門前已然聚集了上萬人，國以民為本，水能載舟亦能覆舟，若是墩子把這封激進的血書帶到眾人面前，後果不堪設想。

畢竟不是每一個人都像青唯與謝容與一樣，對「滄浪洗襟」這一段過往了解得這樣深，數年孜孜不倦地追尋真相，更多的人是在奔忙的長日中捕風捉影地聽說過一點傳聞，而今有心人將實情掀開一角，露出來的恰好是一則駭人聽聞的祕辛，他們便自以為看到了全部真相，對所謂的不公口誅筆伐。

宣室殿上，幾乎每一個人都是心急如焚的，那封血書像一簇明火，剎那引燃了火繩一頭，隨著墩子每多一刻的下落不明，火繩便短一寸，直待燒到紫霄宮門，「火藥」徹底炸響，支離破碎的不會是那上萬人的肉身凡骨，而是民心。

民心碎了，國本隨之動搖，即便能拼湊起來，也會留下創痕。

趙疏看向謝容與：「昭王可有提議？」

謝容與的目光是安靜的，似乎他的心中早就有了答案，他將思緒理了一遍，說道：「回官家，臣以為，民心之所以浮動，在於曲解真相，而朝廷之所以想不出應對之策，在於……其實迄今為止，我們也不知道真相的全部，買賣的名額從何而來？當年先帝決意修築洗襟臺，究竟有沒有更多內情？臣以為，與其臨時想一個應對之策驅走民眾，亦或者派兵鎮壓，不如徹底找到真相，還以真相。」

他說著，拱了拱手，「臣昨夜得到一條重要線索，已經派衛玦連夜去查了，如果順利，最快今晚就有新的證據。當務之急，臣建議對外，第一，派人探聽清楚這些遊街的士人究竟聽說了什麼，與我們已知的真相有什麼出入，爾後派翰林速擬咨文以便澄清；第二，查出士人中，究竟是誰在煽動情緒，故意鬧事，找到他這麼做的原因，知其然不夠，知其所以然，才能將這引火之風徹底撲滅。」

「對內，劉大人，」謝容與對大理寺卿施以一禮，「眼下形勢危急，請您親自提審曹昆德。切記，此人狡猾多端，如果直接問，他恐怕一個字都不會吐露，好在他心結難解，對龐氏一家心存內疚，若能以此為突破口，想必會容易許多。另外——」

謝容與說著一頓，「臣還有一個不情之請，臣請當堂傳審曲不惟，並以無論發生什麼，都恕曲茂無罪為前提，請他招出所知的一切，非常之時非常行事，還望官家恩准。」

謝容與話音一落，便有人出聲質疑，「這樣能行嗎？那曲不惟嘴硬得很，這都快一月了，他什麼都不肯說，連矇帶詐的法子刑部又不是沒試過，他一個也不上當。」

「正是，萬若那曲不惟當真有罪，我們大殿審訊又落了空，豈不賠了夫人又折兵？官家三思啊。」

然而還不待趙疏應答，刑部的唐主事在殿外求見。唐主事似乎有急事要奏，連行禮都行得囫圇，「官家，稟官家，曲不惟剛才說，他願意招了！」

趙疏道：「把他帶來宣室殿。」

倒是殿上有人耐不住，低聲嘀咕了一句，「如何就願意招了，難不成聽聞外間士人圍堵宮門了，想要將功補過？」

唐主事正疾步往殿外走，聞言不由嗤笑一聲，「宮外的動靜又傳不來宮裡，他怎麼聽說？」隨後回身一揖，「稟官家，臣也不知道曲不惟怎麼就願意招供了，只聽守夜的獄卒說，昨晚曲不惟對著一個頗名貴的玉如意看了一夜，今早忽然就想通了。」

不多時，那個飽經風霜的軍侯被人帶到了大殿外。

他的雙手與雙足都套著鐐銬，凌亂花白的髮鬚在寒風中顫抖，步履卻依舊穩健，跪倒在殿門之前，「官家，只要官家肯保證吾兒停嵐不受牽連，罪臣願意如實招供，絕不隱瞞。」

「……罪臣十四歲跟著家父上了沙場，半生征戰南北。後來家父戰亡北境，罪臣襲家父爵，封晉陽伯。」

「咸和十二年，西楚涼部入侵，一夜間渡夜河、過邙山，西北常昌將軍命喪蠻敵彎刀之下，罪臣一日內調集北境兵馬，馳援邙山以南，大獲全勝，被晉為鎮北侯。可惜也因為此役，罪臣腰背落下不治之傷，無法再上沙場，在北境駐守三年，承蒙朝廷不棄，咸和十六年，罪臣被召回京師，時任樞密院兵房掌事。

「一個武將提不起刀槍就算廢了，好在罪臣出生武將世家，對各方駐軍分布、將卒調遣流程十分熟悉，兵房掌事這個職銜，幹的正是調兵遣將的活，大到剿匪緝盜、小到押送犯人，都是罪臣這裡批的。」

「昭化十一年末，先帝第一次提出修築洗襟祠，雖然朝廷大多數人都支持，也有反對之聲，尤以士人為首。他們稱長渡河一役後，劼北哀鴻遍野，十年時間，劼北看似緩過來了，仍有許多人活在苦難之中，與其勞民傷財修建大祠，不如拿這些銀子去撫恤難民。其實昭化年間，國庫已經相對充盈，修築祠堂、撫恤難民，這兩樁事大可以並而行之，所以雖然有異聲，先帝也沒怎麼聽，尤其在老太傅、張正清等人的大力支持下，昭化十二年初，朝廷很快定下在柏楊山修洗襟祠。」

「這個消息一傳出來，當初那些士人見反對無用，大多放棄了，但其中有那麼幾個，可能是偏激吧，朝廷的決定反而激發了他們的反骨。他們走上朱雀街頭，聲稱當年長渡河一役，根本不是主戰與主和之爭，而是百姓與疆土的取捨，最後朝廷捨了劼北人，保下劼北土。這些士人在街上鬧了兩日，還和京兆府發生衝突，打傷了一名官差，先帝聞後震怒，立即下令捉拿他們。人是罪臣帶兵拿的，京兆府的過堂都沒走，直接關去了大牢，沒幾日罪名定下來，判了流放七年。這事想必諸位都有印象。」

曲不惟說到這裡，頓了片刻，他似乎跪得久了，雙腿有些發麻，稍稍挪了一下膝頭，腳上的鐐銬隨之發出「嗆啷」一聲，「流放，哪怕只是七年，也實在有點重了，可能是先帝殺雞儆猴，除了老太傅反對過幾回，朝廷沒有異議。罪臣自然也沒有，這些關罪臣什麼事呢？然而就在這時，章鶴書找到了罪臣……」

「……還請侯爺行個方便，過了慶明，便把這些士人移交給章某提過的，姓瞿的那位親事官。」

曲不惟記得，當日章鶴書登門，一盞茶還沒吃完，便如是說道。

曲不惟時任西府兵房掌事，押送犯人的差事本來就歸他管，指定一名沿路負責的親事官，對他而言，無疑小菜一碟，只是……

「本侯為什麼聽章大人的？這個姓瞿的是章大人的什麼人嗎？」

「曲侯既這麼問，章某也就直言不諱了。」章鶴書闔上茶碗蓋，狠狠一嘆，「實不相瞞，章某想救下這些士子，給他們留一條出路……」

「章鶴書說，流放幾年事小，可一個清白士人，背上了這樣的汙點，一輩子就沒有翻身的機會了，衙門不收，連當教書先生，別人也是不要的。可說到底，他們又有什麼大錯呢，不過是有親人故友在劼北，為他們鳴不平時，說錯了幾句話罷了。十年寒窗，何至於被辜負。」

「章鶴書說，只要罪臣指定這名姓瞿的親事官押送犯人，餘下的事罪臣不用管，他自會處理。他還交給罪臣幾封他和這親事官的親筆信，說之後萬一出了事，罪臣把信函交出來，過錯由他來背，絕不會牽連到罪臣。」

「你答應了？」謝容與的聲音泠泠的。

良久，曲不惟點點頭：「應了。因為章鶴書答應了罪臣一樁事——來日洗襟大祠建成，隨御駕前往拜祭的臣工中，會有茂兒的一席。」

「罪臣半生征戰，膝下兒女不少，頭前四個出生時，罪臣都在戰場上殺敵，感情也不怎麼深。茂兒生下來的時候，恰是罪臣從北境受傷歸來，那是罪臣第一次感受到為人父的喜悅，加上傷疾纏身，心思便也不在沙場上了。罪臣當時，就想好好地把茂兒教養長大，可惜……」曲不惟苦笑了一聲，「可惜不得其法，寵的時候太寵，嚴的時候太嚴，本來也不是什麼好苗子，越管越廢。」

「罪臣那些年一直愁，侯府就算能養茂兒一輩子，可是人麼，終歸還得自己有點本事，別人才瞧得上你，茂兒成日這麼不學無術的，難道一輩子就混個蔭官麼？所以章鶴書說，洗襟祠建成，茂兒可以跟隨御駕前往祭拜，罪臣就答應了。罪臣想，這樣至少說明茂兒是被先帝挑中的人，他以後的路也會好走一點。」

「是年春，先帝驟然疾症，太醫稱先帝需靜養一年，不能行遠路，否則會加重病情，所以洗襟祠先帝是不能去了。先帝自己也變了主意，他決定改洗襟祠為洗襟臺，召大築匠溫阡出山督造，等樓臺建好那天，遴選士子登臺祭拜。茂兒不是士人，也就是說，這個洗襟臺茂兒是去不了了，章鶴書對罪臣的承諾，也無法兌現了。那日，罪臣找到章鶴書商量補救之法，章鶴書卻異常的高興……」

「曲侯，這是好事啊！這樣每個寒窗苦讀的士人都有登臺的機會，你不知道一條青雲之路對一個陷在泥沼中的人意味著什麼，他們再不用像我當初那般……」

章鶴書說到這裡頓住，他只是振奮地搓著手，不斷來回踱步。

「罪臣不知道他在高興什麼，看他這樣興奮，罪臣反而有點生氣，覺得他是在敷衍罪臣，不想兌現對罪臣的承諾。章鶴書卻反過來勸服罪臣，他說，先帝是個明君，太子……就是官家您，看著也是個好苗子，邊疆安定的盛世朝堂，必然是文士出，武將默，單憑茂兒一人，又能走多遠呢？但是有人一路幫扶著，那就不一樣了。罪臣和他都老了，扶得了一時，扶不了一世，將來，還要靠年輕的這一輩。只要我們挑幾個長勢好的筍尖，對他們施以小恩，等他們成了翠竹，自然知道回報我們。那麼什麼樣的『小恩』，能讓人一生銘記呢？」

大殿上靜靜的，只有謝容與道：「知遇之恩。」

「不錯，正是知遇之恩。章鶴書說，他能夠拿到洗襟臺的登臺名額，到時候分罪臣幾個，罪臣看中了誰，盡可以與他說，他會想法子讓這些人登上洗襟臺。罪臣是個粗人，只知道一些很粗淺的道理，章鶴書的話，罪臣當時並不全明白，也不知道該不該答應。然而這時，發生了一樁意外。」

「諸位還記得，咸和十二年，西北常昌將軍命喪蠻敵彎刀之下，罪臣疾奔三天三夜馳援邙山以南麼？罪臣到的時候，邙山之所以沒有被攻陷，是因為常昌將軍麾下，有一個姓茅的校尉帶著殘兵力抗蠻敵，這個茅校尉後來被封了游騎將軍，他和罪臣一樣，在此役中受了重傷，幾年後被朝廷召回。」

「他不是世家出身，大字不識一個，在京中僅領了個吃俸祿的虛銜，過得並不好。但他真正過不好的原因並不是這個，咸和十七年，蒼弩十三部入侵，茅將軍託人代書，上過十七封奏帖主和。誠然當時主和的大臣裡，有許多人的確是畏縮不戰，可是茅將軍不是，否則他不會落下這一身傷。他在西北駐守多年，深知劼北一帶百姓的疾苦，他們早就經不起一場戰爭的摧殘。茅將軍的奏帖裡，議和只是緩兵之計，他希望朝廷先遣使議和拖住蒼弩十三部，然後將劼北百姓撤去邙山以南，此後再打仗不遲。」

「咸和年間的朝廷，」曲不惟苦笑了一下，「哪來的銀子撤走劼北人？要真有銀子，當年災荒的時候，就不至於易子相食了。退一步說，即使有銀子撤人，耽擱幾個月的軍資又怎麼算？不過罪臣已經說了，茅將軍就是個粗人，他算不來這些細帳，他心裡眼裡只有劼北的那片土地和土地上的人。他一個低階將軍，沒有面聖的資格，廷議也輪不到他，他寫好奏帖，就去跪樞密院，跪京兆府，跪那些他熟悉的將門府邸。還真有人被他說動，為此向咸和皇帝諫過言，他甚至被那些真正畏縮不戰的主和派利用過，當成最鋒利的矛。」

「可惜，就在滿朝相爭不下之時，士子投江了。」

「一百三十七名士子命喪滄浪江中，包括張遇初和當朝駙馬謝楨。滄浪水，洗白襟，天下為之震動，朝廷上的主和派一夜間息聲，將軍岳翀隨即請戰。可是戰與不戰有了答案，一百三十七條士子的命該由誰來還？民間與士大夫很快便把矛頭對準了那些主和的將軍，說他們懦弱無能，自私虛妄，若不是他們堅持主和，也不會逼得士子投江。為了安撫民怨，朝廷自然有所處置，不少武將被革職罰俸，包括罪臣說的那位茅將軍。」

「其實這事在許多行伍出身的大臣心中埋下了病根，覺得朝廷重文輕武，官家繼位之初，朝廷有將軍擅權，其因果大抵也緣於此。不過這些都是後話了，說回昭化十二年，朝廷要建洗襟臺的時候。」

「昭化十二年，先帝決定改洗襟祠為洗襟臺，並遴選士人登臺，章鶴書告訴罪臣，說可以分給罪臣洗襟臺登臺名額。罪臣當時很猶豫，倒不是怕犯錯，不過是不知道這些名額拿來有什麼用罷了。可是這時候，發生了一樁意外，就是罪臣剛才說的那位茅將軍——他死了。」

宣室殿上沒人出聲，或許當時有人聽說過這事，並不在意罷了。

「一根結實的草繩搭在房梁上，罪臣到的時候，人早就沒氣了。有人說他是吃酒吃糊塗了，把自己掛上去的，但罪臣知道不是。士子投江後，他被革了職，十年間窮困潦倒，就這樣，還要被人指著鼻子罵是畏縮不戰的懦夫。他是懦夫嗎？如果他是，那他當年為何會在常昌將軍戰死後，帶著殘兵守住邙山之南，落下一身傷病？他只是……他只是，想得沒有那麼深遠，那麼周全罷了。後來罪臣也懂了，人有骨，國也有骨，社稷有骨，蒼弩蠻敵已經入侵大周疆土，這時候議和，那就是折了國骨，人折骨而不能行，國折骨，今後如何立於世？是故哪怕議和只是一個權宜之計，那些士人也分寸不讓，因為有的東西，比如心，比如骨，是不能讓的，這才是他們投江的目的。投江的士人沒有錯，赤誠之心天地可鑒，可誰又有錯呢？茅將軍有錯嗎？劫北受苦的百姓有錯嗎？都沒有。錯的只是在當時，根本沒有一個萬全之策，就是需要取捨。」

而一取捨，有些本不該對立的人事，便站在了黑白兩端，比如投江的士人與主和的將軍。而中間模糊不清的一團灰，太少人能看明白。

「罪臣看見茅將軍的下場，忠肝義膽戎馬征戰，最後卻在一間漏風的瓦房裡草草了卻一生，罪臣覺得兔死狐悲，章鶴書說得對，亂則武，盛則文，將來的朝廷文臣出武將默，罪臣扶得了茂兒一時，扶不了茂兒一輩子，得有別的人來牽著他走。」

「罪臣從來都不是一個好人，戎馬生涯單純，又有家父管教，所以沒出大岔子。回京後的數年，為這紙醉金迷顛倒，喜歡上功名利祿，也用過一些不乾淨的手段斂過財，手上沾過人命。章鶴書說，那樓臺是鑲著金子的青雲之路，罪臣便信了他，想著……左右要把這名額贈人，白給出去反倒顯得動機不純，萬一有人忘恩負義怎麼辦？還不如拿出來賣，一筆交易白紙黑字，登臺士人也有把柄在罪臣手裡，不愁他以後不為罪臣所用。」

「後面的事，官家與昭王殿下大抵知道，罪臣找到在陵川當差的岑雪明，讓他幫罪臣出售名額。岑雪明頗有本事，是他幫罪臣挑的上溪這個閉塞之地，他說他手上有孫縣令的把柄，不怕他們把內情說出去，名額就交給竹固山的山匪來賣，畢竟任誰都想不到一個士人的登臺名額能和江湖草莽扯上干係，且朝廷下了剿匪令，以後事成了，直接以剿匪的名義滅口便是。」

「就這樣，岑雪明幫罪臣找到了幾個買家，一個想為妓子贖身的書生，一個想與女兒團聚的畫師，一個為了滿足父親願望，想要光耀門楣的秀才……罪臣在這時，也明白了章鶴書為何說這洗襟臺是青雲之臺。」

因為換取名額的每一個人，他們都有一個此生難待的心願想要實現，又難以實現，而洗襟臺，可以滿足他們的願望。它鋪開了一條青雲路，捷徑一樣，直接把人帶到心願彼端。

「罪臣也是一樣的，雖然說出口有些堂皇，罪臣的心願，就是希望吾兒能安度這一生，走得比罪臣順，比罪臣穩，甚至比罪臣高。他沒出息，需要人來扶著他走，那麼有什麼比把柄握在自己手裡，可以恩威並施的幾個士人來得妥當呢？洗襟臺對罪臣而言，原來也是青雲臺。」

「罪臣手上的名額是從章鶴書那裡來的，所以賣名額這事，罪臣沒想瞞著他，沒想到章鶴書知道以後，反倒斥說罪臣辦事不夠周密。他說，罪臣不該讓外頭的人曉得我們手上有名額，罪臣瞧上了誰，直接把姓名籍貫給他，他自有法子讓這些人的名字出現在翰林甄選的名單上。可惜名額已經賣了出去，事已至此，只能以後多加注意。」

「本來一切都好好的，誰知道昭化十三年的七月，洗襟臺忽然塌了……」

謝容與打斷問：「洗襟臺坍塌真正的緣由，曲侯也不知道麼？」

「不知道。」曲不惟道：「我怎麼會希望它塌，我盼著它能建成才好。」

他說著，苦笑一聲，「洗襟臺一塌，一切都變了。那些買名額的人，最後沒能登上青雲臺，願望落了空，還賠了人命和銀子，一定會鬧的。他們只要一鬧，什麼都完了。罪臣……不是個好人，第一時間便想到了滅口，罪臣也的確這麼做了。罪臣找到岑雪明，讓他立刻藉由剿匪的名義，滅口竹固山的山匪。其實罪臣當時只想滅口那幾個山匪頭子，但是當夜生了點意外，山上的二當家和幾個山匪不在，有人懷疑他們是報信去了，二當家回來以後，索性……全殺了。」

「可是這樣還不夠，那些倖存的士人怎麼辦，他們的家人怎麼辦，罪臣不可能無休止地殺下去，紙包不住火的，罪臣只好找到了章鶴書……」

「殺是殺不完的。」章鶴書淡淡道，他似乎早想到了應對之策，並不顯得慌張，「為今之計，是得想個法子讓他們閉嘴。」

「如何閉嘴？人死了，他們的願望落空了，難道我把銀錢賠給他們，他們就什麼都不會對外說嗎？！」

「自然不是賠銀子。你賣名額有錯，他們買名額就沒有錯嗎？你情我願的買賣麼。再者說，難道洗襟臺塌了，他們的願望便不用實現了？蔣萬謙不必光耀門楣了？沈瀾不想和女兒團聚了？你可別低估了人的欲望，有時候，那是比命還重要的東西。只要你拿出足夠的誠意，讓他們相信你日後會再度助他們登上青雲臺，他們便什麼都不會說。」

「我如何讓他們相信？我又有什麼本事讓他們重登洗襟臺？難不成洗襟臺還會重建麼！」

「重建洗襟臺這事你不必管。至於如何讓他們相信，」章鶴書笑了笑，「只需要給一個信物就夠了。」

「這個信物就是士子名牌？」謝容與問。

「不錯，正是名牌。章鶴書說，因為士子登臺是為了紀念滄浪江的投江士子，所以他們的名牌上，用了咸和十七年進士牌符的紫荊鎏金花紋，這個花紋是特製的，等閒仿不來。好在名牌鑄製的時候，鑄印局的官員與章鶴書他閒話，說類似的名牌他們以前做過，昭化年間，有幾個地方的舉人牌符跟登臺士子的名牌一樣。章鶴書已經找好了匠人，只要能拿到同樣花紋的牌符，就可以做出空白士子名牌。他親自聯絡了岑雪明，讓他用空白名牌作保，許諾以一換二，讓蔣萬謙等人閉嘴。」

「岑雪明太聰明了，他知道章鶴書把這事交給他去辦，事後一定會把他滅口，所以他背著我聯絡沈瀾，在四景圖上祕密留下線索，消失得無影無蹤。罪臣找了他許久，本打算親自去陵川，後來……卻不方便再找了……」

洗襟臺坍塌，昭化帝一病不起，朝政動盪文士息聲，大權旁落在了百年不敗的世族手裡，其中尤以幾個掌兵的將軍為首，滿朝文武各自站隊爭搶不休，朝堂渾濁不堪，今日東風壓倒西風，明日西風又壓倒東風，而那個德高望重的老太傅，因為洗襟臺的坍塌大病一場，回京後閉門靜養半月，此後第一樁事便是到大殿上請辭，他說自己老了，不堪大任，願去慶明的山莊長居。

昭化帝沒法子，他知道自己時日無幾，只能扶何氏、幫章氏，為實權已被瓜分殆盡的趙疏保駕護航，隨後於昭化十四年的秋天撒手人寰。

新皇帝是個空殼皇帝，章何二人起初也在風浪中顛簸，那時候朝政有多亂呢？似乎每一個人都在盯著敵手的把柄，稍有不慎，就會被浪頭打得葬身海底，所以曲不惟雖然一直在找岑雪明，動作卻不敢太大，更不方便讓身為國丈的章鶴書出馬。

岑雪明就這樣，徹底成了一條漏網之魚，消失在了浮浪之間。

而曲不惟也以為，隨著岑雪明的消失，所有的樓臺起、樓臺塌，都被埋在了殘垣斷壁之下，徹底過去了。

「朝廷的底子好，官家繼位後沒兩年，一切都好了起來，所以章鶴書找到罪臣，說是時候重建洗襟臺了，罪臣也沒想太多，當年許諾了蔣萬謙等人兩個名額，還給他們就是了。罪臣自以為是地想，即使重建了洗襟臺，又能出什麼事呢？官家和皇后恩愛情篤，章鶴書就是皇后的父親，何家會被我們先踩下去，唯一有本事、有資格翻案的小昭王自洗襟臺坍塌後就沉淪在病中，連玄鷹司都被雪藏了，怎麼可能——怎麼可能出事呢？」

曲不惟說到這裡自嘲地笑了一聲，「世事難料啊，原來不只罪臣與章鶴書在等著洗襟臺重建的這一天，還有許許多多的人——」曲不惟的目光，從趙疏，移向謝容與，移向大殿上為數不多的玄鷹衛，最後落在青唯身上，「他們都在等著這一天。」

蟄伏在深宮裡的龍會回歸他的王座，沉淪在病痛中的王會醒過來，無辜受牽連的將卒會追隨新的將軍，浪跡天涯的孤女放不下心中不甘，來到了這個是非之地。

還有更多的人，藏在宮中的俠客，避身在山中的匪，與父親走散的畫師……一切都在改變，唯一不變的是埋在殘垣斷壁下，不被風吹動的塵埃。

所以只要有一天，有人掘開往昔，那些被掩埋的一切便會如煙塵一般揚起。

大殿上安靜得落針可聞。

曲不惟說完這一切，整個人似乎鬆弛下來。他一下就老了，挺正了一生的脊梁被誤入的歧途與罪孽一瞬壓彎，變得佝僂起來。

「本王還有一問，章鶴書的名額是怎麼來的，曲侯可知道？」

曲不惟搖了搖頭：「我沒問他。」他細細回想了一會兒，「當初我和章鶴書，就是做買賣，我幫他救流放士人，他給我洗襟臺的名額，銀貨兩訖互不相欠，至於他的『銀子』哪裡來，洗襟臺要是沒塌，這是小事，我懶得知道。洗襟臺塌了，這事太大了，有時候知道得太多反而不好，我便不想問。不過照我猜，應該與當初流放的那批士子有關。」

趙疏問刑部尚書：「口供記好了嗎？」

「回官家，記好了。」刑部尚書將供狀呈到御前，給趙疏過目。

趙疏看過後，沉默了片刻，「殿前司聽令，立刻帶兵去章府，緝拿章鶴書歸案。」

待禁衛離開，曲不惟也被帶下去了，刑部的唐主事很快上前，「官家，既然曲不惟承認洗襟臺的名額是章鶴書給的，那麼名額必然是從京中流出的，此事與翰林脫不了干係，臣聽聞老太傅已經回京了，眼下可要傳審他？」

之前曲不惟拒不招出章鶴書，朝廷沒有實證，一直不好傳審老太傅，眼下有了供詞，傳審也有理有據了。

「官家容稟。」這時，殿上一名大員拱手道：「縱然曲不惟所述事實駭人聽聞，諸位莫要忘了，眼下亟待解決的是，如何給宮門口討問真相的士人與百姓一個交代。老太傅在士人心中何等地位？朝廷傳審樞密副使便罷了，這時候派人去太傅府拿人，必然引發士人騷動，事態只會惡化！」

「徐大人言之有理。」另一名大員越眾而出，「老太傅自然要審，但絕不能派人登門緝拿，除非太傅願意自行進宮，否則要傳要召都待來日。恕臣直言，適才昭王殿下說，想要徹底驅走民眾，只有找到真相，還以真相。然而今日這真相聽下來——至少曲侯招出的這些——愈聽愈心驚，縱然當年沒得選，朝廷最後確實有負於劼北人，先帝確實處置過為劼北說話的士子，包括茅將軍的死，曲不惟買賣名額的真正因果，當朝國丈在大案中的翻雲覆雨，這一樁樁一件件說出去，只會讓這些士人愈發憤慨，不闖進宮門就不錯了，又當如何平息眾怒？」

此問一出，殿外又傳來一陣急促的腳步聲。

大理寺卿審問完曹昆德，幾乎趔趄著撞進殿門，跟趙疏拜下，「官家，曹昆德招了……」

他頭上頂著一片花白，像是雪，眾人順勢朝殿門外望去，這才發現一時不覺，外間真的下雪了。

大理寺卿似乎覺得難以啟齒，躊躇片刻才說道：「臣照著昭王殿下教的法子，拿龐氏一家激了曹昆德。原來曹昆德得知了龐氏妻兒的遭遇後，從十多年前就籌謀著今日了。他說，既然先帝要修築洗襟臺，要讓人記住他的功績，記住那些投江的士子和戰死的長渡河將士，那麼同樣地，他也要所有人銘記當初劼北人受的苦。他還說……還說……」

「還說什麼？」

「他還說，他早就安排好了，士人中有他的人，早上墩子已經告訴他們，朝廷早就知道了一切，只是刻意隱瞞，祕而不宣罷了。」

唐主事不由怒道：「朝廷什麼時候知道一切了，朝廷不也在查證……」

「朝廷知不知道不重要，重要的是，有了這句話，那些士人必然會守在宮門口，直到朝廷給出交代為止。」不待唐主事說完，刑部尚書嘆了一聲，「老臣適才還想，如果今日想不出對策，就派人去宮門交涉，看能不能暫緩三日，眼下看來，行不通了……」

這話出，青唯的心沒來由地涼了一分。

外間風雪肆虐，宣室殿中，每個人的臉色都是焦灼的，青唯的耳力好，在蕭肅的風雪聲裡，她似乎聽到了曹昆德迴盪在宮院狂放的笑，那是一種再也沒人能阻止他的得意。

「難怪了，就說士人為何會聚集起來，原來他早就在裡頭安插了人！」

「這個老太監真是瘋了！」

「街上這樣亂，如果那封血書落在了士人手中，如何是好？等我們查到真相，黃花菜都涼了！」

「我看曹昆德哪裡是想讓人知道劼北人的苦難，他就是想鬧得天下大亂！」

殿外再度傳來急促的腳步聲，一個小黃門在殿外稟道：「官家，張大人在拂衣臺下請求面聖。」

今日沒有廷議，大臣們上值的時辰比平常晚一些，不是被堵在半路，就是連門都出不了。宣室殿上這幾個都是昨晚夜宿當值的，能想法子的全都湊齊了，所以像青唯這樣的重犯來了大殿，也沒什麼人有異議——洗襟臺的事她清楚，多少能出點主意。

眾人正疑惑張遠岫是如何排除萬難進宮的，小黃門在殿門外添了一句，「張大人說，他有法子……勸走圍堵在宮門外的士人。」

第二十五章　青雲

外間風雪紛揚，不過片刻，一個眉眼溫潤的人便在大殿上拜下，他的目色風雪不染，比大殿上任何一個人都要平靜從容。

唐主事性子急，立刻問：「張大人說有法子勸走士人，究竟是什麼精妙法子？」

「是啊，張大人，眼下那些人已在宮門聚了大半日了，如果再不能勸走他們，這樣冷的天，一旦凍死了人，後果不堪設想！」

張遠岫的語氣十分平靜：「稟官家，臣的法子稱不上精妙，臣想的其實與昭王殿下一樣，是給鬧事的士人一個真相。不過……這真相怎麼說，如何說，還需講究一個方法。」

「臣以為，至少在洗襟臺這樁案子上，士人與百姓對朝廷的信任，源於他們對『滄浪江，洗白襟』的信任，他們知道當年士子投江的壯烈，所以他們支持修築洗襟臺；眼下他們知道了與之相關的齷齪，所以他們反對洗襟臺重建，想要討回所謂的公道。可是事實的真相本來就有許多面，端看我們從哪一面解釋，想要勸走宮門口的士人百姓，不難，我們可以返璞歸真，尋找一個最簡單的辦法，那就是讓『洗襟』二字，重回天下百姓心間。」

這話一出，殿上眾人面面相覷。

什麼叫做讓「洗襟」二字重回百姓們的心間？

「此事做起來其實不複雜，最難的一步，就是讓這些士人靜下來聽我們說話。」

「臣不才，因出身緣故，與京中士人交好。此次回京後，臣領受朝廷之命，追查士子遊街鬧事的根由，期間聽說京中有士人大肆宣揚當年長渡河一役另有內情，臣於是命人暗中追查是誰在誤傳流言，煽動情緒。」

「居然有這樣的事，張大人為何不早說？」

張遠岫溫聲解釋道：「張某當時也沒想到事情會鬧到今日這般地步，何況臣追查不過幾日，直至昨天夜裡才拿到證據，發現原來是以袁四為首的幾個士人在作祟。」

他說著，呈上幾封信函，「這是在袁四的宅子搜出來的手書，信中交涉的正是如何擄走商人顧逢音、逼他寫下血書、作證劼北一役另有內情的籌謀。通信人是誰不詳，不過臣適才在拂衣臺下等候面聖，聽大理寺的人說，士子鬧事極可能為曹昆德所籌謀，內侍墩子昨夜出逃宮外，想來袁四的通信人，應該正是墩子。」

「只要以這些信函為證，揪出袁四，告訴士人他們今日聚集宮門之外，其實是被人刻意煽動，他們至少會冷靜下來聽我們說話。這是第一步。」

「不過，這麼多百姓聚在宮外，朝廷不給說法說不過去，何況劼北之苦是事實，名額買賣也是事實，朝廷想要安撫士人，必須立刻告知真相。」

「那麼真相是什麼呢？」張遠岫說著一頓，從衣襟上摘下一片附在此處的雪花，聲音淡淡的，「譬如臣的手中之物，遠看是雪，近看是冰，待片刻過去，它會化成水，等它落在地上，半日後去看，它便要消失不見，變作一團虛無。有人問臣適才從衣襟上摘下了什麼，答案是雪，可臣要說它是冰、是水，甚至什麼都不是，就是錯的嗎？」

「所以真相也是一樣千變萬化，端看你站在何種角度去詮釋。」

「洗襟臺亦如此。當年人們看洗襟臺，看的是投江士子的赤誠，戰亡將士的英勇。今日人們聚在宮門口，他們看洗襟臺，看的是名額買賣的齷齪，看的是戰亂之後劼北人的疾苦。所以我們要做的很簡單，就是把名額買賣的齷齪、劼北人的疾苦，從洗襟臺上剔去，讓無垢的『洗襟』二字重回人們的心間，甚至比過往的位置更高，高到不容詆毀不容質疑。」

「怎麼做？第一，洗襟臺名額買賣，重在買賣二字，據臣所知，買賣名額的人，只有曲不惟一人，至於他背後有誰，朝廷先行不追究，只稱是曲不惟徇私枉法，故意玷汙洗襟二字。」

唐主事愣道：「張大人這意思是，先不追究章大人了？」

張遠岫看他一眼，沒答這話，繼續說道：「第二，劼北遺孤的疾苦是事實，這一點任憑朝廷如何辯說都無法改變，只能承認。但承認也有承認的方法，臣適才已經說了，當年百姓們支持修築洗襟臺，支持朝廷的決議，是因為士子投江的壯烈，因為『滄浪水，洗白襟』。換劼北遺孤受苦，朝廷或許鞭長莫及，地方官府或有失察之處，但洗襟臺的登臺士子沒有。換言之，朝廷可以錯，『洗襟』始終是無垢的。」

「臣手上有家兄生前，上書給朝廷，請求安撫劼北遺孤的手書，還有家兄與幾個登臺故友當年節衣縮食，救濟劼北難民的憑證。」

「如果長渡河一役是主戰與主和的取捨，那麼家兄與登臺士子後來的作為，就是滄浪洗襟的後人，為劼北所盡的綿薄之力。朝廷或許忽視了劼北人，但被滄浪水滌過的後人沒有。」

「人們太憤怒，他們都忘了，往事不可追，所能改變的只有當下與將來。當年劼北受苦的人已經不在了，劼北的疾苦也已經過去了，他們能換來的，想換來的，不過是一個朝廷的低頭。他們想要低頭，朝廷就給他們。低完頭，『洗襟』二字更加乾淨，也證明了朝廷重築洗襟臺這個決策並沒有錯，這不但是朝廷的決心，也是朝廷的悔悟，所以朝廷才要築高臺，祭奠滄浪洗襟的士子，甚至要在那高臺上立下豐碑，刻下投江士子、登臺士子的名字，讓世人永遠記得他們，緬懷他們。」

刑部尚書問道：「張大人這意思……就是讓朝廷承認，當年朝廷在主戰與主和之間，選擇了抵抗蠻敵，的確有愧於劼北人，事後雖然力圖補救，由於朝廷鞭長莫及、地方官府失察種種原因，以至許多劼北難民未能得到妥善安置。但是朝廷愧對劼北，滄浪洗襟的士人不曾，當初士人投江，是為了不折國骨，讓大周久安於世；後來以張正清為首的士人節衣縮食接濟劼北難民，是他們幫助劼北做出的表率。當初朝廷修築洗襟臺，或許只是為了紀念滄浪洗襟的赤誠，而今朝廷重築洗襟臺，卻是悔悟當初取捨之間犧牲了劼北的安穩，因此，才更要以洗襟士人為楷模，為他們築高臺，立豐碑？」

「張大人這主意好！」適才那名徐姓大人接話，「正所謂人無完人，朝廷也不可能事事周全，但是朝廷早就先所有人一步意識到了當初的決策有愧於劼北，而重築洗襟臺，正是朝廷得知了士人接濟劼北後，悔悟自身，做出的決定！『洗襟』二字一直是無垢的，後來徹查洗襟臺名額買賣一案，也是為了洗去『洗襟』二字沾上的塵埃。只要按照這個方向去解釋，那麼嘉寧朝後，朝廷迄今為止的決定都沒有錯，只要低一個頭，人們自會重新以『滄浪江，洗白襟』去看待這段歷史，如今的洗襟臺，是為投江的士人與他們的後人而建的，人們的怨怒平息了，『洗襟』二字更加高潔，今日的危機也就解除了！」

張遠岫合袖拜下：「官家，臣甘做使者，到宮門口與士人和百姓們交涉。」

也沒有比他更合適的人了。

他是士大夫張遇初之子，是登臺士子張正清的胞弟，老太傅是他的恩師他的養父，而今他將要娶仁毓郡主的消息傳遍上京城，人人都在說，他將是下一個謝楨。

然而還不待趙疏回答，殿上響起一個清澈的聲音，「不妥！」

青唯目不轉睛的盯著張遠岫：「這就是張二公子的目的嗎？把士人們聚在這裡，給出一個你希望他們知道的答案，然後讓洗襟臺變成徹底紀念洗襟士人、登臺士人的樓臺永立世間？」

她朝趙疏拜下：「官家，民女認為張二公子所言不妥，這個方法看似能解決眼前的難關，實則是在避重就輕，至少——至少洗襟臺坍塌的真正原因，我們尚不清楚，難道只是因為何鴻雲偷換了木料？曲不惟說名額是從章鶴書那裡來的，那麼章鶴書的名額又是從哪裡來的？如果是翰林，那翰林為何要把名額分出去？這些因果緣由我們通通不知，這就去對人們解釋，我們究竟在解釋什麼？解釋我們希望他們看到的真相嗎？官家忘了何氏偷換木料、曲不惟買賣名額的案子是怎麼被挖出來的了？那是因為真相被埋在了塵埃之下！張二公子的方法，滌淨了『洗襟』二字、安撫了士人、給朝廷鋪了後路，可他唯獨忘了一點，就是真相。或許由他去交涉，民眾之怒可平，擁堵在外的人群會散去，但民女知道，如果此時此刻，民女也站在宮門外，聽到這樣一個說辭，民女一定是不甘心的！」

殿上有人很輕地冷哼一聲，大概想說青唯一個江湖草莽，只知道說空話，不懂得權衡利弊。

趙疏問：「聽溫氏的意思，可是知道些什麼？」

青唯想了想，揖得更深了一些，「官家，民女規矩不好，有些話也許不敬，請官家相信民女絕非故意冒犯。民女請求與張二公子對峙。」

「但說無妨。」

青唯點點頭，轉身逼視張遠岫：「張二公子，在你心中，先帝為何要修築洗襟臺？是為了紀念滄浪江投江的士子嗎？」

不等張遠岫回答，她逕自道：「不必你說，答案我們都知道。咸和十七年，滄浪士子投江，還是太子的先帝深受震動，立志振興大周，他登極以後無一日不勤勉，創下豐功偉績，僅十年便讓大周從咸和年間的離亂走向盛世。先帝也是人，他自得於自己創下的盛景，但他不可能堂而皇之地為自己築豐碑，所以怎麼辦？他想到了修築洗襟臺，所以這座樓臺在當時，除了紀念滄浪江投江的士子，紀念長渡河戰亡的將士，更是為了紀念先帝的功績，紀念他這個大周開朝以來的第一帝王！」

「那麼我再問張二公子，你想要的洗襟臺是什麼？」

「你想要的洗襟臺——」青唯看著張遠岫，聲音透出一股冷意，「是一座跟先帝無關的，剝離了一切皇權外衣的，只為紀念投江士子的豐碑。換言之，你希望它是紀念你父兄的。」

「重築洗襟臺，並不完全是你的目的，重築一個只為紀念士人的高臺，這才是你的目的。你不希望百年後，有人看到這個高臺，第一個想到的是先帝，你希望他們想到的是那些投江士子的壯烈，甚至這些士子每一個人的名字！」

「可是要做到這一步實在太難了，所以你選擇了與曹昆德合作。」

「其實我一直覺得奇怪，你的願景是洗襟之臺高築，而曹昆德，他分明是憎惡這座樓臺的，因為他認為是滄浪士子投江，才讓劼北人飽受苦難，你們的目的明明截然相反，為何會互為同謀？而今我明白了，曹昆德的目的，恰好是你的一個契機，只要將劼北人的苦難掀開到世人面前，就能換來朝廷的低頭，朝廷只要承認當初取捨之間，未能妥善安置劼北人，就能把先帝的功績，從洗襟臺上抹去。你說『朝廷有錯，洗襟的士人無垢』，『今日的洗襟臺只為當初的投江士人而築』，這一切不正是按照你的計畫進行嗎？」

「你適才還說，你是因為領命追查士子遊街鬧事的根由，才查到了士人袁四，這話是真的嗎？」

「根本不是。你早就知道袁四，你甚至早就知道曹昆德、墩子在籌謀什麼，但他們所做的正合你意，所以你們沒有阻攔他們。你說你搜到了袁四和墩子的通信，這還需要搜嗎？曹昆德養隼，隼幫他往宮外送信，可曹昆德久居深宮，他的隼如何認得去往大周各地的路，不是你的人幫他在宮外馴隼嗎？對你來說，取得這些信函易如反掌，你只是祕而不發，等待這最好的時機罷了！」

「何鴻雲的案子裡，你帶寧州白衣上京，逼得朝廷重建洗襟臺。曲不惟的案子裡，你知道名額買賣的內幕洩露，京中勢必群情激奮，你任由曹昆德在後方布局，甚至不惜答應迎娶仁毓郡主，成為士人心中的下一個謝楨。你做的一切都是為了今日，今日士子聚集宮門，對曹昆德而言，是揭開劼北疾苦的時機，對你而言，何嘗不是把先帝之名從洗襟臺洗去，讓『洗襟』二字更加無垢的機會！」

青唯的話如金石墜地，聲聲叩人心扉。然而張遠岫聽後卻笑了，他的笑一直是溫和的，讓人如沐春風的，然而此時此刻，他微彎的唇角卻帶著一絲譏誚。

他也許根本不在乎旁人看出了什麼。

「溫姑娘說得不錯，曹昆德的籌謀，我的確早就知道。」

張遠岫的目光清清淡淡的掃過眾人，「可是這又如何呢？眼下士子百姓圍聚宮門，想要解決事端，除了讓『洗襟』二字無垢，難道還有第二個解嗎？」

「至於朝廷想要治臣不敬先帝、私通宦官的罪，待今日事結，在下任憑處置。」

「再說，」張遠岫問道：「就算我想築一個只為紀念投江士子的洗襟臺，有錯嗎？」

「讓洗襟二字更加無垢，有錯嗎？」

「洗襟臺本該為士人而築，如今我讓它回歸本質，有錯嗎？」

「不去追查真相的全貌，只給人們看你希望他們知道的半幕，不是錯嗎？」這時，殿上響起另一個清寒的聲音。

謝容與緩步上前，在張遠岫跟前頓住步子，「縱容他人惡行，刻意煽動士人情緒，不是錯嗎？」

「你說想要重築只為紀念士人的洗襟臺，想讓洗襟二字更加無垢，可你卻忘了洗襟兩個字本身的含義是什麼，那是投江士子的無上赤誠，而你卻在這個過程中丟了赤誠，這樣還不是錯嗎？」

「如果能以我一人丟掉赤誠為代價，換得洗襟臺更加乾淨，又何妨？」張遠岫道：「昭王殿下既這麼說了，在下也有一問想要請教殿下。」

「十八年前，你我同失生父，洗襟二字貫穿你我的一生，然而自洗襟臺坍塌，殿下一直孜孜不怠地尋找真相，在下想請問，所謂真相，究竟是什麼？是一片雪，一粒碎冰，還是水漬化去後的虛無？」

「殿下還不明白嗎？先帝築高臺，為了紀念自己的功績；章鶴書分去名額，是為了實現自己寒門與世族同貴的理想；曲不惟買賣名額，是為了給自己兒子鋪一條平坦的路；還有更多的，為了光耀門楣的商人，為了和女兒團聚的畫師。對他們而言，洗襟二字皆是虛妄，他們眼中唯有青雲！而殿下所尋的真相，到最後也不過是青雲枉然，我要做的，卻是要將這青雲從洗襟上剔去，只有這樣，洗襟臺才能回歸它的本意！」

謝容與道：「張大人說得不錯，本王這一路行來，看到的無不是把洗襟當作青雲之階的人。可是本王也想問問張大人，你想重塑的樓臺是什麼？你說想讓『洗襟』重回百姓心間，那麼你所謂的『洗襟』究竟是什麼？到底是無垢的『滄浪江，洗白襟』，還是你父兄的姓名？是你永遠無法釋懷的他們的倉促離去？！」

「你說那些人把洗襟臺當作青雲臺，可你何嘗不是把它當作你父兄永存於世的豐碑？在你張忘塵的眼裡，洗襟臺難道就只是洗襟臺？」

聲聲詰問灌入耳中，張遠岫心間不由一滯。

不知怎麼，他忽然想到了那日在脂溪礦山，滿身是血的章庭望著他，一字一句地問：「忘塵，在你眼中，洗襟臺，是什麼樣子的？」

難道不也一樣是青雲臺嗎？

背心湧上一片涼意，張遠岫移目去看，原來是外間風雪變大，透過門隙灌進殿中，這片涼意讓他清醒，他拂袖冷笑，「昭王殿下說得好聽，你這樣不怠地尋找真相又是為了什麼？名喚容與卻不得逍遙，不是深宮中人卻被當作王而養大，頂著一張面具才能活得像自己，而今摘下面具背起王的身分不得不再度束手束腳，你不恨嗎？洗襟臺起臺塌，我好歹願意走入漩渦，而你無一日不是想離開。你說我重築洗襟臺是為了父兄，我承認，可你拚命查清真相，何嘗不是把這真相當作掙脫開這枷鎖的救命之鑰，真相水落石出，你才能徹底離開，你我半斤八兩，誰不是別有用心。」

「不錯，從前我的確是恨的，也想過只要找到真相就能徹底離開。」謝容與道：「如果說今日有什麼不同，唯一的一點，就是我看到了許許多多和我一樣的人。你以為洗襟臺的坍塌，傷害的只有登臺士子嗎？不，還有很多你不曾見過，甚至不曾聽說過的人們，荒僻山中的縣令，只會賣唱的妾室，坎坷上京的妓子，匿居山中的匪賊，隱姓埋名的畫師，坍塌的洗襟臺，滄浪江水，都在這些人心中留下了不可磨滅的傷痕，他們和我一樣，都在等待一個真相，只有真相才能讓他們解脫，這些人，數以千計，是不容你拿一套說辭去敷衍的！」

「而百姓是什麼，三人成戶，十戶為村，百戶為鎮，三鎮為縣，如果一個事端，它波及了數千人，算上它的過往如今，它殃及的有萬人之多，那它就不單單是一個事端，而是民眾心中的一道傷痕，是咸和、昭化、嘉寧三代的創口，你說宮門外的士人百姓知之甚少，可以拿你的說辭去勸服，他們不是百姓嗎？不是民嗎？你今日拿這套說辭去打發他們，改日又該拿什麼說辭令天下人信服？！」

「你適才不是問我真相是什麼嗎？」謝容與說著，大步走向殿門口，豁然將殿門拉開，呼嘯的風雪瞬間灌入殿中，撲灑在他的眉眼，他伸手接了一片，轉身看著張遠岫，「你說這片雪，遠看是雪，近看是冰，墜地成水，時久消散，那就把雪為何是冰，冰如何化水，水如何消弭的因果過程給他們看，這樣才是真相，而不是指雪為雪點冰是冰！洗襟為何成了青雲，朝廷在主戰與主和間如何做的取捨，取捨之後失察在何處，良策是什麼，誰人有功，誰人犯錯，誰人罪大惡極，誰人含冤至死，包括你兄長做了什麼，不必用話術，也無須多餘的解釋，甚至洗襟臺的名額是哪裡來的，翰林為何要贈給章鶴書名額，原原本本地攤開在所有人眼前，這樣才是真相！」

「不是只有『無垢』的樓臺高築，洗襟臺才有意義，找到真相，本身就有意義。」謝容與道：「我也不知道真相是什麼，但是，只有了解冰如何化成水，以後才懂得該如何保住冰。或許你說得對，查到最後，所謂洗襟不過是一片青雲虛妄，但至少我們能知道對在哪，錯在哪，又或者當是非對錯混淆在一團模糊中的時候，我們知道該往哪裡走。拚命蓋住流血的傷口，只能讓它潰爛腐壞，越裂越開，想要癒合，得將它敞開來，即使會結出猙獰的疤。」

這一番話說完，殿中諸人似為之震動，久久不語。

「官、官家。」半晌，刑部的唐主事才朝趙疏拜道：「臣以為，昭王殿下說得對，洗襟臺名額買賣一案，尚有內情未曾查明，這時候就與宮外士人交涉，無疑於敷衍應付，倘若往後有人把更多的真相掀開來，譬如……洗襟臺的登臺名額為何落到了章鶴書手上，反倒會讓百姓失去對朝廷的信任。」

「臣以為，昭王殿下的話雖然有理，未免把一切想得太過簡單。且不說一日之間想要把一切查清有多難，哪怕查清了，又該由誰人出面解釋，他的話怎麼讓百姓信服？解釋後，如何確定宮外的士子是散去，還是越鬧越亂？」徐姓大人說道：「再者，張大人的說辭雖然不是真相的全部，決計談不上敷衍，至少也是句句屬實的，對宮外聚集的人來說，這樣的說法其實就夠了，事緩則圓麼，先把燃眉之急解決了，事後要審章鶴書，要問責翰林，加緊再辦不遲，等全部查完了，最後酌情昭告天下，這樣不是更好麼？」

這時，一名禁衛急匆匆進得殿來，「官家，末將率人找到墩子了，墩子公公他……已經死了。」

青唯聽了這話，直覺覺得不對勁，一時間顧不上禮數，「墩子死了？怎麼死的？」

禁衛解釋道：「士人暴動，京中有歹人趁機流竄犯案，官兵只能在周邊守住秩序，深入不到人群中，墩子公公……似乎遇上了歹人，身上的錢財被洗劫一空，背上中了兩刀，人在雪地裡嚥了氣，至於血書——」禁衛從袖囊裡取出一條薄帕，「應該是此物，請官家過目。」

很快有小黃門將薄帕呈到御前，趙疏看過後，又交與群臣驗看，刑部尚書將薄帕傳給一旁的唐主事，闊步上前，「官家，臣本來贊同昭王殿下之言，以為務必要查清真相，可是眼下……唉！」他狠狠一嘆，「既然城中有歹人藉機作亂，當務之急還是採用張大人的法子，先行讓圍聚的百姓散去，臣以刑部尚書之銜擔保，待今日過去，臣一定全力協助昭王查清真相。」

適才的禁衛聽了這話，思量片刻道：「官家，末將進宮時，發現有百姓不敵風雪侵骨，在宮門口暈了過去。宮門圍聚的士人見狀，非但沒有生出退意，反而更加憤懣。」

大理寺卿大步上前，與刑部尚書並肩拜下，「官家，臣其實也贊同昭王殿下的說法，認為真相必須水落石出，但……驅散民眾實在迫在眉睫，眼下看來，只能先用張大人的法子，先把百姓們勸走，臣願意以這半生為官的名聲擔保，只要熬過眼前難關，臣定當不眠不休，與諸位同僚共尋真相。」

「官家不可！」青唯急聲道：「民女是不如殿上諸位大臣懂得權衡利弊，但民女出身草莽，是貨真價實的民，最懂得民意。張二公子的說辭是可以勸走大半圍聚的民眾，殊不知此刻宮門外，也有和民女一樣，在等待真正真相的百姓。」

她聽說扶冬和梅娘在何氏案結後，一起從了良，在京郊開了一間很小的酒舍；她聽說葛翁葛娃還有葉繡兒為名額買賣一案作完證後，並沒有離開，而是暫時留在了上京。

而她聽說的、看到的只是零星，只是這麼寥寥幾人，或許還有更多於暗處靜候的人呢？

「民是這樣，一旦對朝廷失了信任，再要拾起就很難了。以後哪怕徹查出真相告昭天下，失望也是抹不去的。」

「朕以為……」趙疏斟酌須臾，安靜地開了口，「昭王言之有理，找到真相，還予真相，方為正途。其餘的一切做法，豈知不是敷衍。」

「可是官家——」

徐姓大人還待要辯，趙疏抬手止住了他的話頭：「洗襟臺已然加諸給世人太多創痛，經不起這樣的一次失望了。」

「朕雖為君王，但在這場事端中，朕與昭王、溫氏，還有溫氏提起的諸多被波及的百姓是一樣的，都是在等待真相的那個人。」

「傳朕口諭，再派三支殿前司禁衛開道，務必盡早帶回章鶴書，無論多久朕都等，直到釐清一切真相為止。」

殿前司晨間在各街巷搜尋墩子，暮裡方歸，紫霄城附近何等擁堵可想而知，眼下哪怕派三支禁衛開道，等帶回章鶴書，怕也要等到隔日天明了。

可是這個年輕而沉默的皇帝，遇事等閒不開口，一開口，那便是字字千金。

嘉寧帝心意已決，諸臣再勸已是不能了。

宣室大殿再度安靜下來，只餘外間風雪聲聲，蒼茫的暮色在殿前鋪開一片，白茫茫的，也像雪。外間竟還光亮些，晚霞透過雲端，為天地點上昏黃的燈。守在殿外的內侍一時不察，這才發現已到了掌燈時分。他端著長燭，與數名內侍魚貫而入，在大殿各處無聲燃起燈火。殿中靜得落針可聞，有個內侍按捺不住好奇，悄悄抬頭看了一眼，有的人神情焦灼，有的人目光平靜，他看到那個誤入大殿的孤女抿著唇，一直眺望宮外，也看到眉眼清寒的小昭王眼底鋪開的暮色，官家的雙目中滿是天地風雪，張二公子眸底自帶的楊柳春風不見了，沉入深深的深潭中。

他們似乎都在等著什麼。

可究竟是什麼，值得這樣一群人如此等待呢？

內侍不解。

也不知過了多久，殿外傳來一陣急促的腳步聲，眾人一同朝殿外望去，看到傳話的小黃門跪倒在殿前，唐主事耐不住，先行問道：「可是章大人到了？」

「不、不是……」小黃門跑得上氣不接下氣，緩了緩才道：「稟官家，是……是老太傅進宮了。」

張遠岫震詫地看向內侍。

趙疏聽了這話也是一愣：「確定是老太傅？」

「是。老太傅是自行進宮的。聽說今天一早老太傅就決定面聖了，街巷擁堵，車馬難行，太傅不得不繞行北城，從北宮門涉雪而入。」

老太傅身子一直不好，尤其畏寒，聽說他一到上京便病了一場，兩日前還請了太醫上門看診。

趙疏立即道：「快宣。」

少傾，一個鶴髮雞皮，擁著裘襖的老叟拄杖入得殿中，他將木杖緩緩放在身旁，雙膝落在地上，竟是要行大禮，「拜見官家。」

老太傅師德出眾，桃李遍天下，咸和年間，他開辦府學，到了昭化初年，朝堂上一半文士都是他的學生，連昭化帝都曾受教於他。

趙疏雖然是君，自認不能受他的大禮，連忙下了陛臺，伸手親自去扶，「太傅如何行此重禮？快快請起！」

「官家，」老太傅竟不肯讓他攙扶，往一旁避開，執意磕下頭去，「官家，臣是來認罪的。」

趙疏眼中掠過一抹怔色，但他似乎很快想到了什麼，目光隨即恢復平靜：「太傅說笑了，太傅何罪之有？」

「不，臣有罪，臣罪該萬死……」

老太傅太老了，說起話來也像風聲嗚咽，「昭化年間，先帝處置過一批為劼北人說話的士子，那批士子……那批士子，是老臣請章鶴書救的。」

「……昭化年間，老臣的身子骨每況愈下，收的學生其實已經很少了。但是昭化十一年秋闈過後，在京的會元中實在有幾個好苗子，其中一個老臣很喜歡，他的母親，是劼北人……」

「其時恰逢先帝決意修築洗襟祠，京中士人多有反對之聲，其中反對的最厲害的，當屬老臣看重的那個學生和他的幾個好友，他稱是朝廷愧對劼北，以至他母親亡於戰亂，眼下與其勞民傷財修築大祠，不如撥銀撫恤劼北。」

「人年輕麼，行事難免衝動，有時候心裡想的是一回事，脫口而出的義憤之言又成了另一回事，無心的幾句話，被有心人聽去，反倒成了褻瀆朝廷，詆毀投江士子的罪證，加上他們和京兆府起了幾回衝突，有人失手打傷了官差，先帝就殺一儆百地治了罪。」

「判的是流放，實在太重了，老臣跟先帝求過幾回情，先帝只鬆口把流放十年改成七年。年份長短有什麼用？他們是士人啊，一個被流放過的士人，背了褻瀆朝廷罪名的士人，此生都不能再入仕，連當教書先生，別人也是不要的。滿腹才學這樣被埋沒，老臣當了一輩子教學育人的先生，最不忍見這樣的遺憾。就在老臣愁緒滿腹不得解法的時候，章鶴書找到了老臣……」

「……太傅大人可是想救那幾個被流放的士子？」章鶴書登太傅府門，開門見山地說道：「依下官之見，眼下明路已經走不通了，如果走暗路，還是有法子的。」

老太傅猶豫許久，問道：「敢問元啟，這暗路，該如何走？」

「這倒不難，只需在押送士人的路上，想法子把士人換出來，隨後為他們改名換姓。」

「改名換姓，那他們豈不是不能參加明年春天的殿試了？」

章鶴書笑了笑：「到底是有罪在身的人麼，本來就該活得低調些。再說官家的處置也不算冤了他們……不過太傅大人不必可惜，入仕當官這條路雖然走不通了，跟著一個清白大人當個掌文書的吏，又或是開辦私塾，像太傅大人一樣，將詩書傳授予人，也算不負十年寒窗，畢竟太傅大人最可惜的，不正是他們這滿腹才學麼？」

老太傅道：「老臣自然知道章鶴書這樣登門，必定是有所求，老臣問他想要什麼，章鶴書說，他聽說洗襟大祠修好以後，先帝會親自前去祭拜，到時候朝廷會挑好的世族子弟隨行，他想親自選幾個讀書人，請老臣把他們的名字提給先帝。」

謝容與問：「太傅大人，章鶴書可提過為何要這麼做？」

「提過。」老太傅點點頭，「他說他雖然出身世家大族，早年遭遇十分不堪，甚至被族中人推出去為嫡系子弟頂罪，歷經一番坎坷才走到今日，那時他就下定決心，有朝一日要讓寒門與世族同貴，各自憑本事說話。他挑的這幾個讀書人，都是他看重的世家大族的偏遠旁支，有才學，好讀書，他希望他們不必重蹈他的覆轍，走得平順一些，所以想給他們鋪一條青雲路。」

「其實在老臣看來，無論選誰去洗襟祠祭拜都無傷大雅，重點不在『隨駕』，而在『洗襟』，何況章鶴書也是為了幫助他人，這是小事，老臣就答應了他。」老太傅道。

「洗襟祠修築後不久，先帝就病了。太醫說先帝操勞過度，不能再行遠路，所以洗襟祠先帝不能去了。很快，先帝就變了主意，他決定改祠為臺，於來年遴選士子登臺。」

「改祠為臺，拜祭的士子也不再侷限於世族子弟，這對章鶴書來說是好事，老臣自然也按照當初的承諾，贈予他洗襟臺的登臺名額。」

老太傅說到這裡，悲嘆一聲：「老臣久居慶明山莊，月前才聽說昭王殿下查獲了曲不惟買賣名額一案，昭王殿下所料不錯，那些被賣出去的登臺名額，就是從老臣這裡來的。」

「官家要治罪，要把老臣的罪名告昭天下，老臣都認罰。老臣只有一個請求，就是……忘塵……」

老太傅渾濁的雙眼低垂，聲音變得越發沙啞，「忘塵這一路，也許走得遠了一些，但他只是一個可憐的孩子，沒做過什麼惡事，父兄之死在他心中扎根太深，他放不下罷了。老臣懇請官家，要罰只罰老臣一人，不要牽連他……」

趙疏卻沒有正面回答，「朕這樣聽下來，曲不惟買賣名額與太傅無關，太傅實則被蒙在鼓裡。」

「不，官家，老臣並沒有那麼無辜，老臣其實什麼都知道，洗襟臺的坍塌……也跟老臣有關。」

這話音落，宣室殿上靜默異常。

然而沒有一個人露出異色。

誠然老太傅所言出乎諸人意料，便如雲團積得太厚，風雪終會落下，因果堆砌至今，真相也當墜地生聲。

「章鶴書很快擬好了士子名錄，然而不待老臣進宮，先帝先行召見了老臣，先帝說，他想在今春的杏榜上挑選三十人登臺。」

「洗襟臺是改祠為臺，改過後的圖紙，樓臺建造簡單，根本站不下太多人，所以杏榜上的三十人，加上章鶴書擬給老臣的名錄，人數就超了。老臣於是找到了章鶴書……」

章鶴書思忖片刻，「這事倒也好解決，問題既然出在樓臺上，那就改建樓臺。」

「他很快找匠人新製了一張圖紙，改建後的樓臺，臺高三層高聳入雲，老臣於是把新的圖紙呈給先帝，先帝雖然應允了，但這樣巍峨的樓臺，尋常匠人無法督造，他將這當朝第一要務交給了小昭王，小昭王隨後趕赴辰陽，請築匠溫阡出山。」

「彼時洗襟臺已經開始建造了，但溫阡到柏楊山勘察地形，說山中築臺不能高過山端，又說柏楊山入夏雨水多，樓臺基底薄弱，修築高臺不易，再次修改了洗襟臺圖紙，不過他還是按照朝廷的要求，保證了屆時至少能有一百六十人登臺。」

青唯聽到這裡，想起薛長興交給她的木匣裡放著四張洗襟臺圖紙，除去一張洗襟祠的，其餘三張都是後來改建的。

後來青唯再度遇到薛長興，曾問過他這些圖紙有什麼異樣。

薛長興說沒有異樣，只是他當這麼多年工匠，覺得一個樓臺罷了，沒必要改這麼多次。

大周精於營造之術的人本來就少，何況宮宇大殿多修在地勢平緩的背風之處，很少在半山腰築高臺。而溫阡的妻子、內弟皆出身岳氏，溫阡對柏楊山的地貌、氣候知之甚深，所以旁的匠人覺察不出的端倪，他能從圖紙上看出來。

青唯問：「太傅大人，洗襟臺坍塌，是因為一而再、再而三的改建嗎？」

老太傅卻搖了搖頭，他對青唯說話時，語氣異常溫和，「小姑娘，洗襟臺最後是按照妳父親畫的圖紙建造的，妳父親這樣一個築匠，怎麼可能出錯呢？」

他說著，又苦笑一聲，「要是問題當真出在圖紙，那就好了……」

「溫阡到了柏楊山，洗襟臺開始按部就班地修建，昭化十三年春，老臣把各地提交的名錄與章鶴書草擬的名額合併，呈遞到御前。因為登臺的半數是寒門子弟，朝廷上自有世家不滿。正因為此，那段時日，老臣不斷遭到世族大員的參奏攻訐。好在先帝相信老臣，又有章鶴書幫忙暗中斡旋，風波很快平息了，之後老臣便病了。」

「人老了，總會病麼，遵太醫醫囑靜養便是，然而是年五月，發生了一樁意外……」

這時，張遠岫啞聲問：「是……哥哥回京了？」

那是張遠岫與張正清見的最後一面，他一直記得清楚。

張正清本來在柏楊山督建洗襟臺，聽聞老太傅急病，星夜兼程趕回上京。然而令張遠岫不解的是，回京的第二日，張正清竟與老太傅大吵一架。

「憶襟那孩子尊師重道，對老臣從來恭敬有加，但是那一回，憶襟他……在老臣櫃閣裡看到了一封信函。是章鶴書寫給老臣的，老臣還沒來得及燒……」

張正清握著信函，一臉慍色進了正屋，他竭力壓著怒火，對榻前伺候的張遠岫說：「岫弟，你出去，我有話要單獨對先生說。」

張遠岫不疑有他，把藥碗擱在小几上，掩上了門扉。

張正清將信函扔在地上，「這是什麼？先生竟然拿拜祭先烈的名額做交易？！」

「……憶襟的指責沒有錯，即便老臣是為了幫助被流放的士子，可這是老臣的私心，如何能拿來做交易呢？憶襟得知此事，已經不只是失望了，而是憂憤難平。他說，白衣洗襟無暇，如何能夠沾染塵埃？他還說，故人已逝……」

「故人已逝，前人之志今人承之。」張遠岫閉上眼，緩緩念道。

那是他兄長離京前，最後叮囑他的話，帶著一點決絕的意味。

以至於在他兄長徹底離開後，在無數個難眠的夜中，這些言語反覆浮響在他耳邊，直到銘刻心間——「故人已逝，前人之志今人承之，岫弟，你要記得，洗襟無垢，志亦彌堅。洗襟臺是乾淨的，是為投江的士子而建的，不允許一丁點的玷汙。」

老太傅繼續說道：「那次憶襟在家中待了兩日就回了陵川。這回他路上走得很慢，等他到柏楊山的時候，已經快七月了……」

柏楊山的雨水自暮春就開始落下，溫阡怕排水有問題，中途喊過幾次停工，為防耽誤工期，最後都作罷了。

七月前後，柏楊山連續數日暴雨如注，溫阡愈發憂心忡忡。

其實真論起來，洗襟臺的選址並不好，它建在山腰，正面是直接受風的，為防修造的時候出事故，溫阡讓人在背山的一面斜著支了一根巨木木樁。

七月初，洗襟臺快建好了，然而溫阡望著連日不休的雨，決定等七月初九早上再拆木樁，叮囑工匠們日夜不休地挖渠排洪。

「可惜那年夏天的雨沒有停，到了七月初六，竟然有變得更大的趨勢，登臺士子俱已到了崇陽，昭王殿下忙於安排登臺拜祭事宜，下山了兩日，柏楊山中，便只有憶襟日夜跟著溫阡。那兩日，溫阡幾乎只忙一樁事，檢查水渠的排水狀況……」

「太傅大人。」唐主事打斷了老太傅的話，「恕下官直言，洗襟臺建好前後的事，您為何知道得這樣清楚？」

是啊，小昭王不在山中，涉事的溫阡和張正清已經離世了，那些挖渠的匠人即便沒被治罪，也接觸不到老太傅，老太傅怎麼會知道得這樣詳盡？

老太傅只是露出了一抹苦笑，「……且聽老夫往下說吧。」

七月初八，柏楊山的大雨還是沒停，張正清見溫阡滿目憂色，問道：「溫督工，可是有什麼不妥？」

溫阡猶豫許久，最終還是把顧慮說了出來，「登臺祭拜，恐怕需要延期。」

「延期？」張正清聽了這話愣住了，「為何需要延期？可是因為這雨？」

溫阡點點頭：「雨勢綿延不止，排洪太難了，一刻不清理山渠，就會造成管道淤堵。淤積太厚，雨水無法及時泄出，很有可能反沖樓臺，即便今日建好，來日為防坍塌，也需要多次加固，不如乾脆讓士子們延期登臺，等雨災徹底過去再說。」

「這……」張正清問，「可需要請示昭王殿下？」

溫阡點點頭：「你先下山告知殿下一聲，待我驗過水渠，再做定奪不遲。」

老太傅看向謝容與：「殿下當日並沒有在山下見過憶襟吧？」

謝容與垂眸不言。

昭化十三年的七月初八，他沒有見到張正清，當晚深夜，他冒雨回到山上，甚至沒有見到溫阡。

沒有人告訴他登臺的日子或許需要延期。

從來沒有。

「因為……憶襟他以為，殿下您不會應允。」老太傅道。

先帝有多看重洗襟臺，張正清是知道的，小昭王督造樓臺領的是先帝之意，如何會同意延期呢，更何況，小昭王的父親是投江的士子謝禎，張正清以為，他應當比任何一個人都希望士子們能在七月初九登臺拜祭先烈。

因此彼時的張正清，心中早已生出了一個隱祕的、不為人知的念頭……

張正清沒有去尋謝容與，他坐在山路旁一個矮岩上，天地雨水急澆而下，心中那個瘋狂的念頭似乎就在這雨中滋長蔓延。

那些登臺的名額被老太傅拿來做了交易。

士子們登臺已不僅僅是為了紀念滄浪江投江的士子。

洗襟臺不再是無垢的了。

既然如此，這些士子有什麼資格在七月初九登臺？

七月初九，是他父親和投江先烈的忌日啊。

張正清想，如果能延期三日，不，哪怕只延期一日，只要錯開七月初九再讓士子們登臺拜祭，那麼滄浪江水滌淨的白襟就不算沾上塵埃。

張正清害怕那個天資聰穎的小昭王在得知登臺需要延期後，非但不應允，還會與溫阡一起想出解決法子，甚至找出新的通渠點，增派人手挖渠，所以他沒有下山尋謝容與。

他得想一個辦法，讓一切變得刻不容緩，讓登臺的日子必須延後，讓小昭王甚至沒工夫想對策。

張正清繞去了背山的一個排水渠點，對夤夜通渠的排水勞工說，「諸位都辛苦了，回去歇著吧。」

勞工頭子在雨水中別過臉，問道：「是溫督工的意思嗎？」

張正清笑了笑，沒有說是，也沒有說不是，「明早士子就登臺了，通渠也不趕在夜裡幾個時辰，諸位回吧，省得明早朝廷大員和士子們上山，以為洗襟臺還沒建好呢。」

勞工們聽了這話，不疑有他，很快離開了。

子夜時分，許多人已經睡下。張正清撐著傘，獨自立在雨裡，藉著風燈微弱的光，他看著眼前如小河般流瀉的渠水，渠底很快積起淤泥，水流被截斷，匯成一灘灘水蕩子。

當夜子時，溫阡沒有等到謝容與，再度巡視山中各個渠點，直至到了後山，看到了積起的水窪與截斷水流的淤泥，大驚失色。

溫阡顧不上其他，立刻尋了左近的玄鷹衛，要求立即排查各個管道，看看有沒有渠水反沖樓臺的情況，並且，延後登臺。

「可惜，」老太傅惘然地笑了一聲，「溫阡當時找到的玄鷹衛，是玄鷹司的都點檢。」

彼時崇陽縣中士子朝臣聚集，玄鷹司老指揮使和小昭王一起下了山，山中的巡防交給了都點檢。

這個都點檢盡職盡責，只一點不妥，他是曲不惟和章鶴書放在陵川的眼線。

士子登臺意義非凡，早一日晚一日拜祭，或許對溫阡來說沒什麼兩樣，可是對那些士子來說，卻是天差地別，好不容易被選中，七月初九忌日登臺，那是天子驕子，擱在七月初十，事後被人說起，出身也不那麼「正統」了。

而對於要踏上青雲路的登臺士子來說，最重要的就是這點「出身」了。

都點檢心知其中分別，得知溫阡希望延期拜祭以後，他只問了一句話，「待會兒士子們登臺，這樓臺會塌嗎？」

「那倒不會，可是樓臺根基不穩，哪怕建好了，日後也需要時常加固，還請點檢大人速速增派人手通渠，並稟知昭……」

還不待溫阡把這話說完，都點檢左右看了一眼，兩名玄鷹衛便上前捂住溫阡的嘴，把他帶走了。

他們把溫阡軟禁在後山，只道是待明日登臺拜祭禮過了，再把他放出來。

這一夜注定不平靜，很快又有一個士人尋來山中，稱是要求見溫阡和小昭王。

這個士人便是後來死在上京路上的徐述白。

都點檢敷衍他說：「溫督工和殿下一起檢查水渠去了，你如果有什麼事，不如寫成信函，等溫督工回來，我一定代為轉交。」

彼時隼部的老掌使和玄鷹司的幾個校尉都在，包括衛玦和章祿之，得了信，並沒有拆開看，喚來一名親信，讓親信把信交給溫阡。

其實都點檢並不希望洗襟臺出事，但他不敢讓人知道自己軟禁了溫阡，一直到老掌使和幾個校尉離開，他才匆匆按照溫阡說的，親自帶著人去後山疏通水渠。

昭化十三年七月初九的清晨，暴雨如注。

天剛亮，謝容與就到了洗襟臺下，他寅時才回到山中，幾乎一夜沒睡，然而他在雨中等了許久，登臺的士子與諸多官員都到齊了，依舊不見溫阡的身影。

「找不到溫督工了，這可如何是好？」有人撐傘在他身旁問道。

雨太大了，高臺在雨中失了輪廓，謝容與抬目朝洗襟臺望去，「加派人手去找，洗襟臺是溫先生督造的，沒有他發話，拜祭之禮……」

拜祭之禮暫緩嗎？

謝容與頓住。

可沒有十足的理由，這樣盛大的祭禮，如何說緩就緩？

玄鷹司指揮使領命，調集了所有能用的人手，迅速在山中尋找溫阡，隼部的老掌使乾脆帶著衛玦、章祿之往後山找去。

卯時已到，士子登臺的時辰定的是卯時三刻，在此之前，還需要拆去斜在樓臺外的支撐木樁。

後山山路崎嶇，終於，老掌使與衛玦幾人在密林間，隔著滂沱的雨聲，聽到了溫阡的呼救。

他被軟禁在林中一間廢棄的木屋中，指上滿是血痕，手臂露在外的地方布滿瘀青，似乎他曾妄圖憑一己之力把這門撞開。

而地上攤著一封信。

是徐述白的信，信上說，那幾根支撐洗襟祠的主柱被他叔父徐途以次充好換過了。徐述白不懂營造之術，更不知道洗襟臺是祠上築臺。

而那幾根主柱，是洗襟臺的基底支撐。

老掌使與衛玦幾人找到溫阡的時候，溫阡臉色白得連一點血色都不剩了，他甚至來不及解釋，只顫聲道：「不能登，不能登……會塌的……」便朝柏楊前山奔去。

時隔很多年想起來，其實從來沒有人希望洗襟臺坍塌。

每個人都希望它好，希望它能高高地矗立在柏楊山中，永垂不朽。

只是，可能每一個人都有自己的一份私心吧，然後又為著這份私心，多走了一步，或是數步。

何鴻雲為了立功為了斂財，換了洗襟祠的幾根木柱。

昭化帝在得知自己不能親自前往洗襟祠拜祭後，改祠為臺，以一場盛大的祭禮，紀念自己的功績。

老太傅太惜才，為了救被流放的士子，拿洗襟臺的名額跟章鶴書做了交易。

章鶴書為了讓自己看中的士子登臺，與老太傅擬奏，修改了洗襟臺的圖紙。

張正清希望將祭禮延後一日，驅走了連夜通渠的勞工。而都點檢，為了讓祭禮能如期進行，軟禁了溫阡一夜。

可惜他們都忘了，洗襟臺只是洗襟臺。

連日不斷的、天譴一般的急雨都沒能讓人意識到，這座樓臺之上，只有永遠無法散去的水霧，沒有青雲。

洗襟祠的木料被人偷偷換過，章鶴書想讓更多的士子登臺，修改了圖紙，那圖紙哪怕後來被溫阡再度改過，對於次等底柱來說，也是不妥的。即便如此，洗襟臺也不至於立即坍塌，無奈連日的滂沱大雨讓陷入地底的木樁腐壞無聲，溫阡雖然竭力命人通渠排水，但張正清為了讓祭禮延期，連夜驅走了勞工，雖然都點檢在軟禁了溫阡後，親自帶人通了渠，但他忘了去驗看地底有無積洪反沖樓臺。

渠洪在土壤之下彙聚，通往山下的路被淤泥截堵，早就趁著暗夜悄然地沖向樓臺。本來還需多日才腐壞的底柱被連日急雨浸泡得腐朽，又被錯誤高築的樓臺壓損，於是無法排泄的地底之洪成了摧枯拉朽的最後一根稻草，讓洗襟臺徹底淪為失根的浮萍，只靠著一根斜在山間的、即將要被拆除的巨木支撐。

卯時三刻就快到了，雨水絲毫沒有減緩之時。

謝容與撐傘立在雨裡，身旁不斷有人問——

「拆嗎？」

「找不到溫阡了，快拿個主意，拆嗎？」

「定的是今日，不能不拆，拆吧！」

雨水漭漭急澆而下，遮去了眼前的事物，甚至遮去了太陽，謝容與看不到山的另一端，那個眉眼溫和的、善良的築匠正瘋了一般朝他奔來，朝將要坍毀的樓臺奔來，哪怕他根本不能用血肉之軀抵擋即將傾倒的高臺。

大雨淹沒了一切聲音。

謝容與抬目望去，雨水中，他已經徹底辨不出洗襟臺的樣子了。

在天地徹底暗下來的一瞬之前，他輕聲說：「拆吧。」

第二十六章　散去

「這就是全部……」

老太傅說到最後，語氣是搖搖欲墜的，「這就是洗襟臺坍塌的全部……雨太急，事情發生得太突然，許多人都沒有反應過來。昭王殿下受傷自責，一病數年，其實洗襟臺塌，原本與您無關的。」

然而殿中無人應聲。

老太傅的話語像落入一片蒼茫裡，謝容與閉上眼，殿中的其他人也彷彿重溫了那場惡夢，連趙疏的目色都是靜默的。

天早就黑盡了，只有宮燈照徹大殿，可那燈色太明亮，明亮得讓人覺得倉皇，倒不如那一片片暗影令人心安。

「這些……先生是怎麼知道的？」這時，張遠岫啞聲問道。

這個問題唐主事已經問過一次了，眼下被張遠岫再度提起，帶著一絲不可名狀的意味，似乎他從老太傅的話語裡聽出了一些旁人覺察不到的、被坍塌的斷岩遮去的祕密。

張遠岫是老太傅教養長大的，有些事他一直覺得異樣。

老太傅從來是個恪盡職守的人，那年洗襟臺塌先帝病重，他非但沒有扛起朝政的重擔，反而一回京就請辭，乃至於後來大權旁落，新帝在風雨飄搖中登基，他也不曾露過面。幾個士子的前途他尚且願意不遺餘力地挽救，看著新帝與小昭王深陷水火，他為何不曾出手相幫呢？

何況那些年老太傅的病情不算嚴重，他為何要避居慶明不見外人，僅僅因為自責自己拿登臺名額做了交易？

張遠岫想起他十八歲那年，老太傅為他賜字忘塵，張遠岫曾問，「太傅為哥哥賜字憶襟，為何卻要我忘塵？」

老太傅沉默許久，說：「其實，你哥哥也希望你能放下。」

……哥哥？

那時張正清都過世兩年了，老太傅怎麼知道哥哥的願景？

張遠岫的目光惶然，心中的念頭簡直令他生怖，「哥哥早就不在了，他最後做的這些事，先生是如何知道的？」

老太傅對他們兄弟二人寄予厚望，從來盼著他們考取功名，洗襟臺坍塌後，他卻改教張遠岫作畫弈棋，說什麼功名利祿不過雲煙。

每每張遠岫提及「柏楊山中，將見高臺入雲間」的心願，老太傅都要勸他山川遼闊不如放空心境，忘諸瑣事寄情山水。

張遠岫想起來，昭化十三年洗襟臺坍塌，他和老太傅是最早一批趕到柏楊山的，死的人太多，州尹魏升早就失了陣腳，山中一片繁亂，他聽說哥哥陷在樓臺下，徒手搬開亂石，自顧自地在廢墟下尋找張正清的生息，那幾日他幾乎睡在了廢墟之上，而老太傅到了柏楊山以後，便避於深帳之中，直至御駕趕到，數日不曾露面。

張遠岫本以為彼時老太傅和他一樣，太過傷心所以不願見人。

而今細想卻不盡然，張正清生死不明，老太傅如何不尋找呢？他不是最關心哥哥了嗎？

直到柏楊山防止瘟疫的大火燃起，張遠岫都不曾找到張正清的屍身，有人和他說，可能他的兄長陷得太深，埋入了山體裡，沒法往下挖了，所以京郊立了五年的丘塚下，埋的一直是一襲衣冠。

張遠岫想起，太傅府的正屋坐北朝南溫暖乾燥，老太傅既然畏寒，在正屋住著即可，日前他過府探望太傅，府中僕從為何要往東廂送炭盆？

那個門窗緊閉的東廂，究竟是給誰住的呢？

張遠岫的聲音幾乎是支離破碎的，「我哥哥他……哥哥他……」

老太傅磕下頭去，「官家，今日進宮請罪的，除了老臣，還有一人。」

四更時分，風聲像是被濃稠的夜色扼住了喉嚨，發出細微的嗚咽，一個罩著寬大斗篷的人入得殿中，他的兜帽壓得很低，叫人看不清他的臉，跟從前在外流亡的青唯很像，但他的姿態又與青唯不同，青唯是不能見人，他是不敢見人。

他向趙疏跪下見禮，撐在地上的雙手嶙峋又蒼白，「官家。」

然後他靜了許久，終於掀開兜帽，望向張遠岫，喚了一聲，「岫弟……」

張遠岫定定地看著張正清，適才神情中的倉皇、難以置信全都不見了，只餘下一片空白。

張正清似乎不忍見張遠岫這樣失措，微微抬手，想要向他靠近一些，又喚一聲，「岫弟。」

張遠岫卻驀地驚退一步。

他們本來是最親的兄弟，是這世上相依為命的兩個人，時隔多年再見，張遠岫的眸中一點欣喜也沒有，他的眼神是陌生的，彷彿眼前這個「死而復生」的人他根本不認識。

其實張正清的樣子並沒有太大變化，只是瘦了許多，眼中再沒有從前的意氣了。

而今想想，張正清能夠活著，在場諸人一點也不意外。

七月初九是張正清父親的忌日，洗襟臺沾上塵埃，他不希望士子們在忌日登臺，自己怎會踏上那青雲之階？

洗襟臺是在士人登臺至一半時坍塌的，張正清本就綴在最末，何況他知悉名額買賣的事由，又連夜驅走了通渠勞工，他會比所有人更快反應過來發生了什麼，連小昭王都活了下來，他怎麼會活不下來呢？

只是在甦醒過後，他漸漸明白自己背上了怎樣的罪孽，於是再也無法面對。

縱然洗襟臺的坍塌不是他一人之過，在之後的每一個日夜，張正清都在想，倘若他肯稍稍退讓一步，又或是他們中的任何一個人能夠做出妥協，這一切何至於此。

老太傅跪地向趙疏解釋，說自己當年是如何救下了張正清，又是如何自私地將他生還的消息瞞了下來。張正清傷得太重，那一年身子很不好，加之添了畏寒的毛病，一直在生死邊緣徘徊，所以他帶他去了慶明山莊。

老太傅說，他們本無意相瞞這麼久，甚至在最初，他們也是費解的，不明白洗襟臺為何就這麼塌了，等他們弄清一切後，先帝大限將至朝政已亂，任何一點風吹草動都會動搖國之根本。再後來，張正清便病了，身上的疾症是次要的，要命的是心疾。他害怕見光，不敢見人，他一年間甚至有大半時日是不清醒的，不斷回溯湧現的惡夢讓他活在混沌之中。他陷在無盡的驚惶裡，卻又不敢以死贖罪，因為他生，無法面對人間，死，無顏面對逝者。

這樣的惡疾糾纏著他直到今日，饒是眼下他跪在殿中的一片陰影裡，額間、手背已然滲出了大量的汗液，只這麼一會兒，他臉上的血色便褪盡了。

這樣的病症眾人再熟悉不過了，那是和謝容與一樣的心疾，因不堪背負的過往而生，真實的夢魘攫去人的呼吸，無以復加的自責裡滋長出恐懼、驚悸，甚至幻覺，逼著人失去神智。

唯一的不同，謝容與是無辜的，所以他最終慢慢走了出來，而張正清有罪，於是他病入膏肓。

張正清顫聲與趙疏求情：「官家，這一切皆是罪人之過，罪人願意承擔一切責罰，也願意將真相說與宮門外等候的百姓，還請官家……還請官家寬恕岫弟。岫弟他雖然做錯了一些事，但他的本性是善良的，他從沒想過害人，他只是太想修築洗襟臺了，他太想念我們的父親，是故……」

張正清的話還沒說完，就被張遠岫一陣暗啞的笑聲打斷了。

「父親？」張遠岫的聲音充滿譏誚的冷意，「我早就不記得父親長什麼樣了，把我養大的人是你！教給我『洗襟無垢』四個字的人是你！我重築的這個洗襟臺是為了父親嗎？不，是為了我骨血相連的兄長，為了完成他的夙願！可是你卻、你卻……」

得知張正清為了把登臺的日子延後，連夜驅走通渠勞工，支撐張遠岫多年的信念已經破碎。

而他出現在大殿之上，那座重築在張遠岫心中，無垢的洗襟臺便徹底崩塌腐壞。

「原來『忘塵』竟是這樣的意思，你想讓我忘卻的不是滄浪洗襟的過往前塵，而是洗襟臺的殘垣斷壁下沾著罪孽的煙塵，你連讓我忘塵都是自私的，訴諸你自己的悔恨！」

張遠岫寒聲質問，「既然如此……既然你早就知道先生拿名額救了士子，既然你早就打算不在登臺之日登臺，甚至不惜驅走勞工令水渠淤堵，你最後一次離開時，為何要告訴我『故人已逝，前人之志今人承之』，為何還要說『洗襟無垢，志亦彌堅』？！」

張正清張了張口，想要解釋，卻發現自己什麼都說不出口，的確是他一念之差，才讓張遠岫在這一條路上走了太遠。

後來寧州白衣請願致使藥商被害，脂溪礦山爆炸張遠岫取走罪證，乃或是今日士子義憤百姓圍堵宮門，都是他重蹈他的覆轍。

張正清說：「岫弟，你聽我說，所有的一切皆是我一人之過，你只是在一條錯誤的路上走得遠了一些，我都聽先生說了，你至今恪守本心，相助過不少與洗襟臺有牽連的人，那個姓薛的工匠，還有溫阡之女，他們都是得你相護才活了下來，你還能夠回頭，你……」

不等張正清說完，張遠岫閉上眼。

「太晚了……」他說，「太晚了。」

種樹人伐樹，過河人沉槳，築高臺者親手拆去底柱，夙願被徹底焚毀的樣子實在太難看了，昨日種種都變得荒唐可笑，張遠岫隨後睜開眼，「你當初不如死了。」

大殿再度歸於寂靜。

許久，唐主事問：「官家，可要發告示告昭天下？」

殿中無人回答。

濃夜過去了，天色即將破曉，然而，饒是一切水落石出，真相卻這樣無奈。

它是越過洗襟，跨向青雲的每一步，是從先帝、老太傅開始，再延伸往下，其中每一個人或是罪該萬死，或是情有可原，都不是無辜的。這樣的真相說出去，誰都不會知道世人將會作何反應。

只是，與其讓青雲累積於高臺聚沙成塔，直至最後不堪重負，是時候該有一隻手來拂去塵埃了。

刑部尚書先一步上前，「官家，臣願意前往宮門，解釋洗襟臺坍塌的前因後果。」

大理寺卿亦道：「官家，臣願隨刑部同往。」

趙疏看向餘下人等：「其餘愛卿的意思呢？」

徐姓大員遲疑了一會兒：「如實說……吧？」

唐主事道：「那就說。」

謝容與緩緩地點了點頭。

一直守在殿外的殿前司禁衛於是單膝跪下，「官家，末將已調集全數殿前司將士，一定嚴加防範，力保百姓安危。」

「刑部、大理寺聽令，你二人隨昭王前往宮門，向圍堵的百姓如實解釋洗襟臺坍塌的全部因果，包括長渡河一役朝廷主戰主和的取捨，劫北遺民安置的功過，並擒太傅、罪人張正清同往；御史臺，立即草擬相關告示張貼城門，並說明有關洗襟臺一案嫌犯的處置結果，待此案審結後，再發告示昭告天下，另外──」

趙疏移目，看向殿外單膝待命的禁衛：「殿前司。」

「末將在。」

「整軍。」

隨著最後兩個字乾脆俐落地落下，宣室殿門大敞，謝容與帶著刑部與大理寺率先退出殿外，隨後是餘下大員，他們步履堅定、有條不紊地奔赴各處。整軍的號角響徹禁中，玄明正華轟然開啟，隨後是第二重宮門，第三重宮門，與此同時，四野也慢慢鮮亮起來，落了一夜的雪，原來天早就放晴了，青唯離開大殿抬目望去，剛到卯時，居然有晨曦穿透薄薄雲層灑落下來。

真好，青唯想，天色昭明。天亮了。

半個月後。

上京在破曉的第一縷光中甦醒過來，幾場雪過後，連著多日都是晴天，明淨的天光讓人的心境也跟著敞亮，整個城都是熱鬧的，流水巷裡裡外外全是人，吆喝聲、叫賣聲自晨起就絡繹不絕，城門口排著出入城的長龍，好在大案將結，已經不必查得那麼嚴了。

德榮將一盒留記的糕酥交到顧逢音手上，「天兒聽說義父愛吃這家的點心，一大早趕去流水巷買的。他難得細心一回，義父拿著路上填肚子，等京中的鋪子的帳算好了，我讓人捎去劼北。」

青唯把幾身新製的厚襖交給隨行管家，對顧逢音道：「顧叔，天氣冷，您路上多加小心，我就不遠送了。」

顧逢音道：「少夫人當真客氣了，其實老朽不是第一回去北邊，勞您親自為老朽添置這麼多東西。」

青唯莞爾：「顧叔到了劼北記得來信。」

顧逢音是臨時決定去劼北的，墩子死了，他留給墩子的那一份家業沒人接手，京中的鋪子德榮和朝天又不要，顧逢音這些天反覆思量，心道罷了，自己老歸老，身子骨還經得住折騰，從前他收養遺孤，把劼北的劼綢販向大周各地，以為這樣就是幫了劼北，而今想想，尚有做得不夠的地方，半生攢下許多積蓄，臨到頭了他想再拚一把，從前他把劼北的貨物販向他鄉，今後他要把他鄉的貨物帶去劼北。

幾人在城門外說了一會兒話，趁著日頭還早，顧逢音很快啟程了。德榮牽來馬車，「少夫人，回家嗎？」

周遭的日色鮮亮極了，青唯想了想說：「不回，四處走走。」

她穿著禦寒的斗篷，斗篷沒帶兜帽，所以她一張臉就這麼乾乾淨淨地露在外頭。她生得很好看，叫人見之不忘，一旁有官兵路過，似乎認出了她，稍一點頭，驅馬離開了。

雖然朝廷最終的判決還沒下，京中的官員似乎達成了某種默契，已不再有人對海捕文書上的溫氏女喊打喊殺了。

許多年，青唯從沒有像眼下這樣不避不藏地走在大街上。

朝天小心翼翼地請示：「少夫人，城東新開了間兵器鋪子，小的想去看看。」

「行。」青唯不假思索地點頭，「瞧一眼去。」

城中有一種別樣的寧靜，這種寧靜不是安靜無聲，而是糅雜在熱鬧裡讓人心安的祥和。其實那日謝容與攜三司，到宮門口訴明因果的過程並不算順利，有人聽到一半已然激奮不已，還有人要求朝廷立刻處斬所有嫌犯，直到最後所有的真相揭開，人們的憤懣雖然平息了，取而代之的卻是茫然。

有的事是這樣，捕風捉影最易讓人義憤填膺，而真相是難以承受的龐然巨物，攤開來擺在眼前，直要壓得人緘默無聲。

人們久久聚在宮門前，從天明再度等到天將暗，這一回，他們卻不知道究竟在等什麼，直到黃昏風起，不知是哪個士子囁嚅著說：「都散了吧。」人群才陸續散去。

然而那一天過後，一切便莫名都好了起來，人們開始耐心等待朝廷的審判，時而有士子三五成群去宮門口看有無新的告示張貼，他們已不再聚集鬧事了。

與此同時，朝廷各部衙司忙碌得不可開交，章鶴書、老太傅、張正清等人俱已入獄，曹昆德也被拘禁在宮中，隨著審訊的進行，地方涉案人等也被陸續押解上京，信函雪片似地往來京中與各地，銀臺的官員幾乎是輪軸轉。所幸在這期間，不是沒有好消息的，今早陵川八百里加急送來一封急函，說章庭醒了。

不知道是不是孽緣，章庭是在曲茂到東安的當天徹底甦醒的。

曲茂如今有了心結，去陵川的一路上惡夢連連，沒有一日睡好的。他本來想著章庭與自己同病相憐，或許有法子開解自己，然而等他趕到官邸一看，章庭他老子都快沒了，他依舊睡得不省人事。

曲茂忽然覺得，章蘭若不過如此。

從小到大，章庭樣樣都比曲茂強，眼下曲茂好不容易占了上風，心境也隨之一寬，浮在心上的霾散去稍許，滿腹睏乏之意趁虛而入，曲茂覺得眼皮漸重，伏在章庭的床頭就打起瞌睡來。

屋中小廝見曲五爺在床前守著，放心地煎藥去了。

也是不巧，章庭恰在這時候醒來。

他近兩日其實睜過一回眼，因為太乏了，很快又睡了過去。眼下章庭卻再闔不了眼了——曲茂的呼嚕震天響，吵得他根本睡不著！

章庭啞著嗓子喊了幾聲「水」，曲茂睡得雲裡霧裡，壓根聽不見。

章庭只好強忍著怒火等小廝回來。

得知小章大人醒了，小廝很快請來了大夫，齊文柏、宋長吏等人也從州府趕來了。屋中絡繹不絕的腳步聲、說話聲終於把曲茂從睡夢中喚醒，曲茂睜開惺忪的睡眼，伸了個懶腰，剛好打偏小廝餵藥的手。

小廝一個趔趄，一碗藥湯半碗灌進章庭喉嚨裡，半碗潑在章庭臉上，章蘭若大夢初醒不知今夕何夕的神智被徹底拽回人間，他怒不可遏地大罵：「曲停嵐，我真是……我真是上輩子欠了你的！」

「……齊大人說，小章大人的身子已無大礙，只是大病初癒，尚需靜養幾日，小章大人本來一醒來就要寫奏帖的，齊大人做主，給攔著了。」

刑部尚書接到急函，與大理寺卿一起面聖時說道。

趙疏道：「此事不急，你代朕去信一封，叮囑章蘭若養病為重。」

「另外……」刑部尚書遲疑了片刻，「官家，張二公子五日前離開京城了。」

玄鷹司並著三司連審了章鶴書、老太傅等人多日，張遠岫有罪無罪尚在兩可之間，藥商之死在他的意料之外；幫曹昆德養隼傳信並非罪大惡極；教唆士子聚集宮門的人是曹昆德，他雖知情不報，所幸朝廷處理得當，並未釀成任何惡果。所以張遠岫被關押了數日後，刑部尚書親自打開牢門，對他說：「走吧。」

張遠岫抬起眼，安靜地問：「朝廷不治我的罪嗎？」

刑部尚書沒有回答他。

張遠岫想了想，什麼都沒再問，無聲地離開了。

他沒有回城西草廬，而是去了太傅府，那個他和張正清曾經長大的地方。

太傅府養的都是有情人，饒是眼下老太傅、張正清雙雙落獄，府裡的僕從也一個都沒走，張遠岫獨自在他從小學書學畫的書齋坐了三天三夜，然後對白泉道：「我們走吧。」

馬車是五天前的早上離京的，車前就掛著「張」字牌子，城門的守衛不知受了誰的託付，居然不曾相阻。

刑部尚書道：「馬車是往南走的，看樣子張二公子去陵川了。」

他說著，驀地跪下，「官家，臣罪該萬死。」

照理眼下張遠岫是萬萬不能離京的，其中若沒有人斡旋，他怕是連城門都邁不出。而有本事讓他平安離開的，除了皇帝，只有幾位手握重權的大臣了。

老太傅桃李滿天下，刑部尚書雖不曾受教於他，早年這位尚書大人仕途坎坷，幸得老太傅愛惜人才，多番向朝廷舉薦，他才有了今日。

老太傅垂垂老矣，生命與仕途都走到末路，唯一放不下的便是張忘塵，饒是深陷牢獄，老太傅也反覆懇求刑部尚書：「告訴忘塵，他尚沒有行遠，他還有回頭路可走……」

刑部尚書於是想，那麼就讓他擅自做一回主，也算報了老太傅的恩情了。

趙疏看著跪在大殿請罪的刑部尚書，緩聲說道：「朕記得朕作為皇帝的第一回廷議，幾位將軍跟章何二位大人爭吵不休，朕就這麼乾坐在龍椅上，連句話都插不進，像個無關緊要的看客，末了，還是大理寺的孫艾和幾個翰林文士站出來，問『官家的意思呢』。之後的兩三年，每到廷議，孫艾他們幾個都會問『官家的意思呢』，雖然朕的答案在當時並不重要。老太傅總說，朕繼位後，他不曾幫扶過朕，但朕知道，孫艾與那幾個文士，都是他的學生。」

這個年輕的皇帝在經此一案後顯得愈發沉穩，「愛卿平身吧，人非草木，孰能無情，雖然說律法嚴苛，不得逾越，但是縱觀此案，沒有誰是不曾有私心的，朕時而覺得，或許在法度之內，該要給情留寸許餘地，才能真正長治久安。」

刑部尚書依言起身，「多謝官家寬宥。」

「只是，」趙疏嘆了一聲，「張氏父子三人的執拗是一脈相承的，朝廷寬恕了張忘塵，張忘塵自己能否放過自己，難說了。」

趙疏點到為止，隨後問：「你們適才說此案有幾人不好定罪？」

「是這樣，」大理寺卿接過話頭，「曲不惟、封原等人自是重懲不論，難就難在章鶴書。雖然曲不惟、老太傅都指認章鶴書參與了名額買賣的事實，章鶴書自己也招了，可是，沒有實證。」

換言之，沒有證物。

唯一能證明章鶴書參與名額買賣的證物就是他偽造的空白士子名牌，此前謝容與雖然查到了製造名牌的匠人，無奈這匠人一年前就過世了，玄鷹司在慶明撲了個空。

如果是尋常案子，所有罪犯的供詞一致並且完整，嫌犯本人也招了，那麼就足以定罪，可是洗襟臺之案牽連甚廣，章鶴書的罪名大小，直接關係到老太傅、張正清等人的處置結果，如果連一個物證都沒有，總是難以讓人信服。

「物證還是其一，其二麼……」大理寺卿遲疑許久，「章鶴書他，到底是國丈。」

彷彿就為了應答這句話似的，一名小黃門亟趕到宣室殿外，在殿門口跪下，「官家，您快去元德殿看看吧，皇后娘娘她……她請出了鳳冠與褘衣，說要將貴物歸還皇祠。」

將大婚時的鳳冠與褘衣歸還皇祠，這是廢后才有的禮制。

章元嘉這是……要自請廢后？

刑部尚書與大理寺卿聽了這話，連忙退開一旁。

趙疏臉色也變了，下了陛臺，疾步朝元德殿趕去。

午後的元德殿格外安靜，晴光斜照入戶，浮在半空的塵埃清晰可見，守在殿門的侍婢見趙疏到了，無聲地退下。

章元嘉等候在殿中，她穿著一身素衣，兩側長髻是垂下來的，沒有佩戴環釵，這是戴罪的髮飾。看到趙疏，她難得沒像從前一樣恭敬地上前行禮，「官家有日子沒來了。」

褘衣與鳳冠就擱在她的左邊，趙疏的目光落在其上，「嗯」了一聲，「前朝事忙。」

章元嘉於是笑了笑。

她都知道的，宣室殿夜審過後，朝政從沒有這樣繁忙過，各部官員為了釐清案情幾乎夜夜點燈熬油，卯時不到就有大臣在文德殿外等候面聖。

章元嘉道：「早上收到陵川的急函，說哥哥醒了，臣妾很開心，把那信反覆看了好幾遍。」

趙疏隔著一張龍鳳案，在章元嘉身旁坐下，溫聲說道：「章蘭若病勢無虞，朕早已叮囑陵川州府仔細看顧，妳眼下當以身子為重，不必為其他事掛心。」

「臣妾沒什麼好掛心的。」章元嘉說，「後宮諸事有姑母幫忙打理，元德殿的宮人服侍妥帖，早上太醫來為臣妾診脈，說腹中的孩子很康健，生下來一定和官家一樣聰穎明睿。唯一擔心的就是仁毓，張二公子在獄中婉拒了與她的親事，她到臣妾這裡哭了一宿，說不管張二公子是堂上賓，還是階下囚，都願意嫁與他為妻，聽說後來還是官家給裕親王府下了一道恩旨，她才不鬧了。」

趙疏道：「裕親王去得早，朕答應了父皇要照顧她，總把她拘在京中，實在太約束她了。朕今次的恩旨沒什麼，只是答應讓她一個人出去走走，除了兩個武衛，不讓任何人跟著。她經歷得太少，不明白做夫妻是要緣分的，張忘塵的眼中沒有她，這樁親事哪怕成了，今後也會離心離德，等她走的路再多一些，看過天地廣闊，便不會被一時的愛恨得失障目了。」

「官家總是比臣妾有法子。」章元嘉很淡地笑了一下，「小時候每逢年節，同輩的兄弟姊妹進宮了，要是闖了什麼禍，官家就要幫著收拾爛攤子。臣妾還記得有一年，頤郡王府的四哥兒頑皮，把官家春禮上要念的頌詞給塗花了，那頌詞等同於皇旨，頤郡王府的另三個哥哥在東宮的宮門跪了一地，給官家請罪，但官家誰都沒怨怪，只叮囑宮人不要把此事說出去。隔日一早，官家著太子服，到了春禮上，竟然把那聱牙戟口的頌詞一字不差地念了出來。後來要不是東宮的小黃門心疼官家多說了一句，臣妾都不知道，官家擔心頤郡王府被責罰，一宿沒睡把過去幾十年的春禮頌詞全看了一遍，發現惠政院的春官居然偷懶，每隔二十年就用回同樣一份。」

「那時臣妾就覺得官家不一般，看著靜靜的，話也很少，但無論遇上什麼事，總能不聲不響地想出應對的法子。」

後來事實的確如此。

趙疏初登帝位的幾年那麼難，可是他還是一步一步走了出來，兌現了他當初在先帝病榻前的承諾，找到了他要的真相。

常人也許只看到小昭王與玄鷹司是如何排除萬難地釐清案情，卻不曾想過，在這一程風雨裡，那個高坐於宣室殿上的皇帝給予了他們怎樣的支持，朝堂異聲如萬丈濤瀾沒頂，他每一次力排眾議的堅持，才讓他們所有人能夠堅定地邁出每一步。

「是啊，妳是知道朕的。」趙疏越過龍鳳案，握住章元嘉的手，「所以妳再等等，朕總能想到解決法子。」

章元嘉垂著眸，「表兄都和官家說了吧。」

章鶴書曾經僱慶明的一名匠人仿製士子登臺名牌，而今東窗事發，章鶴書不得不託章元嘉送信京外，請那名匠人盡早出逃。章元嘉後來將這封信交給了謝容與，玄鷹司衛玦等人連夜離京尋找證據。可惜衛玦晚了一步，那名匠人早在一年前就去世了。

宣室殿夜審過後，真相水落石出，每個人都要面對自己的因果，謝容與不是個多嘴的人，向趙疏稟明稟完此事後，只說了一句，「娘娘不告訴官家，是不希望官家因她分心，但臣作為兄長，並不忍看到官家與娘娘蘭因絮果。」

章元嘉道：「臣妾了解官家，遇上再大的難事，官家都會一聲不吭地想法子。可是，官家如果想到了辦法，早就來看我了不是嗎？官家為什麼不來？因為朝政洶湧民怨沸騰，把官家逼得無路可退，官家明白踏入元德殿的一刻，就到該做出決定的時候了。」

「我明白的，都明白的，」章元嘉靜靜地說道：「我知道官家盡力了，所有人都盡力了，包括洗襟臺坍塌的前因後果，我也了解清楚了，那些罪過，不是一紙告昭天下的告示就能揭過去的，需要有人切切實實地付出代價，去償還，去贖罪。」

「即便有人需要為此付出代價，那個人也不該是妳。」趙疏道。

章元嘉定定地望著趙疏，爾後很淺地又笑了一下，「官家在旁的事上透澈明達，怎麼偏偏想不明白此事呢？」

「溫小野做錯過什麼嗎？洗襟臺坍塌時，她甚至不在當場。可她想為父親昭雪為什麼這麼難，因為溫阡是洗襟臺的總督工，哪怕查清了何氏偷換木料，曲不惟買賣名額，父親與老太傅三改圖紙，張正清驅走通渠勞工，他還是要為這場事故負責，是故朝廷至今未能下一旨免罪詔書。」

「玄鷹司曾經的老指揮使做錯了什麼嗎？可是都點檢軟禁溫阡以至洗襟臺坍塌，他只能自戕謝罪。」

「我知道哥哥為此案取證立功，朝廷可以赦免他的牽連之罪，甚至讓他官復原職，但是不一樣的，哥哥是臣，臣者講究的是功過，皇后不同，為后者，天下只認一個『德』字，父親失德，即是元嘉失德，德不配位，元嘉已不能再做這個皇后了。」

章元嘉說著，朝趙疏跪下身，「官家，降旨吧。」

「臣妾趁著這幾日，已經把後宮的事務交代好了。後宮瑣事繁多，官家日後若缺人打理六宮，可以提怡嬪攝六宮權，她性子幹練，做事最是省心。要是遇上什麼煩心事，缺個人說知心話，官家可以去歇芳閣尋秦貴人，秦貴人性子靜，擅傾聽，最是善解人意。」章元嘉輕聲道：「臣妾近來想了許多，才發現有樁事臣妾一直做錯了。臣妾嫁給官家後，時而覺得與官家有隔閡，臣妾想不明白，總以為是至親至疏夫妻，所以有時候放不下架子，甚至會與官家使些小性子。後來臣妾想，臣妾嫁給官家那天，是下了決心要做好官家的皇后的，但是這幾年，臣妾做的從來都不是皇后，而是一個尋常的妻，如果是皇后，她不會因為官家的疏離而心懷芥蒂，她該會明白官家的憂患與顧慮，該和官家一樣心中裝著江山臣民，而不是只有你我，是臣妾沒有做好，才讓官家一個人在這條路上走了太久。」

趙疏聽章元嘉說著，垂在身側的手緩緩收緊。

他有一種得天獨厚的本事，天生就懂得如何控制脾氣，所以他一直是溫和的，連愛恨在他眼中都是淡淡的。

只有他自己知道不是。

他還記得遇見章元嘉是在多年前的一次宮宴上。

照理章鶴書脫離章氏大族以後，他的兒女是沒資格參加宮宴的，但是章元嘉的母親羅氏與裕親王妃是表姐妹，裕親王妃很喜歡這個性子溫柔的表姪女，那次宮宴便將她帶在身邊。

趙疏到了宮宴，一眼就看到了章元嘉，她穿著一襲杏色綾羅裙，安靜地坐在角落，像雨後初綻的新菊。到了下一回家宴，趙疏便不經意在榮華長公主的面前問了一句，「章家的元嘉姑娘也來嗎？」

長公主何許人也，聞弦音而知雅意，後來大小宮宴、家宴，幾乎都有章元嘉的一席。偶爾到了乞巧、寒食這樣的小節，趙疏去西坤宮請安，也能在何太后身邊瞧見章元嘉。

章元嘉一直以為她與趙疏是在後來許多次的相會中，漸漸滋生出情意，後來有一回，她和趙疏坐在宮樓上等日出，相互依偎著睡過去，醒來後不知時辰，她還擔驚受怕了許久，害怕讓人發現自己的心意，她喜歡的人，畢竟是東宮太子。

其實那次不久後，榮華長公主便對趙疏說：「你若看中了誰，只管說來，姑母幫你與官家說說看。」

就連一向嚴苛的昭化帝都在姻緣二字上遂了趙疏的心意，「帝者孤獨，身邊有個能說話的知心人，是難得的福氣。太子妃麼，德之一字為上，門第低些倒是無妨，你一直是個讓人放心的孩子，朕相信你的眼光。」

趙疏於是如願以償地娶了章元嘉。

即使大婚之夜掀開蓋頭之後，洗襟臺未歇的煙塵讓他的臉上失了笑顏，那份藏在平靜下的溫柔刻骨也一分不曾減少。

即使在他跪在先帝的病榻前，許諾會釐清案情還以真相，許下那個天地自鑒的決心後，他也從未想過要捨下她。

只是可能這就是為帝者的宿命吧。

有人相伴只是一時，這條長路注定孤寂，前塵因果洶湧澎湃地把他們推向分岔口，他們卻不能像尋常夫妻那般拋下一切奔往彼端。

是故沒有兩全法。

趙疏道：「妳說這些年妳做錯了，妳不該是只做朕的妻，而是朕的皇后。」

「昭化十四年初春，朕大婚，朕等在東宮等候迎娶的，從來就不是一個皇后，只是朕的結髮妻。」

趙疏蹲下身，看入章元嘉的眼，她的眼中有淚盈盈，「妳說這一路妳沒有陪著我，妳也錯了，正因為妳我總以尋常夫妻相待，我才不是孤單的，這幾年我才能撐下來，所以今後無論發生什麼，在我這裡，」趙疏伸手撫上自己心口，「結髮妻的這個位置，誰也不能奪去。」

廢后的旨意下得無聲無息，幾日後的廷議上，趙疏擬好聖旨，彷彿是順帶著提了一句。

隨後群臣默然，只有禮部的官員站出來接了旨。

聖旨廢章氏元嘉皇后之位，降為靜妃，罰去大慈恩寺思過贖罪，十年不得返京。

章元嘉是在三日後離宮的。

這年的冬天竟不太冷，幾場急雪過後，很快有了回暖的跡象，章元嘉離宮當日落起雨來，細雨纏綿不捨，宮中的妃嬪都來送她，連尚在病中的芸美人也來了，章元嘉立在雨中淡笑著與眾人道別，隨後帶著醫婆與婢女，輕裝簡行地上了路，駛往遠方。

章元嘉離開的當夜，已經歸還皇祠的皇后鳳冠與褘衣就被宮中的一個姑姑從祠中請出，重新捧回了元德殿。

跟在姑姑身旁的小宮女問：「姑姑，官家讓我們把廢后的褘衣放在這裡，今後新后瞧見了問起，奴婢們該怎麼答呢？」

「新后？」姑姑笑了笑，「哪裡還有什麼新后？咱們這一朝，再也不會有皇后啦。」

她收拾好褘衣，走向殿門，天上的月是圓的，元德殿的宮人散去多半，今夜格外寂靜，好在靜夜不冷，今年的冬是個暖冬，姑姑笑著道：「暖冬好，暖冬宜養身，等靜妃到了大慈恩寺，小皇子也能平安生下來了。」

宮女不解地問：「姑姑，靜妃是戴罪之妃，她的孩子還是皇子麼？」

「當然了。」姑姑望著天上的圓月，「在官家心中，不會有一個孩子比得過靜妃之子，靜妃腹中這個孩子非但會是皇子，許多年以後，待一切徹底過去，他還會是我們的太子呢。且待來日吧。」

第二十七章　容與

「待會兒長公主要是問我到京這麼久了，為何沒去拜見她，我該怎麼答呢？」

「長公主如果不喜歡我準備的禮物，我怎麼辦？」

「我和官人就這麼成親了，我卻連盞茶都沒跟長公主敬過，她會不會不高興？」

馬車是往宮裡去的，長公主早就提過要見青唯，宣室殿夜審過後，謝容與一直忙於公務，直到這日才抽出空閒帶青唯進宮。青唯一路惴惴不安，接連不斷地問道。

德榮在車前驅馬，聞言笑道：「少夫人放心，長公主人很好，不會為難少夫人的。」

留芳和駐雲也道：「是，少夫人只管把心放回肚子裡，再說此前您不在京裡，公子在長公主面前說過不少您的好話，長公主其實很喜歡您的。」

青唯詫異地看了謝容與一眼，「你真的和長公主說過我的好話？」

「嗯。」謝容與淡淡頷首，眉眼間笑意舒展，「說過幾樁妳幼時在辰陽山間闖的禍，母親聽了也覺得有趣。」

青唯不滿：「你怎麼——」

她本來想質問謝容與怎麼能告訴長公主這些，然而轉念一想，他還能說什麼？她從小到大，幾乎沒有一日像大家閨秀一般好好待在閨閣裡的。

「所以，」謝容與溫聲續道：「母親知道妳是怎樣長大的，也知道我喜歡的娘子是什麼樣的人，妳到了她跟前，只管做自己，她問什麼，妳如實回答，愛屋及烏，她會喜歡妳的。」

馬車到了紫霄城，宮門守衛見了德榮，知是小昭王進宮了，牌子都沒查，逕自將他們請入宮門。阿岑姑姑早就在昭允殿外等著了，見了謝容與，迎上來道：「長公主知道殿下要來，午前辭了好些事務，親自盯著膳房備了許多小點。」

殿中設了主席和次席，次席是一張雙人的長案，案上果然擱著琳琅滿目的糕點。謝容與帶青唯向長公主見過禮，到了次席坐下，長公主看青唯一眼，緩聲道：「上回駐雲來宮中，提起妳的飲食，說妳不嗜甜，吃東西卻不能少了甜味提鮮，妳眼前的芋子糕只擱了點梅子蜜，妳嘗嘗，可還可口？」

青唯依言嘗了一口，隨後謹慎地放下，「可口的。」

長公主見她一副侷促的樣子，不由笑了笑，語氣更加柔緩，「妳不是宮中人，照理本宮該把地方定在公主府，但是近來宮中事務繁多，只能讓妳奔波一趟了。」

公主府在城東，離江家不遠，謝容與有回還帶青唯回去過。

而今皇后被廢，怡嬪幾個嬪妃對六宮事務還待上手，不怪長公主不能離宮。

青唯忙稱不礙事的，「我是小輩，本來就該我來拜見長公主。」

她頓了片刻，想起自己給長公主備了禮，連忙從駐雲手中接過錦匣，親自呈到長公主桌前。

匣子裡，三個用玉髓雕製的福、壽、祿仙人活靈活現地立在核桃木盤上，一旁還有玉製的仙鶴與蓮池，左旁栽著一棵青松，青松下擱著對弈的棋桌棋盤，地上散落著棋子。

長公主目露悅色，見核桃木盤上的青松與棋盤是用竹節製成的，不由問：「這是妳自己做的？」

青唯道：「是。」

她不是那種能很快與人親近的人，嘴不甜，更不會刻意討人喜歡，如實說道：「玉器匠人是官人幫我找的，玉雕是留芳和駐雲陪著我選的，只有青松是我自己做了放上去的，我不比父親，不會做太精巧的東西，讓長公主見笑了。」

她說是這麼說，但那小巧的青松與棋盤看上去竟跟真的沒什麼分別。

溫小野雖然生了個岳家人的脾氣，但手巧這一點，到底繼承了溫阡。

長公主想到謝容與有一把竹扇，聽說是青唯親手做的，他日日帶在身邊，眼前的核桃木盤越看越喜歡。青唯見長公主不發話，像一個學堂裡等候先生判詞的學生，忐忑地立在案前，直到謝容與喚了一聲「小野」，才後知後覺地坐回去。

長公主囑咐阿岑把核桃木盤收好，對謝容與道：「與兒，你出去吧，我與小野單獨說說話。」

長公主待青唯的態度，謝容與看在眼裡，聞言放心地應了一聲，很快出去了。

「在京中還住得慣嗎？」謝容與離開後，長公主問道。

「住得慣，江家上下都待我很好。」

「以後呢？打算在京中長住下去嗎？」

青唯愣了愣，驀地想起一年前她夜闖宮禁，謝容與帶她來昭允殿，長公主也問了她這兩個問題。

住得慣嗎？能長住下去嗎？

那時她身無牽掛獨來獨往，所以答得乾脆，說自己生於江野，只屬於江野，而今不一樣了，她不再是一個人，她和謝容與是結髮夫妻。

青唯道：「我不知道。從前我覺得京中不適合我，但經歷了這許多，尤其是那日宣室殿夜審過後，我覺得上京也沒有我想得那樣不好，我自己其實是住在哪兒都行，上京、中州、辰陽，或者更遠的地方，全看官人的意思。只是近日我師父來信，催我回辰陽給阿娘修墓，我還得去一趟陵川，把我阿爹的屍骨從罪人邸遷出來，所以大概得走個一年半載。」

她說著，似想到什麼，很快又道：「長公主不必憂心，如果您希望官人留在京中，這些事我一個人去辦就行。」

長公主不禁莞爾，「你們是夫妻，本宮把與兒拘在身邊，讓妳一個人離京，這是什麼道理？再說你們成親了，妳的爹娘，不也是與兒的爹娘麼？」

她看著青唯，或許正是溫小野這個說走就走乾脆俐落的脾氣，容與才這麼喜歡她吧。

「妳知道上京城中為何沒有昭王府嗎？」

謝容與是王，按說十八歲就該開衙建府，眼下他都二十三了，京中的昭王府卻遲遲不建。莫要說青唯每回來京都住在江府，這麼多年下來，連謝容與自己也是昭允殿、公主府、江家三個地方換著住。

朝廷從來沒有苛待過小昭王，不建昭王府，只能是謝容與自己的意思了。

青唯問：「他不讓建？」

長公主悠悠嘆了一聲，「與兒出生的頭五年，一直是跟著他父親居多。他父親出身中州謝氏，謝家的人，一個比一個還不羈。駙馬少年時越過劼山去過蒼弩，遠渡東海到過吉比，可能行的路越多，越知道大周山河的壯美，越不忍這樣的疆土被異族踐踏。他去了後，先帝就為與兒封王，把他接進宮了。與兒小時候的性子其實肖他的父親，有點關不住，有時他父親在惠風樓上與一群士人吟詩酬唱，他居然也要跟在身邊。可是與兒到了宮裡，性子一下就變了，變得少言寡語，人也越來越沉靜，我本來以為是他父親離世他傷心所致，後來想想，傷心是其次，終歸是先帝將『洗襟』二字強加在他身上，束縛了他吧。」

「昭化二年，他的祖母到京中來看他，他問我說『能不能隨祖母回江留』，怨我竟沒意識到這句話才是他的真正心意，他一直知道自己想要什麼，我該答應他的，如果應了，後來也不會……」

長公主說到這裡，語氣無限憾悔，「一輩人有一輩人的債，滄浪洗襟的過往加諸在他身上，太不公平了。」

直到很後來，長公主才發現，謝容與除了公文上會署清執，與親近人的私函上只寫容與；發現他不願在京中建昭王府，是因為哪怕他生在上京長在上京，他於上京而言，始終是個過客。

「洗襟臺坍塌以後，本宮聽救治他的大夫說，人抬出來的時候渾身是血，右臂的骨頭當時就折了，左腹破了個口子，流血流了近三天，差點活不成了。」

最可怕的是陷在暗無天日的殘垣斷壁下，不知道什麼時候會死去，聽著身旁先前還在痛苦呻吟的人慢慢失去生息，然後把這一切的錯歸咎於自身，還未殞命，人已身在無間。

青唯安靜地聽長公主說著。

其實她從沒問過謝容與當年陷在洗襟臺下，究竟經歷了什麼，因為擔心觸及他的心結。但是他左腹上長長的傷疤她都看過，甚至一遍一遍地觸摸過，眼下聽長公主說起，才發現糾纏了謝容與許多年的噩夢遠比她想像得要可怕許多。

青唯問：「官人的心病，後來是怎樣好起來的呢？」

如果她記得不錯，直到一年前，謝容與在凜冽的冬雪裡摘下面具，他的病情還很嚴重，甚至不能久立於天光之下。然而五個月後，他們在上溪重逢，他的病勢已好轉許多。五年都治不好的宿疾，為何能在短短五個月裡好起來，哪怕像德榮說的，因為謝容與決定要查清洗襟臺背後的真相，纏繞他多年的惡夢呢？化不開的心結呢？

長公主聽了這話卻笑了。

原來容與竟沒把全部的心裡話告訴這姑娘。原來他還留了那麼點根，沉默不言地種在了心中。

謝容與的病是怎麼好起來的呢？

彼時溫小野傷重離京，謝容與憂重以至舊疾復發，隱隱竟有加重之勢，長公主趕去照顧他，卻見他面色蒼白地倚在床頭，安靜地道：「母親不必擔心，我會好的。」

長公主只當他是在安慰自己，正欲囑他休息，他卻接著說道：「因為我想明白了一樁事。」

「倘若朝廷從未修築過洗襟臺，倘若洗襟臺不塌，我會遇見溫小野嗎？」

「所以，如果不論及他人生死，不細算樓臺坍塌後的一切代價，如果僅僅計較個人得失，如果洗襟臺的坍塌，只是為了遇見她……」

謝容與閉上眼，五年前無以復加的傷痛，五年下來如同凌遲般的悔恨與惡夢，不見天光的每一個日子在腦海中浮掠而過，最後卻定格在流水長巷，身著斗篷的女子撞灑他的酒水，新婚之夜，他挑起玉如意，掀開她的蓋頭，「那我願意承受這樣一場災難。」

也許他從未有一日放棄過要釐清真相，要還無故喪生在洗襟臺下的人一個公道，因為遇見她，他終於從暗夜踏入白日天光。

長公主於是什麼都沒解釋，只是緩聲道：「沒什麼，心結解開了，惡夢也不再是惡夢，他的病便好了。」

她說著，溫和地笑道：「小野，妳和容與既然成親了，以後見到我，不必再稱長公主，改口喚母親吧。」

很快到了暮裡，長公主與青唯又說了一會兒話，見謝容與還沒回來，喚阿岑來問，阿岑道：「適才玄鷹司的祁護衛來找，殿下趕去衙門了。」

而今結案在即，各部衙司已沒有之前那麼繁忙，然而，雖然宣室殿夜審後，京中士子的怨怒平息了，消息傳到地方，反倒是質疑聲居多，有人甚至懷疑朝廷刻意隱瞞真相，推出老太傅、張正清等人做替罪羊，時有地方士子聯名上書，要求拆除新建的洗襟臺，又給朝廷增添新的公務。

此事青唯和長公主都知道，聽是謝容與被喚走，只當地方士子又聯名上書了，誰知沒一會兒，謝容與就回來了，他行色匆匆，喚道：「小野，妳過來。」

青唯見他面有急色，猜到出了事，到了他跟前，只聽他低聲道：「曹昆德快不行了，妳可要去見他？」

青唯詫異地看向他。

上回她夜闖宮禁，曹昆德面上雖有病色，看上去似乎並無大礙，怎麼這麼快就撐不住了？

然而青唯轉念一想，曹昆德常年吸的那個東西，本來就對身子有害，上回她去東舍，擱著糕石的金石楠木匣上已經積灰了，若不是得了重疾，有太醫叮囑，這東西哪有那麼好戒的？可惜曹昆德後來壓不住癮，身子徹底虧損了。

青唯點點頭。

謝容與於是拉她跟長公主行了個禮：「母親，失陪。」

曹昆德成了重犯，自也不住在東舍了，或許因為他伺候過兩朝皇帝，刑部倒是沒把他擱在囚牢裡。

衙門後院有間單獨的罩房，青唯推開門，簡陋的木榻上躺著一個銀髮蒼蒼的老叟。

曹昆德很老了，但是青唯從前從來沒把這個太監跟「老」這個字眼聯想在一塊兒，似乎這樣去了根的人，浮萍一般來去，歲月的增長被他們身上日益加重的奸猾蓋過，「老」反而不突出了，就連此時此刻，他都不是老態龍鍾的樣子，面色雖然灰敗，目中還透著一絲刁狡，聽到開門聲，他偏過頭來定睛看了一會兒，隨後笑了一聲。

笑聲是乾的，緊接著一陣短促沙啞的嗆咳，顯見是許久沒喝水了。

青唯在門前駐足片刻，步去方桌前，斟了一盞清水遞給曹昆德。

曹昆德的手已經有點拿不穩東西了，水接在他手裡，還是顫了一些出來。他慢慢地吃下，吃過水，人就好了許多，連聲線也跟從前一樣長長的，「道是誰會在這個時候趕來見咱家呢，除了妳這個丫頭，也不會有旁人了。」

他瞇縫著眼，就著屋中唯一一盞油燈，仔細地端詳青唯。

青唯的臉上乾乾淨淨的，如果說小時候的她明麗是內斂的，要多看一眼才覺得好看，而今她長大了，嫁了人，那收放在內的清美一下子發散出來，沒有寬大的黑斗篷遮擋，整個人都是奪目的。她已經不必拿那塊醜斑掩飾自己的身分了，曹昆德問：「朝廷把妳父親的罪名去了？」

青唯道：「還沒有。」

曹昆德悠悠道：「可說呢，要剝除溫阡的罪名，哪有那麼容易？他是總督工，哪怕再冤枉，他都得為這場事故負責，除非有人願意站出來，替他承擔過失，否則或輕或重，朝廷總得罰，妳這個罪人之女的身分呀，去不掉的。」

青唯：「我知道。」

曹昆德見她一副惜字如金的樣子，笑了一聲，「當初撿到妳，妳就是這麼個模樣，這麼多年過去了，妳一點兒沒變，遇到不喜歡的人，一個字都不多說。當初咱家就想啊，這個小丫頭，主意倒是正，話不多，骨子裡透著一股明白勁兒，留在身邊，今後能有大用處。」

「所以義父把我留在身邊，是猜到我不甘父親無故喪生，總有一天會查清這一切，您到時候就能順勢而為，把朝廷是如何辜負劼北人昭示天下，讓所有人都唾棄洗襟臺？」

「可不麼？」曹昆德慢條斯理道：「可是妳到底是個重犯，咱家沒想到小昭王會醒，妳再好用，還是比不上小昭王的。」

「只有小昭王，才能把案子查到這一步，才能掀起這麼大的動靜，讓士子聚集宮門追問真相。」曹昆德語氣裡透出一絲得逞的興奮，「眼下你們雖然安撫了京中百姓，各地是不是已經有士人上書，為劼北鳴不平，質疑先帝的功績，要求拆除洗襟臺了？」

青唯沒答這話。

曹昆德太聰明了，哪怕關在這個暗無天日的地方，他猜測的與外間發生的一絲不差。

青唯也不想解釋，曹昆德有自己的執著，她說什麼，他都不會聽的，她只是問：「值得嗎？義父可知道，士子鬧事當日，墩子就死了。」

曹昆德目光閃過一瞬茫然。

他或許料到了，但聽人親口說來，到底還是不一樣，墩子畢竟是他養大的。

「怎麼死的？」許久，他問。

「士子聚集宮門鬧事，街巷中劫匪趁勢流竄作案，墩子不常在宮外行走，錢袋子露在身外，被匪賊瞧見劫殺了。」

「被人劫殺了？」曹昆德聽後，冷笑一聲，「真的是被人殺了麼？」

這聲笑耗去他不少氣力，他喘著氣道：「他不夠聰明，棋差一著罷了。」

他隨後又問：「那個顧逢音，他也死了嗎？」

「沒有，被我救下了。」青唯想了想，還是決定告訴曹昆德，「顧叔把京中的鋪子關了，以後會把買賣遷去劼北。雖然義父一直質疑當年朝廷在主戰與主和之間的抉擇，質疑先帝以收養遺孤鼓勵商人開通劼北與中原腹地的商路，可這麼些年過去，劼北的確日復一日地好了起來，顧叔以後會把鋪子開在劼北，說要把中原的好東西販去劼北，讓劼北比從前更好。」

「虛偽。」曹昆德聽了青唯的話，吐出兩個字。

他慢聲道：「咱家查過顧逢音的底兒，他就是這樣一個偽善的人。當初要不是謝氏幫他，他做不成買賣，所以他巴結謝家，他知道謝家的老夫人最心疼小昭王，小昭王一出事，他巴巴地把兩個最稱心的孩子送去小昭王身邊。那兩個孩子……叫什麼來著？顧德榮、顧朝天，在顧府是主子，到了小昭王身邊，就成了下人了。此前他收養遺孤也是，中州那麼多賣劼綢的，妳當他的買賣是怎麼做大的？就是靠收養遺孤掙來的名聲，吆喝大夥兒都去他家鋪子買貨。一樁一樁一件一件，他都心思精明地計算著呢，妳當他是個大好人麼，他就是個偽善的商人。」

「顧叔是不是真的虛偽，我不知道，對我來說並不重要。」青唯沉吟片刻，說道：「私心誰都有，可我覺得，論人論跡不論心，一個人如果偽善，他若是偽善一輩子，不做一樁傷人的事，那他就是個好人。相反，哪怕一個人的初衷好的，表裡如一乾淨純粹，他只要越線犯錯過一回，那也會萬劫不復。」

曹昆德聽了青唯的話，又一次露出笑來，這次的笑卻是無聲的、不屑的，他似乎並不明白青唯的話，也不願明白。

說到底道不同。

曹昆德道：「妳走吧。咱家和妳的緣分到此為止了。」

青唯點點頭，走到門口，忽然頓住步子，她回過身，「不管怎麼說，我至今依然感激當初義父在廢墟上撿到我。海捕文書上的朱圈，師父主動投案，雖然讓我暫時免於朝廷的追捕，可如果不是義父把我藏下來，送我去崔家，又為我改換身分，提醒我提防所有人，憑當時的我，根本活不下來。」

曹昆德沒答這話，他似乎太累了，閉眼倚在榻上。

青唯沉默片刻，看著暮色浮蕩在曹昆德周遭，而他這個人是比暮色還沉的朽敗，輕聲說：「義父總說自己是個無根的人，可是人若沒有根，哪裡來的執念？等義父去了，我會把義父的屍骨葬去劼北。」

曹昆德還是沒有動，直到青唯離開。

直到罩房的那扇門掩上許久，屋中所有的暮光盡數退去，曹昆德的嘴角才顫了一下。

像是一件存放了許久的陶土器不堪風霜侵蝕，終於出現一絲裂紋。

他的神情說不清是哭是笑，帶著一絲難堪，與被人勘破的惱怒，還有一點將去的釋然，最終平靜下來。

青唯離開刑部，祁銘迎上來：「少夫人，虞侯適才有事趕去玄鷹司了。」

青唯頷首：「走吧。」

正是暮色盡時。冬日的暮天總是很長，到了申時雲色便厚重起來，但是太陽落山卻要等到戌時，陰陽長長地交割，青唯在晚風中跟著祁銘往玄鷹司走，忽然想起從前有那麼幾回，都是墩子在前頭提著燈，帶她穿過宮禁長長的甬道。而今景致如舊，人卻不在了。

青唯思及此，忽然憶起曹昆德適才問墩子是怎麼死的。

——「被人劫殺了？真的是被人殺了嗎？」

——「他不夠聰明，棋差一著罷了。」

曹昆德固然是個無情人，墩子畢竟是他一手養大的，得知墩子在街巷中被劫殺，他為何既非傷心也不憤怒，而是質疑，他為何要說，墩子「棋差一著」？

青唯驀地頓住步子。

「少夫人？」祁銘問。

「當日墩子的死，是誰徹查的？」

「好像是殿前司。」祁銘想了一會兒，說道：「那日太亂了，殿前司找到了墩子的屍身，直接交給京兆府，京兆府收屍後似乎並沒有細查，本來也是該處死罪的重犯。」

祁銘見青唯神情有異，「少夫人是不是想到了什麼，虞侯那邊應該有京兆府送來的案錄，少夫人可以去問虞侯。」

青唯的臉色變了：「快帶我去見他。」

「……案發當日，墩子在長春巷遭遇劫匪，現場有掙扎的痕跡，身上的財物被盡數取走，劫匪於當晚被捕，後被送去京兆府待審。」

到了玄鷹司，謝容與聽是青唯要問墩子遇害的細節，一邊回憶案情，一邊翻出案錄。

案錄上記載的內容不多，謝容與快速看了一遍，不由蹙起眉。

青唯見他這副形容，立刻問：「官人，百姓聚集宮門當日，京中遇害的是不是只有墩子一人？」

謝容與看她一眼，沒回話，吩咐祁銘，「你立刻去京兆府，問問墩子的案子審結否，取一份劫匪的供詞給我看。」

祁銘應諾，很快打馬出宮，不出一個時辰就回來了。

「虞侯，京兆府那邊說，當日士子聚集宮門，京中雖有不少人遇劫受傷，但因此被害的的確只有墩子一人。京兆府審過劫匪幾回，這劫匪始終狡辯說，他遇到墩子的時候，墩子已經奄奄一息，他只拿了錢財，抵死不認墩子是他殺的，京兆府是故至今沒呈交結案文書。」祁銘說著，拱手請示，「屬下把那劫匪從京兆府提來了，虞侯和少夫人可要親自問話？」

被提來的劫匪一見謝容與，像是見到救命稻草，撲通一聲跪倒在地，「官爺，官爺明察，小的確實搶了不少人的錢財，但絕對不敢害人性命的。」

「你說你不曾害人性命，那你留在屍體身邊的凶器怎麼解釋？」青唯問。

「凶器……」劫匪呆了一下，似想到了什麼，隨即道：「小的當日的確帶了一把匕首，不過這匕首只為嚇唬人，絕不敢真的傷人，後來小的遇到那個衣著富貴的公子，就是那個死了的公公，本來想嚇唬他，讓他把錢財自行交出來，等走近了，發現他脖子上一圈瘀青，人已經快斷氣了，慌忙間取了他的錢袋子……至於為何落下匕首，當時巷口有官員經過，小的怕極了，逃跑的時候不小心落下了匕首。」

祁銘跟謝容與二人解釋：「屬下問過京兆府，墩子的屍身上有兩處傷，一處就是這個劫匪說的，脖子上的瘀痕，另一處是腹部的刀傷，仵作驗過屍身，致命的是腹部刀傷。」

他說著，質問劫匪，「你還不說實話？墩子公公分明就是被你用匕首所殺害。你說長椿巷口有官員路過，所以你慌忙間落下匕首，殊不知當日士子聚集宮門，朝廷停了廷議，各部官員幾乎都待在府邸中，除了在大街小巷巡查的殿前司禁衛。禁衛本來就在找墩子，他們若一早瞧見你和墩子，必然當場將你抓獲，豈會容你躲至夜裡？」

「官爺，小的口中都是實話，絕無半句虛言啊。」劫匪的眼神無助又惶恐。

這時，謝容與忽然想到了什麼，問道：「你說你在長椿巷口看到了官員，所以慌忙間落下匕首。你看到的官員，他是什麼樣的？」

劫匪努力回想了一會兒，「不、不知道。小的沒瞧清他的臉，他穿著官袍，他邊上還跟著幾人，小的太害怕了，沒仔細看，立刻逃了。」

「什麼樣的官袍？」

劫匪瑟縮地抬起眼皮，看了謝容與一眼，「跟、跟大人您這身，有點兒像。」

謝容與今日沒著玄鷹司虞侯服，只穿了一身墨色常服。

大周四品及以上的文官袍服，也是墨色。

如果劫匪沒說謊，那就是說，當日他在長椿巷，遇到奄奄一息的墩子時，巷口處出現的官員不是在大街小巷巡視的禁衛，而是一個四品及以上的文臣。

這名文臣定是瞧見墩子了，可是他一沒施救，二沒稟與朝廷，任憑墩子的屍身被殿前司禁衛帶走，任憑劫匪被京兆府抓獲，至今未發一言。

這位文臣，究竟是誰呢？

青唯一時間想起曹昆德說「墩子棋差一著」。

當日墩子趕去宮門，是要以自身為證，宣讀逼迫顧逢音寫下的血書，揭露劼北遺孤數年遭受的苦難。這封血書一旦被宣讀，必將引起民怨沸騰，百姓的耳朵被一種聲音蒙蔽，朝廷即便查出真相告昭天下，也很難令人信服了，這也是殿前司拚命搜捕墩子的原因。

然而就是這麼巧，墩子死了，死的時候，身上竟還帶著那份血書，被殿前司輕易搜了去。

而今想想，真的有這樣的巧合嗎？

血書公布於眾，民怨沸騰的後果是人們對洗襟臺的怨憎，柏楊山重建的洗襟臺必定不堪長駐，朝廷會被怨聲沒頂，不得不人為催塌已經再建的洗襟臺。這樣的結果，是誰最不願意看到的？

張遠岫和曹昆德一路合謀，但是士子聚集宮門後，他們希望士子聽到的聲音卻截然相反。他們一個希望滄浪洗襟的不朽能永駐世人心間，一個卻希望劫北遺孤的痛恨能令這座樓臺再度坍塌，區別就在於誰棋高一著。

誰最希望洗襟臺建成？

誰能最清楚曹昆德與墩子等人的去向？

誰能在殿前司都搜不到的街巷中，先一步尋到墩子的蹤跡？

青唯的心中湧上一股寒意。

墩子不是被劫匪所害，他是被張遠岫殺的。

青唯想起那夜夜審，張正清出現在宣室殿上，張遠岫眼中近乎荒唐的絕望；想起老太傅和張正清勸他說他還可以回頭，他卻不斷地說，太晚了，太晚了；想起張遠岫最後閉上眼，對張正清的最後一句話字字泣血：「你當初不如死了。」

不如就死在洗襟臺下。

青唯的聲音是蒼白的，她問：「官人，張二公子他……他是不是去陵川了？」

謝容與也反應過來了，沉聲吩咐：「祁銘，立刻派人趕去陵川，不，去柏楊山新築的洗襟臺！」

天際月朗星稀，一刻以後，三匹快馬從紫霄城東側的角門衝出，疾馳向南。

可是，饒是不眠不休千里加急，等他們趕到陵川，也該是三日之後了，而張遠岫於半月前啟程，眼下，應該已經到洗襟臺之下了。

洗襟臺無聲矗立在夜風中，天上星子蕭疏，過了中夜，洗襟臺下只留了一老一小兩個值宿的官兵。本來也是，一個樓臺麼，有什麼好守的，何況周邊還有駐軍呢。

兩個官兵也不大提得起幹勁，駐守洗襟臺，本來光宗耀祖的一樁差事，臨到樓臺快建成了，京中先是傳出了買賣名額的案子，後來又說什麼當年洗襟臺的坍塌和老太傅有關，眼下各地士人聯名上書，要求停止重建洗襟臺，甚至有人稱是只有推倒重建的樓臺，才能真正警示世人。

官兵心道是管不了那麼多了，朝廷愛怎麼辦怎麼辦吧，反正礙不著他們，兩人守在樓臺下，想著年節近了，反倒聊起過年要置什麼年貨。

不知過了多久，近處傳來轆轆的車輪聲，小官兵警覺，見一輛馬車在道旁停駐，立刻起身問道：「什麼人？」

馬車上下來兩人。一人背著書箱，看打扮是一名僕從，另一人穿著一襲青衫，周身氣質溫潤得像白雲出岫，可他的目光卻有些涼，整個人像在風霜裡浸過一遭。

或許是沒穿官袍，等走近了，老官兵才認出這人，愣道：「張大人？」

「張大人，您怎麼來了？」

大案將結，朝廷接連處置了一大批人，老官兵也不知道張遠岫有沒有被牽連，看他平安無事地出現在這裡，想來應該無罪，畢恭畢敬地問，「是朝廷派您過來繼續督工的麼？」

張遠岫不置可否，許久，才說：「我來看看。」

他抬目望向洗襟臺，「建好了麼？」

「快了，就差臺下一個豐碑還沒刻字。」老官兵說，「眼下各地士人不是鬧麼，這邊已經停工好幾日了，唉，不知道該怎麼辦，勤等著朝廷吩咐呢。」

張遠岫聽了這話，目光落在左手旁尚未刻字的豐碑。

曾幾何時，昭化帝希望這豐碑上能刻上自己的年號，而他希望抹去「昭化」二字，只留滄浪洗襟的士子的名諱。

「我……上去看看。」張遠岫說。

新築的洗襟臺遵循了舊的圖紙，古拙巍峨，一百零八級石階蜿蜒往上，每層都是三十六級。它沒有像從前的洗襟臺一樣建在山腰，而是修在了兩山之間的避風處，直到登上了樓臺頂，才感受到冬夜寒風。

舊的洗襟臺，張遠岫看到時已經坍塌，至於這座新的，他此前在督工時還沒建好。所以這洗襟臺頂，張遠岫從前一次都沒登上來過。

眼下站在這裡，只覺兩山蒼茫，天地廣大，而樓臺其實渺小。

張遠岫想起張正清曾說「前人之志今人承之」，想起「柏楊山間，將有高臺入雲間」。

呵，這就是他們兄弟二人心心念念要建成的樓臺麼？

豈不知那蒼天白雲之遠，即便站在樓臺之上探出手，依然有萬萬丈之遙。

張遠岫覺得自己真是不合時宜，五年多前到這裡，滿目慘景皆不入眼，唯有刻骨的思兄之情蓋過一切人間哀慟。

而今到此，極目所見皆是山河平靜，那樓臺坍塌喪生無數的可怖才姍姍來遲，他這才想到原來除了張正清，還有許多人喪生在這樓臺之下。

舊日廢墟尚且藏在月光照不透的地方被一把火燒得荒涼，他們居然在鄰處另起高臺。

「白泉，備筆墨吧。」

書僮低低地應了聲是，以書箱作案，鋪好紙張，兩個官兵舉著火把上前照亮。官兵不識字，不知道張遠岫寫了什麼，依稀間只見張遠岫執筆的側顏沉靜而溫和，讓人不由想起他的別稱，忘塵公子。

信很快寫好了，張遠岫把信封好，又從袖囊裡取出一個錦囊，連並著信一齊交給身後兩個官兵，「你們去東安尋章蘭若章大人，請他派人快馬上京，把錦囊交給小昭王，把信書呈遞御前，交給官家。」

兩名官兵恭恭敬敬地接過。

張遠岫於是淡淡道：「好了，你們都下去吧。」

「公子？」白泉上前一步。

張遠岫笑了笑，那笑裡竟有一絲難得的釋然，「下去吧，我想一個人在這待一會兒。」

樓臺上少了兩山的阻隔，夜風涼而刺骨，張遠岫想起不久前，他去宮中見曹昆德，深宮的甬道間也湧動著這樣的寒風。那個老奸巨猾的太監嘲笑說，「跟咱家交心的這些人中，最有趣的當屬張二公子，一腳踏入泥濘中，衣擺居然潔淨，明明殺伐果決，時而又惦記著不想傷害無辜之人，看來是被老太傅用『忘塵』二字束縛得狠了。」

所以直到士子聚集宮門，這個老太監都覺得自己會贏。

他知道張遠岫想做什麼，但他賭的就是忘塵公子心中存留的那一絲潔淨。

可他沒想到，張遠岫還是狠下心，邁出了他以為永不會邁出的一步。

「忘塵」二字最終沒能拉住他。

士子聚集宮門當日，墩子帶著血書趕赴紫霄城，張遠岫在墩子必經的長椿巷中截住他，隨後別過臉，吩咐身旁的暗衛，「動手吧。」

墩子的呻吟聲很快被卡在喉嚨裡，然而就在這時，一名劫匪流竄到此，暗衛不得不隨張遠岫避去巷口。

劫匪為財而來，沒有救墩子的意思，看到巷口官員的身影，匆忙逃走間遺落了匕首。

暗衛於是走上前，拾起匕首跟張遠岫請示，「大人？」

張遠岫知道暗衛的意思，用匕首，人死得乾淨，也容易脫罪。

他靜立許久，點了點頭。

匕首入腹的悶響，讓張遠岫想起許多年前，他還小，張正清帶他去滄浪江邊，告訴他父親就是在這裡投江自盡的。

那時張遠岫從江邊撿起一顆石子，擲入江水中，問：「父親就是這樣沒了的嗎？」石子入江的聲響，與此時此刻奪人性命的動靜一模一樣。

張遠岫怕張正清傷心，一直不曾坦言，其實他對父親早就沒有印象了，否則他不會輕易拾起石子投入江中，在他心中，他唯一的、僅剩的親人，就是張正清。

所以哥哥說滄浪洗襟，他便記住了洗襟二字，哥哥說要修築樓臺，他便嚮往著柏楊山中高臺長駐。

如今夢醒，才發現這一路走來步步荒唐。而洗襟臺只是洗襟臺，登上臺頂，才發現它不過如此，空曠且荒蕪，沒有那麼多的意義。

這幾夜張遠岫又做夢了。

夢境反覆而驚悸，不再是纏繞了他多年的，廢墟之上遍尋不著親人屍身的惶恐，亦不再是張正清遠赴陵川前，躊躇滿志地說著諾言，夢中，他好像變成了張正清，在洗襟臺坍塌前的雨夜，親口驅走了連夜通渠的勞工。

但是驅走勞工後，他沒有像張正清一樣離開，他一整夜都站在那裡，看到水渠被淤泥堵塞，原處積起一灘灘水窪，地底之洪無處可去，不得不倒流反沖樓臺。

他在夢裡絕望地看著天明，聲嘶力竭地勸說每一個登臺的人，不要登，會塌的，他甚至尋到了謝容與，請他不要拆除那根支撐樓臺的巨木。

可是夢裡的那些人都葬在了昨日，任憑他如何相勸，一切也回不去了。

太晚了。

就如同張正清出現在宣室殿上，老太傅勸說他還能夠回頭，太晚了。他希望忘塵盼著忘塵的今日，都太晚了。

洗襟臺的坍塌與張正清有關，那他作為他的至親，是不是也背上了那些無辜的人命呢？如果他的執念能淺一點，當初不帶寧州白衣上京，那些藥商是不是就不會死？

甚至墩子死前，暗衛在撿起匕首，向他請示時，他其實有過一瞬動搖。他在那一刻看到了墩子求生的、掙扎的眼神。他想，他有什麼錯，不過是一個劫北可憐的孩子罷了。可是到了最後，張遠岫還是不曾回頭。他只是在登上拂衣臺時，撿起雪來，擦乾淨沾血的靴頭，隨後踏入宣室殿中。

太晚了，有時候人踏錯一步，就萬劫不復了。

從前他抬目見日，低頭見塵。

而今他抬目是蒼茫的夜，低下頭雙手鮮血淋漓。

從大牢出來以後，張遠岫總覺得無處可去，循著直覺來了這新築的洗襟臺。而到了這樓臺之上，才發現自己曾經在許多個岔口沒有回頭，於是終於走到了這條路的盡頭。

洗襟臺下夜風無盡，這麼望去，倒像是無聲洶湧的滄浪江水。滄浪江可以滌盡白襟，是不是也可以滌盡他這周身風塵呢？

既然都走到這裡了，那麼就再往前一步吧。往前一步，就能夠徹底忘塵了。

張遠岫安靜地閉上眼。

天上響起隱隱雷聲，中夜寒風四起，陵川的冬雪很少，反倒是雨水居多，兩名官兵守在樓臺下，心道是又要下雨了，叫上白泉正欲尋避雨的地方，就在這時，暗夜裡傳來一聲悶響。悶響伴風而墜，驚心而決然。

白泉的眼神一瞬空茫，扔下書箱便朝洗襟臺下奔去，兩名官兵茫然片刻，臉上漸漸變了顏色，他們似想到什麼，踉蹌著循著白泉的方向追去。

冬雷在天上翻滾，雷聲覆過整個陵川。

章庭自病癒後，一直歇得很好，這夜不知怎麼輾轉難眠，到了後半夜，竟被一陣陣雷聲嚷得驚悸不安，他不得不起身，正欲關上窗，忽然看到一名官兵連滾帶爬地進了官邸，聲音幾乎要撕開夜色，「章大人，曲大人，出事了！」

「半個月，中州、慶明、岳州等地士人紛紛聯名上書，誠然其中不乏有地方支持朝廷的決策，大多士人都在質疑洗襟臺的坍塌始末，甚至有士子情緒過激，要求推倒已經重建的洗襟臺，究其根本，臣以為，乃是因為朝廷至今未能出具告示，以至真相在流傳中逐漸失實，各地百姓以訛傳訛。」

宣室殿上，禮部尚書向趙疏稟道。

趙疏問：「告示還沒寫好嗎？」

大理寺卿道：「告示已經寫好了，但還是之前的問題，沒有證物。時間過去太久，無論是老太傅贈予章鶴書登臺名額，還是章鶴書後來參與名額買賣，朝廷都拿不出實證，如此告示即便張貼出去，百姓恐有不信服之處，是故目下玄鷹司仍在……」

這時，宣室殿外忽然傳來高昂一聲：「殿前司攜陵川急函請見——」

趙疏點點頭，一旁的內侍唱道：「宣。」

殿前司禁衛大步邁入殿中，跪地奉上信函，「官家，兩封急函與證物是小章大人千里加急送來上京的，三天前的夜裡，張二公子他……」

禁衛抿了抿唇，沒把話說出口，他的額間有細細密密的汗，顯見得是一收到信就往宮裡趕。

內侍將信呈到御前，趙疏打開來一看，臉色倏忽變了。

刑部尚書直覺不好，忍不住問：「官家，張忘塵他？」

趙疏沉默許久，將章庭送來的信物交給小黃門，「……三天前的深夜，張忘塵墮洗襟臺而死。臨終，他在洗襟臺上寫下一封罪己書，連並著他在脂溪礦山隱下的罪證，託章蘭若送來京中。」

小黃門接過信物，交給殿中大臣傳看。

張遠岫隱下的罪證是兩塊空白名牌，和章鶴書讓岑雪明用空白名牌安撫登臺士子家人的親筆信，鐵證如山。

趙疏語氣悵然，「三天前，昭王夤夜見朕，稱墩子非是被劫殺，而是被張忘塵蓄意謀害。他說，張忘塵一意孤行走錯了路，但他性本潔淨，這些年行事到底在方圓之內，更多次相助溫氏女、工匠薛長興等人。宣室殿夜審過後，張忘塵心灰意冷，若是自責於手染鮮血再難回頭，只怕他不肯放過自己。昭王懇請朕赦免張忘塵死罪，並連夜派玄鷹衛趕赴陵川，到底……還是晚了一步。」

殿中諸人皆是沉默。

良久，大理寺卿道：「也罷，有了張忘塵轉交的證據，章鶴書等人的罪名就徹底坐實了，朝廷也可以發告示告昭天下了。」

殿中諸人於是齊齊揖下：「請官家恩准，即刻發告示告昭天下——」

趙疏卻沒有回答，他靜坐片刻，從御案旁拿過一個白玉匣。

這個白玉匣自趙疏登基那日就在了，但是這位年輕的帝王從未把它打開過。它本不屬於皇案，人們看慣了，久而久之，便忽略了它的存在，直到趙疏此刻開啟，從中取出一張明黃發舊的絹帛，殿中大員才大驚失色。

明黃，這是大周皇帝獨用的顏色。

所以玉匣子裡久日深藏的，是一則聖詔。

趙疏輕聲道：「再等等，朕這裡，還有一物。」

這個濃冬，朝廷各部官員幾乎沒有一日休歇，臘梅沿著玄明正華開滿宮牆，可惜往來人行色匆匆，竟無暇來賞。及至嘉寧五年來臨，年節過去的七日後，宮門與城門口一同張貼出告示。告示從長渡河一役主戰與主和的爭端說起，到士子投江的決然；從洗襟臺修築伊始的紛爭，說到洗襟臺開建後的名額買賣；從溫氏女上京，小昭王帶著玄鷹司徹查樓臺坍塌真相，到一個月前，張遠岫墮洗襟臺而亡。

而隨告示貼出的，則是兩封以罪人之名寫下的信函。

一封是張遠岫在洗襟臺上留下的罪己書，而另一封，卻是昭化十四年，先昭化帝臨終親筆寫下的罪己詔。

告示張貼出來當日，京中百姓盡皆去看，倘若有不識字的，就請一旁讀書人模樣的幫著念誦。

直到罪己詔、罪己書都念完，原本熱鬧的人群沉默下來，靜立片刻，無聲地散去。

「……余平生為洗襟二字所困，誤入歧途，後登洗襟臺，方知皚皚暮雲籠罩此生，昨日不諫，不可悔兮，來路闌珊，終難追矣。字忘塵而不得忘塵，余願忘塵……」

「……朕近日悉數功過，朕繼位之初，立志振興，大周百年在朕之手始得榮昌。朕非聖賢，居功自得，凡網中生貪欲，築樓臺以求名垂千秋。直至洗襟臺塌，數年功績毀於一旦，方知朕所求青雲而非洗襟，樓臺坍塌不明其因，罪責在朕。望此樓臺塌，以築我朝臣民心中高臺，留下此詔罪己，警示後人……」

初春乍暖還寒，告示張貼出來半個月，圍看告示的人才漸漸少了。謝容與一直到二月才獨自來了城門口，這張告示是他斟酌過後親筆寫的，自是熟悉，但是隨後附上的罪己詔，他卻不曾仔細讀過。城外桃花初綻，溫香沁人心脾，謝容與一字一句地將罪己詔看完，心中低嘆一句：「是時候了。」

一日後，天色鮮亮，一名小黃門亟亟入宣室殿稟報：「官家，昭王、昭王殿下求見。」

謝容與見趙疏再正常不過了。

可是今日不一樣，謝容與只著一身青衫，王的朝服與玉印被他捧在手裡。

趙疏正在批覆奏章，聞言，朝殿外候著的青衣公子看了一眼，他似乎早就料到了這樣的結果，默嘆一聲，淡淡道：「表兄進來吧。」

謝容與到了殿中，逕自跪下，「請官家降臣之罪，褫臣王名，賜臣白身。」

王被貶為庶民，本該是罪罰，謝容與卻用了一個「賜」字。

「表兄想好了嗎？」

「官家早就知道答案，不是嗎？」

一年多前，何鴻雲死在刑部牢獄，謝容與曾闖入宣室殿質問這個初初掌權的皇帝，那一刻兄弟之間不是沒有過猜疑，趙疏看著一臉慍色的謝容與，問：「表兄不願追查洗襟臺的真相了麼？」

「查，怎麼不查？我還盼著有朝一日，官家答應我一個請求呢。」

——什麼請求？

——等真相大白那天再說。

「昭王是為洗襟臺而生的昭王，眼下洗襟臺風波平息，天下也不需要這個昭王了。臣姓謝，臣之所求，不過是做回謝家人。」

趙疏聽了這話，嘆道：「表兄起身吧。」

「眼下各地士子書信如雨，禮部回應不及，朕本來還想著，令表兄轄著禮部、翰林，以安撫士人。」趙疏道：「人才不可或缺，朕並不介意什麼異姓王，朕私心其實希望表兄留下，為朕分憂。」

謝容與道：「兩年前，官家夤夜喚我進宮，打的就是這個主意吧？」

兩年前的一個秋夜，戴著面具的謝容與夤夜進宮面聖，趙疏親自交給他一封信，「父皇臨終前交給朕兩封信，這是其中一封。」

信是宮外一個叫扶夏的女子寫給小昭王的，稱洗襟臺坍塌另有內情，其時謝容與在病中，昭化帝於是將這封信隱下，臨終才轉交給趙疏。

謝容與卻問：「我能知道先帝留給官家的另一封信是什麼嗎？」

趙疏沉默許久，才說：「若朕此刻拿出來給表兄看，表兄肯答應朕，從此在朝安心做一位輔政大臣麼？」

謝容與想也未想，「那還是不了。」

而今謝容與知道了，昭化帝留給趙疏的另一封信，就是那一則隨告示張貼出來的罪己詔。

趙疏道：「小時候，朕覺得表兄不好親近是生性疏離所致，後來朕發現，表兄其實並不疏離，只是你不屬於深宮，所以顯得格格不入。」

他說著一嘆，「可惜千軍易得良將難求，治國之道也是如此，人才可貴，朕有惜才之心，總也想著把表兄長留朝中。」

謝容與聽了這話就笑了：「天下人才濟濟，官家不能總緊著我一個人使喚啊。」

再說為君者清明，普天之下心懷抱負的有才之士自會向其靠攏。

一封罪己詔，讓五年前跪在先帝病榻前的太子立下決心，堅定不移地走了這樣遠。

君王之心天地自鑒，大周在嘉寧帝的手中，只會更好。

趙疏也笑了，「好，表兄的請求，朕准了。」

三天後，朝廷下了一道聖旨，雖然洗襟臺修築後期，謝氏容與分管崇陽縣上洗襟臺相關政務，樓臺坍塌，其確有失察之過，朝廷現褫謝氏容與昭王封號，貶為庶人，念在其追查洗襟臺坍塌真相有功，即日逐出京城，不另責罰。此外，洗襟臺總督工溫阡在樓臺修築期間盡心盡責，並無失職之過，經朝廷商議，決定免除其罪人之名，並免除溫氏女、岳氏魚七等人牽連之罪……

謝容與和青唯離開京城那天，是一個細雨迷濛的春晨。因為謝容與是領旨離京的，旁人不能相送，他們一行六人走得無聲無息。不過無妨，這是一場早該到來的遠行，原也無須道別。

細雨傾灑在城樓上，衛玦攜著章祿之幾人長久駐望，一個新來的小兵不解，問：「指揮使大人，您在望什麼？」

衛玦道：「有故人離開，我目送一程。」

近午間的流水巷人來人往，東來順的掌櫃眺望著路口，旁邊鋪子的掌櫃見了問：「吳掌櫃，望什麼呢，有客人在樓裡定了席？」

東來順的吳掌櫃搖頭道：「城東有一對很恩愛的小夫妻常來我這吃魚來鮮，前日他們說要走了，打發小的來我這裡抄了魚來鮮的方子。不知道他們的馬車會不會路過巷子，我想送送他們。」

更早一些的時候，晨間廷議伊始，候在宣室殿外的大臣魚貫而入，不約而同地空出了左列的頭一個位子，趙疏的目光落去，那是小昭王廷議時站的地方。

可這天下，已經沒有昭王了。

謝容與的馬車很快出了城門，還沒走遠，忽然幾個風塵僕僕的士子趕到城門口，跪地托舉起手中的信函，高聲道：「草民梁澤，岳州舉人，代父呈上罪己書。」

「微臣何高岑，凌州河沂縣縣令，呈上罪己書。」

「草民侯信……」

自開春洗襟臺告示張貼出，或許是受昭化帝與張遠岫罪己書的影響，各地的士人已不再單一地對洗襟臺加以抨擊，那些有親人喪生洗襟臺下，或是被捲入其中的，開始反思自身，或趕往上京城門呈上同樣一封罪己書。

這樣的人尚是少數，樓臺塌，以築樓臺，另一種聲音出現，大約也是好事吧。

罷了，謝容與放下車簾，心中想，洗襟臺是毀是立餘波未定，但他已做了所能做到的全部，餘下的，就交給趙疏吧。

這個溫和寡言，心志彌堅的皇帝，會給出令天下臣民滿意的答案。

馬車一路向南，初夏入了陵川，待從罪人邸遷出溫阡的屍骨，輾轉往東，進入辰陽地界，已經秋天了。

初秋辰陽的天氣很好，青唯的家在辰陽近郊的一座鎮上，鎮子傍山而建，流水環繞，靈韻十足。

鎮子還是從前的樣子，鎮上的人還是從前的人。

他們似乎早知道青唯會回來，青唯下了馬車，喊水邊浣衣的婦人「菊嬸兒——」，喊背著竹筐從山上採藥歸來的壯漢「四叔——」。

這些人滿是笑顏地應道：「小野回來啦——」

「妳阿舅早妳幾個月回來，已經在山上等妳多時了——」

「大虎，快看，這就是你的小野姑姑，小時候比你還淘氣哩——」

謝容與跟在青唯身後，從往來的行人中依稀辨出幾個熟悉的面孔，七年前，他到辰陽山間請溫阡出山，曾經向其中幾人問過路。

辰陽山間的小鎮就像避世桃源，絲毫不受外間風雨侵蝕。

唯一的不同，謝容與想，或許是上一回他來，只在山間邂逅了小青鳥一面，這一回他來，那隻青鳥一路雀躍著，拉著他的手，在前方為他引路。

七年前，他們尚不相識，卻在同一天離開，七年後，他們又在同一天攜手歸來。

而故居還是老樣子，溫厚地接納終於回家的他們，將一切的樓起樓塌、生死功過都排除在外間世界。

「到了到了——」

青唯指著山上的竹舍，無比欣然道。

岳魚七抱劍倚著門欄，不耐煩地抱怨：「早知道你們這麼慢，我該去淩州吃幾壺酒再回來，我早就饞那裡的『上瑤臺』了。」

朝天聽了這話，提刀卯足力氣往山上趕。

留芳和駐雲笑著和德榮一起從馬車上搬下行囊。

故居近在眼前，不知是不是近鄉情怯，青唯反而慢下步子，這時，卻聽謝容與在一旁低聲問：「是那片竹林嗎？」

「什麼竹林？」

青唯循著謝容與的目光望去，驀地想起來，小時候她為了追一隻兔子，一夜間把家裡後山腰的竹林劈禿了半片。後來溫阡到了柏楊山，把這事當作趣聞，說給謝容與聽。

直到七年前她離開家，那片竹林都沒長好。

而今日望去，秋光伴風而來，灑落在竹林上，翠竹早已似海，碧海成濤。

尾聲

兩年後。

辰陽的清晨被朝陽第一縷光叫醒，岳魚七到了山間，見道旁花葉靜好，就知道青唯這半年肯定沒回來過，她如果在，這些樹啊草啊哪能這麼完好無損地長著？

兩年前，青唯和謝容與回到辰陽，岳魚七跟他們一起為岳紅英修了墓，又把溫阡的屍骨合葬入墓中，很快就去凌州吃「上瑤臺」了。青唯和謝容與自也沒多留，他們在辰陽小住一月，便過白水，上了中州。

岳魚七知道小野這丫頭不經管束，便也不拘著她，只叮囑她定期回辰陽看看，得空報個平安信，眼下別說信了，看這故居乾乾淨淨的樣子，怕也是容與那小子細心，僱人時時上山打掃的。

岳魚七正是氣悶，忽聽門口傳來「吱呀」一聲，一個虎頭虎腦的孩童推開門，探出一個腦袋。對上岳魚七的目光，他彎眼一笑，「岳叔，您回來啦！」

這小孩兒，輩分淨亂叫，見了小野喊姑姑，見了他喊叔，敢情他跟溫小野是一輩的？

大虎竄進屋，把手裡的一沓信交給岳魚七，「岳叔，小野姑姑給您的信，寄到山裡沒人收，阿娘阿爹幫您藏著哩。」

信不多，兩年下來只有五六封，小野那丫頭還算沒喪了良心。

岳魚七心情稍霽，對大虎道：「領你的情，夜裡到山上來，教你幾招功夫。」

大虎歡呼一聲，雀躍地下山了。

信是按日子遠近碼好的，大虎走後，岳魚七逕自拆了兩年前的第一封來看。

「師父，我和官人到中州了。中州江留是官人的故鄉，我來過兩回。我們一起回了謝家，見到了官人的祖母，祖母對官人十分照顧，也很喜歡我……」

「兒時總聽你和阿娘說起阿翁阿婆，說阿翁在長渡河之役裡，是如何驍勇善戰，可惜我沒見過他，一直覺得遺憾，眼下有了官人祖母疼愛，這個心願算是全了。祖母說，官人從前在宮中拘久了，該出去四處走走，她不留我們在中州陪她。官人孝順，還是決定陪祖母到秋天，然後西去劼北，陪朝天德榮去看看顧叔，順帶……我想給曹昆德修墓。」

第二封信大概是到了劼北後寫的，信很短，信紙上還沾著塵。

「師父，我眼下是在戈壁的帳子裡給您寫信。我和官人到了劼北才知道來得不巧，劼北秋日起風沙，風沙太大了，一張口滿是沙塵，氣候也乾。朝天和德榮本來就是劼北人，倒是適應，我和官人也沒事，留芳就不行了，一到劼北鼻衄不止，多虧顧叔給了一張土方子，她才好了起來。我本來覺得劼北不宜居，後來有一日，我和官人遠上戈壁，借住在當地人的帳子裡，夜深出帳，忽見星河漫天，黃土覆原千里，覺得壯闊無比，或許這世間的地方並不以宜居區分，萬千世界得一點美景，便有人常往。」

岳魚七看到這裡，笑了笑，拆開第三封信。

「師父，年餘不見，您過得好嗎？想來憑您的本事，沒有過得不好的道理。離開劼北後，我和官人偷偷回京了一趟。官人思念長公主，我也思念她。年節總該陪著母親過嘛，不過我和官人陪她過完年，很快就離開了。我們在京郊的酒館逗留了一夜，這家酒館是扶冬和梅娘一起開的，位置挑得巧妙，酒也香，所以生意很好。薛叔重操舊業，做回了工匠，一年到頭天南海北地走，但梅娘說，只要他得空，都會回酒館來住上一陣。離開京城，我和官人去了慶明。可能因為章鶴書的緣故，小章大人暫且不願長住上京，開年自請去慶明做了州尹，曲停嵐也被調了過去。官人到了慶明，和章蘭若、曲停嵐吃了一回酒，不過我沒跟著去。聽官人說，曲停嵐和章蘭若已經各自成家了，曲停嵐還是那樣糊塗，好在有章蘭若在必要時拉他一把，有洗襟臺那麼一段往事吊著他一絲清明，他不會走岔了路，以後也會越來越好的。」

「師父，我到岳州了。您猜我在岳州見到了誰？我見到芝芸了。芝芸和從前大不一樣了。從前她不諳世事，是個養在深閨裡的小姑娘，而今崔家在岳州的十七家渠茶鋪子，都是她在打點，哪家鋪子有哪位貴客，鋪子盈利多少，虧損幾何，需要多少囤貨，夥計還要拿算盤來算，她在心裡記得清清楚楚。她也嫁人了，相公是她自己挑的，一個被家裡逼著考了功名的舉人，聽說兩個人是兩情相悅水到渠成。」

「舉人沒什麼功名利祿心，開了間私塾授學。年前芝芸生了個女娃娃，舉人憐她辛苦，把私塾關了半年，在家安心照顧她，照顧娃娃。我們到岳州那天，芝芸來了城門口相接，她帶我們回了崔宅，回了我從前住過的院子。院子還是老樣子，只是添了許多物件，芝芸說，這裡永遠都是我的家，她會一直把這間院子留給我……」

「師父，您以後來陵川，一定要去東安城東杏花巷的茶鋪子吃茶。您知道這間茶鋪子是誰開的嗎？就是我去上溪，帶我進山的繡兒姑娘。葛翁葛娃也在茶鋪子裡打雜，他們眼下已不是山匪了，我後來才知道，早在離開上溪以後，官人託人幫他們上了戶籍。對了，小夫人也在茶鋪子裡。小夫人不是喜歡唱曲兒麼，繡兒就在茶鋪子給小夫人搭了一個戲臺子，小夫人偶爾上去唱，更多的時候，是讓自己的弟子來唱。她的幾個弟子和她一樣都是身世淒苦的孤兒，七八歲的年紀，被她撿回來，閒著沒事就在鋪子裡打雜，繡兒說反正鋪子生意好，再來幾個也養得起。」

「我和小夫人還回了上溪一趟，一起給孫縣令和秦師爺掃了墓。墓前有還沒開敗的桃花，小夫人說，大概是上溪鄉人過來拜祭時放在這裡的。小夫人還說，不管孫縣令在洗襟臺一案中做過什麼，他是一位很好的父母官，也是一個好人，總有人會記得他……」

「師父，前日陵川的齊大人邀官人去順安閣看畫，我們又去了詩畫會，會上有一幅畫被賣出了兩千兩，居然是漱石畫的。原來我們離開陵川這幾年，畫師『漱石』和畫師『月章』都出了名，陵川士人對他二人的畫趨之若鶩，因他們畫風迥異，時時有人爭論誰的畫作更好，殊不知月章和漱石本是兄妹，月章是尹二公子尹弛，漱石則是尹四姑娘尹婉。」

「……對了，師父，日前我在東安街頭看到了一個熟悉的身影，不知道是不是看走眼了，您這幾年走的地方也多，不知是否也見過此人。也罷，信中不便多提，見面再說。師父，您什麼時候來找小野呀……」

六封信看完，餘下還剩一封，是謝容與寫來的。

「舅父，一別兩年，萬望安好。今年晚夏入秋，我和小野會去洗襟臺看看，洗襟臺是毀是立爭論未休，好在餘波過去，民間怨聲已平，聽聞近年已得愈多人祭拜，舅父若得閒，不如同來柏楊山，小聚一番。小野十分思念您。容與敬上。」

岳魚七看到這裡，本來解開的行囊重新繫上，他枕著竹笛歇了一夜，隔日天剛亮，拎著行囊又下了山。

大虎追出來：「岳叔，岳叔您又要走啊？」

他臉上有明顯的失望，他才跟岳叔學了幾招拳腳功夫呢。

岳魚七看他一眼，笑了一聲，「沒有一口吃成的胖子。你岳叔幾招功夫，夠你受用一輩子，先練好再說吧！」

「岳叔，您去哪兒呀！」大虎忙不迭地追了幾步。

岳魚七頭也不回，「赴約。」

嘉寧八年的陵川，一場細雨過後，陵川的暑氣消退，天氣涼了下來。

初九這天早上，柏楊山下的茶舍剛開張，迎面來了一位眉眼不凡的布衣劍客，掌櫃的連忙上前招待，一邊沏茶一邊道：「客官吃點什麼？」

劍客顯然渴極了，就著茶猛吃了一碗，「不必，我等人。」

不一會兒，山腳一行好幾人也朝茶舍這邊來了，當先一對年輕夫妻模樣極其好看，女子明麗，男子清雋，一看就是江湖兒女。那青衣女子目力好，瞧見茶舍裡的劍客，快走幾步，高聲喚道：「師父！」

「師父什麼時候到崇陽的？」到了茶舍裡，青唯吃下一碗茶，拿袖口揩了揩嘴，問道。

「剛到。」岳魚七問，「你們呢？」

謝容與道：「我們三日前就到了，在城裡住了兩晚，今早天不亮往山上來的。」

只這麼一會兒工夫，鋪子裡又多了幾位客人。

雖然沒人提，眾人都知道今天是什麼日子。

七月初九。咸和十七年，張遇初、謝楨等士人便是在這一日投的江，昭化十三年，洗襟臺便是在這一日坍塌。

而今新的洗襟臺已建成近三年，洗襟大案平息，雖然士人中對洗襟臺是毀是立爭論不休，已有愈來愈多人前來祭拜，尤以七月初九這一日居多。

青唯與岳魚七幾人在茶舍裡閒談片刻，德榮喚來掌櫃的，要給他結錢，「掌櫃的，茶錢您算算，我結給您。」

掌櫃的忙說不用，又道：「看幾位的樣子，今日是過來拜祭的吧？我這茶舍有個規矩，七月初九這日過來拜祭洗襟臺的，一律不收茶錢。」

這話出，青唯幾人皆是詫異。

謝容與問：「掌櫃的，您這茶舍開了多久了，怎麼從前沒見過您？」

「快三年啦。」掌櫃的訕訕笑道：「從前敝人也是開茶鋪子的，只是沒開在這兒。」他說著又道：「這會兒拜祭時辰還早，諸位要是得閒，不如去士子碑那邊看看？」

「士子碑？」

掌櫃的喚來小二，把茶壺遞給他，囑他招待客人，對青唯幾人道：「敝人與諸位有緣，不如由敝人帶諸位過去。」

士子碑就在洗襟臺舊址的後山，說是碑，實際上是一片衣冠塚。也不知是誰來立第一個的，後來人有樣學樣，在原先的碑旁，也為自己的親人、故友豎了碑，漸漸成了碑林。

青唯在這片碑林裡，看到了二十餘年前，滄浪江投江士子的塚地，也看到了九年前，喪生洗襟臺下的士人與百姓。她一個一個看過去，找到了徐述白之墓，立碑人是妻徐氏扶冬；找到了方留之墓，立碑人是父蔣萬謙；找到了沈瀾之墓，立碑人是遺女菀菀，她甚至找到了數個她熟悉的工匠叔伯的墓，立碑人是友人薛長興。

這些她熟悉的人不知道什麼時候來過了，帶著或許已經平復的傷痛，為逝去之人立下碑，隨後悄然離開。

山中風聲湧動，德榮不知道從哪裡尋來長香，青唯、謝容與、岳魚七，還有德榮朝天，留芳駐雲，手中持香，對著這片碑林無聲拜下。

帶他們過來的茶舍掌櫃看這一幕，似乎被山風迷了眼，不由得抬手揩了揩眼角。

他或許也與洗襟臺有一段悲喜淵源吧，否則不會在這僻靜山野裡搭一間茶舍，守著許多不歸人。不過說不清了，也不深究了，誰沒有一段自己的故事呢？

前山傳來令行禁止的聲音，間或伴著人們的議論，「朝廷怎麼來人了？」

「這麼多官兵，是京裡來的吧？」

「京裡來人做什麼？真要拆毀洗襟臺？」

青唯與謝容與聽得議論聲，疾步朝前山趕去。

來的人竟是玄鷹衛，為首二人青唯和謝容與分外熟悉，正是衛玦和章祿之，另外，刑部尚書、禮部尚書，還有陵川州尹齊文柏也來了。

謝容與離京前，祁銘回了殿前司，成了趙疏身邊的一品帶刀侍衛，而衛玦則升任指揮使，掌管整個玄鷹司。

謝容與也不知道玄鷹司為何會來，在此之前，謝容與其實見過齊文柏，趙疏並未給陵川下過任何文書。

在人們的議論聲中，衛玦帶著工匠登上洗襟臺，他似乎低聲吩咐了什麼，但山中的風太大了，青唯沒有聽清，緊接著，玄鷹衛驅著圍觀的人群朝山外避去，舉斧鑿臺的動靜傳來。

真的要拆洗襟臺？

人群中，有人不禁發出這樣的低呼。

難道朝廷真的不堪士人異聲重負，決定摧毀重築的洗襟臺？

山外看不到洗襟臺上發生了什麼，在這一刻，青唯腦海中竟浮響起在那一段掙扎的、逐光的長日中，每一個與這樓臺有關的人憤然而悲亢的聲音。

——「這個樓臺，不登也罷！」

——「洗襟臺原本就不該建！」

——「洗襟臺只是一座樓臺，它有什麼錯？！」

——「洗襟臺是無垢的，它是為滄浪江投江的士人，長渡河犧牲將士而建的！」

——「在你眼中，洗襟臺是什麼樣的？」

——「可是、可是這樣一來，洗襟臺就不是洗襟臺了，它是青雲臺！」

——「至少……在我眼中，只見洗襟無垢，不見青雲。」

伴著一聲轟然的坍塌聲，洗襟臺的動靜歇止了，山外攔著人們的玄鷹衛盡數撤開，然而人們相顧茫然，躑躅著往山前行去。

直到了山腳下，青唯仰頭看去，才發現洗襟臺並沒有被毀去。

這座樓臺仍舊矗立在未散的煙塵裡，而適才被拆去的，只是登上洗襟臺的階梯。

三重樓臺高築，可是，再也沒有人能登上洗襟臺了。

這樣也好，早已有人去洗襟臺上看過了，這座樓臺上本沒有青雲，只有無法散去的雨霧。

天邊的薄雲醞釀著一場雨，細雨迷濛澆下，山腳下，不知是誰第一個抬手，對著這座樓臺無聲揖下。

隨後，士人、百姓、玄鷹衛、大臣，甚至遠在上京的君王，也抬手合袖，對著失了登臺之階的洗襟臺拜下。

細雨纏綿不休，有人拜祭過後，很快離去，有人卻願意在這將入秋的山雨裡守著一份心靜，停留片刻。

青唯透過雨朝洗襟臺望去，目光卻在對面山腳下定住。

朦朧的雨霧中，她看到一個眉眼溫潤的公子坐在木輪椅上，身後的書僮背著書箱，正推著他離開。公子氣質絕然，目中平靜似已忘塵，很快消失在蒼茫的煙雨中。

「在看什麼？」謝容與輕聲問。

青唯搖了搖頭，「沒什麼，我們也走吧。」

謝容與頷首，攜著青唯的手緩步離開。

塵埃散盡，人已遠去，餘下一地煙雨不歇，賦予高臺。

——《青雲臺【第二部】不見青雲》正文完——

番外　溫阡、岳紅英

咸和十三年秋，辰陽。

溫阡把最後一卷書收進書箱裡，推門而出。

山下為他送行的鄉親們已經等了多時了，溫阡展眼一看，為首一名鶴髮雞皮的老叟是鎮長，大悅叔一家，還有菊弟、菊妹都來了。

鎮長拄杖上前，將鄉親們三拼五湊收好的行囊交到溫阡手裡，叮囑道：「你是舉子，上京這一路上雖然有官府照應，自己還得多當心。」

「是啊。」大悅叔接話道：「眼下世道亂，到處都有流民，陵川一帶匪盜四起，北邊似乎還要打仗，莫要說上京路上，就是到了京裡，你也不能掉以輕心。」

溫阡應道：「我省得。」

他們所居的地方是辰陽一個叫玉山的小鎮，鎮子傍山而建，猶如世外桃源。

玉山鎮人多以修築營造之業為生，數百年裡，出過幾名有名氣的築匠，其中一人就是溫阡的父親。無奈溫阡父母早逝，他被鎮上的叔伯們拉扯長大，到了進學的年紀，為他請來隔壁鎮上的跛腳秀才教他學問。

溫阡天資聰穎，非但在營造術上天賦異稟，課業上也是一日千里，秀才考了一回就中，三年後，他去府城參加鄉試，桂榜出來，居然拿了第二，差一點就是辰陽的解元。

萬般皆下品，惟有讀書高，溫阡雖然志不在仕，輾轉思量了數日，還是決定上京參加來年的春闈。

鎮長和藹笑道：「你是我們玉山出的第一個舉人，要是明年考中了，做了京裡的大官，也算給玉山長臉了！」又問，「羅校尉那邊，你回信了嗎？」

溫阡點點頭，「回了。」

羅校尉是辰陽軍司的校尉。

辰陽的安置所十分破漏，說了幾年要重修，今秋才等到戶部撥銀子。羅校尉慕名到玉山請築匠，一眼就看中了自幼跟著叔伯們修屋建瓴、已經小有名氣的溫阡。

安置所安置的都是多苦多難的流民，這是造福百姓的好事，溫阡一口應下，連著幾宿都在琢磨圖紙該怎麼畫，應該用什麼木料，甚至拿竹枝搭了個雛形，預備拿給羅校尉過目。

他剛準備動身去辰陽，緊接著傳來中舉的消息，會試就在來年春天，外間世道亂，許多地方的舉子等不及年關就動身上京了。上京趕考，意味著放棄修築安置所，可是，鵬程仕途在前，常人都知道該怎麼抉擇，溫阡躊躇多日，最終決定寫信給羅校尉，辭了差事。

眾人又叮囑了幾句，來接溫阡的官差就到了，溫阡把書箱往背上緊了緊，回望山野一眼，跟鄉親們招了招手，跟著官兵走了。

從辰陽上京，本來要途徑中州，無奈近來劫北鬧災荒，大量流民湧入中州，兼之陵川匪寇四起，在通往中州的商道上頻頻滋事，舉子們只好從明州繞行。

也正因為此，從前士人們都是自行上京趕考，今年各州府都派了官差護送。

辰陽的官差把幾名舉子送到界碑，明州接應的已經到了，為首一人是個伍長，他把幾人迎上馬車，說道：「中州那邊封了路，不少劫北流民被攔在關卡外，還有力氣的就繞道來了明州，陵川的匪寇也一樣，近來府城裡不安生，前幾天還鬧了大盜，許多富戶都被劫了。還有不少富家子弟被騙的，昨天我們抄了一個流寇窩，你們猜怎麼著？被劫的人裡就有城裡富商的小兒子，都被餓成皮包骨了。」

非是伍長故意嚇唬趕考的舉子們，這些話是州尹大人親自叮囑伍長說的，所謂「朱門酒肉臭，路有凍死骨」，讀得起書的人，多數還是殷實人家出身，哪裡知道世間疾苦呢？端看眼前這幾人就知道了，除了溫舉人，身邊都跟著伺候筆墨的書僮。嚇唬嚇唬他們，省得他們到了府城不安生，被人劫了還幫著人數銀子。

其中一個錦衣玉帶的公子掀簾看了一眼，見馬車後只綴行著寥寥幾個官兵，不由皺眉埋怨，「既然如此，你怎麼不多帶點人保護我們？」

「別看我們只有幾個人，只要穿著這身兵袍，沒人敢招惹我們，明州在徵兵吶！」伍長笑道。

有人問：「為何要徵兵？」

「北邊蒼弩幾個部落不安生，可能要打仗，眼下朝廷徵兵，中原的徵兵點就設在明州。你們別瞧這年頭匪多，匪也有好壞，有的匪苦無生計不得不落草為寇，但行的都是俠義之事，而今朝廷徵兵，不少義匪都來明州投軍了，這大道之上，多的是這樣的義匪，真要出了什麼事，看到我們這身兵袍子，還不是一聲呼百聲應，怕他做甚？不過，到了晚上，你們可得當心了，那些賊人最愛在夜裡出沒！」

說話間，明州的府城到了。

落腳的地方在城中一家客棧，已經被官府包下了。伍長把舉子們引到各自的客房，說是等其餘州縣的士子們到齊，就一併送他們上京。

溫阡回到房裡，思及來年的會試，知道當下應該苦讀，可是坐在桌前翻了幾頁書，怎麼都看不進去。

他這些日子總是這樣，心思不由自主就會飄到辰陽的安置所上。在此之前，他無一日不盼著安置所由自己建造，修得廣廈，大庇天下黎民，這是他一直以來的願望。可是三年一次的科考，亦是天下讀書人夢寐以求的進身之階。

鬼使神差地，溫阡從書箱的最底層取出還差一點就完工的圖紙，以及竹枝做的安置所雛形。

他怔怔地看著，忽然心中有了決定。

就算自己不能親眼看著安置所建成，把畫好的圖紙送給羅校尉作為參考也是好的，說不定他們就用了呢，如此自己也算盡了心。

溫阡說做就做，翻遍書箱才記起自己並沒有帶作圖用的量尺。

外間暮色四起，溫阡趁著天還沒暗，急匆匆出了門。一連跑了幾家筆墨鋪子，等買到合用的量尺，天已經全黑了。

天一黑，四周就靜下來了。近來城中鬧大盜，巷子裡原還有幾間點著燈的鋪子，被暮風冷颼颼一吹，紛紛關張了。

附近沒有行人，溫阡匆匆往客棧趕，心中十分不安，他只得安慰自己，還好這一帶住的都是富戶，沒什麼亡命之徒。可是轉念一想，他又覺得不對，聽那伍長說，近來在城中肆虐的大盜，不是專挑富戶下手麼？

天上秋雷陣陣，雲層把月隱去，狂風掃過，溫阡挨著牆根，快步前行。

就在這時，他聽到身旁高牆圍著的院落裡發出一聲異響，像是有什麼物件落在地上。

「誰？」院中緊接著有人上前查看。然而不等他走近，忽有一團黑影向他襲去，腹中驀地一陣鈍痛，他悶哼一聲，倒在地上，再發不出聲音了。

溫阡在牆外驚懼交加地聽到院中發生的一切，心知這闖院人八成就是把府城攪得人心惶惶的大盜。

他不知道大盜是否聽見了自己適才的腳步聲，更不知道如果被大盜發現了，他應該怎麼辦，倉皇四顧間，忽然有一隻手從身後的黑暗處伸來，「過來！」伴著這麼一聲，他被人拉進了身後一條窄巷中。

與此同時，院中的大盜早也覺察出巷外有人，他翻牆而出，遲疑著朝溫阡這處尋來。好在方才的動靜驚動了附近巡邏的官兵，很快有官兵舉著火把趕來，大盜遲疑片刻，腳步一頓，往另一個方向逃走了。

溫阡這才藉著逼近的火光，看向把自己拉進窄巷的人，居然是個乞丐。

說乞丐也不盡然，他的衣裳雖然打著許多補丁，但還算乾淨，脖子上圍著的佩巾繞了幾圈，是暗紅色的。他個頭不高，看年紀只有十七八歲，身材纖瘦，生得白膚秀口，尤其是那雙眼，看上去機靈極了，也狡黠極了，像嗅覺敏銳的小狼，對上溫阡的目光，他伸手推他一把，「喂，知不知道我救了你一命？」他豎起拇指，往大盜逃走的方向一指，「要是被那廝盯上，你就交代在這了！」

溫阡還沒應聲，官差已經過來了，看了溫阡與小乞丐各一眼，問道：「什麼人？」

小乞丐眼中的神氣一瞬不見，慌忙間他拽了一下溫阡的袖口，然後指著溫阡說，「官爺，我跟他是一起的。」

官差又看向溫阡。

溫阡知道小乞丐為何要拽自己一下——他不想被官府盤查。離亂年間，人人都有難言之隱，再說這小乞丐的確救了自己，他領他的情。

溫阡點頭道：「在下乃上京趕考的士子，這位……他是我適才從筆墨鋪子僱來的書僮。」

言罷，送上自己的文牒，給官差查驗。

官差看過文牒，態度和緩不少，「既然如此，還請閣下盡快返回客棧，眼下城中盜賊肆虐，閣下之後切不可深夜出行。」

等官差走遠，小乞丐才長長吐了一口氣，他的眼底復又浮上神氣之色，摘下脖子上的佩巾，一邊揩額汗，一邊道：「走啊，你住在哪兒？我跟你回去。」

溫阡剛要回答，目光掠過小乞丐的脖子，忽地愣住了，「你……」

小乞丐豪無所覺，揩完汗，把佩巾往脖子上一繞，若無其事地搭腔，「對了，你適才說你是什麼……烤柿子，你家是栽柿子樹的麼？」

夜黑漆漆的，溫阡在前面走，小乞丐一步不落地跟在後頭。

「哦，你家不是種柿子的，你是讀書人，要上京考試，考中了就能做大官那種？」

「怪不得那個官爺對你這麼敬重。」

「那你這麼晚了還在外頭閒逛？你不知道近來城裡鬧大盜麼？」

他的問題太多了，溫阡根本不知道從何答起。

到了客棧，小乞丐四下望去，感嘆道：「官府待你們這些讀書人真好，給你們住這麼好的客棧！」等進了屋，他往彌勒榻上一坐，再度感慨，「這屋子真氣派！」

對上溫阡的目光，小乞丐似乎意識到這樣不妥，訕訕解釋：「我還是第一次住這麼好的客棧，從前我們寨子裡……我們鎮上，給外來客住的都是大通鋪，一張床從屋頭連到屋腳那種。」

吹了一夜的秋風，小乞丐的臉紅撲撲的，溫阡看著他，問：「你……叫什麼名字？」

「我姓岳，叫……」小乞丐話到一半，似乎意識到在外行走，等閒不能暴露真名，改口道：「我是家裡的老大，下頭有一個弟弟，他叫小七，你就叫我小六吧。」

他再度四下看去，忽然瞧見桌子上擱著一個巴掌大的小竹屋，屋門敞開著，裡頭依稀可見桌椅床鋪，「這是你做的？太好看了！」小乞丐驚嘆道：「從前我在我們縣城的集市上也見過泥糊的小屋，手藝比起你可差遠了！」

他又好奇道：「你不是讀書人麼？怎麼還會這種手藝？」

溫阡不知道該怎麼答，說起來，他對這間安置所的雛形並不滿意，戶部撥的銀子有限，如果照他的圖紙來修安置所，很可能超出預算，這也是他遲遲沒把圖紙交給辰陽軍司的原因。

看著小乞丐對竹屋愛不釋手的模樣，溫阡問，「你住哪裡，明早我送你回去。」

小乞丐聽了這話，慢慢把竹屋放下了，他望著溫阡，目光乾淨又清透，「我是陵川人，跟家裡人來了明州，幾天前跟他們走散了，眼下沒地方可去。」他抿抿唇，覺得難以啟齒，「我……我能在你這裡住幾天嗎？別看我穿得像乞丐，我不髒的，也沒病，身上還藏了不少銅板，不會白吃你的，夜裡睡地上就行。」

他似乎為了證明自己的話，當即把手伸進懷裡掏銅板，「幾天就行，幾天後，我家裡人肯定能找到我，我給你銀錢……」

「不必了。」溫阡打斷道。他不知在介意什麼，耳根竟有些微紅，遲疑片刻，收了桌上的書冊與畫軸，「客棧裡有書室，今夜你睡這裡，我去住書室。」

言罷，匆匆出門去了。

小乞丐在客棧一住就是三天。

他也沒閒著，或早或晚，白天終歸要出門一趟。客棧雖然供餐飯，到底離亂年間，伙食只管一個人飽，是故小乞丐每天回來，都要帶上一紙包的小點，明州出名的荷葉雞、糖榧餅子，溫阡都是託他的福才吃到。溫阡也知道小乞丐的意思，他想證明自己不是白吃白住的，所以小乞丐每回帶吃的回來，溫阡都領情。

時而溫阡在房中修圖紙，小乞丐便不出聲了，躲在一旁做自己的事，或者乾脆睡大覺，從來不會打擾他。到了夜裡，溫阡去書室前，小乞丐的神情都訕訕的，大約是覺得自己雀占鳩巢，對不住溫阡。

這天夜裡，溫阡照舊去了書室，小乞丐剛要睡下，忽聽窗外一陣異響。

他們住在三樓臨街，窗外除了夜裡不辨方向的鳥兒，還能有什麼？然而小乞丐似有所覺，推窗朝外看去，窗外黑漆漆一片，除了遠天的月華，什麼也望不見，小乞丐正要關窗，這時，窗簷上倒掛下來一個少年，冷笑著道：「妳果然在這。」

言罷，少年凌空一個翻身，掠進屋中，他輕功好得驚人，雙足落在地上，沒發出一點聲響，小乞丐望著少年，訝異道：「小七，你怎麼來了？」

「我怎麼不來？老爹知道妳偷偷跟來明州，急著讓人到處尋妳。」少年在桌前坐下，翻了個茶盞，自顧自斟了一杯水，一邊吃一邊道：「姐，妳也太能胡來了，居然去找李瞎子的麻煩，不怕惹急了他麼？」

卻說屋中的英氣少年不是旁人，正是陵川義匪岳翀的義子岳魚七，而他身前的小乞丐，則是岳翀之女，岳紅英。

岳紅英聽了這話，氣就不打一處來，在桌子的另一側坐下，「那憑什麼老爹來明州投軍，獨獨不肯帶上我？他瞧不起女兒家麼？」

這話岳魚七不知道跟岳紅英解釋多少次了，非是岳翀不肯帶她，而是官府徵兵，等閒不徵女子，他們初來乍到，總不好壞了官府的規矩。

岳紅英賭氣道：「正好這城裡鬧大盜，等我把李瞎子擒住，叫老爹和瞎了眼的官府好生瞧瞧女兒家的本事！」

岳魚七嗤道：「妳抓李瞎子的法子，就是躲在這個富貴堂皇的客棧裡守株待兔？」

「你可別小瞧了這客棧，這裡住的都是上京趕考的士子。」

「烤……什麼？烤柿子？我可不愛吃那玩意兒。」

「不是柿子，是士子，讀書人。」岳紅英對岳魚七的不學無術嗤之以鼻，「就是從小上學堂，會認字，會寫文章，讀很多很多書，以後要到京裡考試，考中了就能做大官那種。」

岳魚七聽了這話，目光裡的輕蔑漸漸隱去了，他帶著稍許敬畏的目光再度打量了這間客房一眼。

「這種地方，妳是怎麼混進來的？」

要知道，他從小在山寨子裡長大，接觸過最有學問的人，不外乎就是柏楊山下，讀過一本三字經，識得一些常用字的寫信先生。大周重文成風，讀書人在百姓心中的地位始終要高一截。

岳紅英無不自得道：「那李瞎子不是在城裡劫富濟貧麼？我跟了他幾日，上前天夜裡順手救了個讀書人，這個讀書人以為我跟家裡人走散了，可憐我，就暫時收留我了。」

提起這個讀書人，岳紅英不知怎麼起了興致，「他姓溫，辰陽人，脾氣好，學問也好，你看到櫃櫥邊的書箱了嗎？箱裡的書他都看過。他會寫文章，還會畫畫，對了，桌子上這個小竹屋好看嗎？就是他親手做的。」

岳魚七斜乜岳紅英一眼，「他再有本事又怎麼樣？又不是妳官人。」

不等岳紅英發作，他又道：「妳跟他孤男寡女同吃同住，當心老爹知道了打斷妳的狗腿！」

「怕什麼，這事你不說，我不說，老爹怎麼可能知道？再說了，」岳紅英垂下眸，「溫相公也不知道我是姑娘，等他到了京裡，做了大官，哪裡會記得明州府城的一個小乞丐呢？」

岳紅英沒再多提溫阡，對岳魚七道：「放心吧，我都布置好了。那李瞎子不是劫富濟貧麼？眼下官府要拿他，東街那一帶他不方便去，正巧這間客棧裡來了幾個富家公子哥，我這幾天託人把消息放出去了，不出兩日，李瞎子肯定會現身，等我設計把他拿住，看老爹還讓不讓我投軍，你再幫我瞞老爹幾天。」

他們姐弟二人做事慣來有自己的主張，岳魚七聽了這話，沒說答應，也沒說不答應，站起身往窗前走，叮囑道：「李瞎子可不傻，妳故意放消息引他上鉤，他未必瞧不出來。再說他只謀財，從不害人性命，拿下他，未必算得上大功勞。」

說話間，岳魚七推開窗，要翻窗出去，岳紅英忽又道：「等等。」

她問：「你帶銀子了麼？」

岳魚七在身上找了找，在右邊袖口裡找出一串銅錢，全數給了岳紅英，問，「妳銀錢花光了？」

「沒……」岳紅英猶豫著道：「今天在集市上看到一個小玩意兒，想買給溫相公做謝禮，錢不夠……」

岳魚七聞言，多看岳紅英一眼，「姐，妳可別真是瞧上人家了吧？人家清清白白一個讀書人，妳可是個女土匪。」

「這個送給你。」

岳紅英把一個古樸的木匣子放在桌上。

溫阡有點意外，打開來一看，匣子裡是一個巴掌大小的房子。跟他做的安置所雛形差不多，不同的是他的是用竹子搭的，眼前這個是用木頭和泥土夯的。

岳紅英道：「你一天到晚都在畫房子，剛巧我在集市上瞧見這個，你看看喜歡嗎？」

溫阡拿著木屋看得認真，沒接話。

岳紅英不知怎麼不自在起來，又解釋，「我已經打聽到我家裡人的消息了，明早就去城外跟他們碰頭，你收留了我好幾天，這個就當謝禮。」

溫阡似無所聞地「嗯」一聲，好半晌，抬起頭，「這木屋是誰做的？」

「不知道，一個陵川來的小販賣給我的。」岳紅英道，見溫阡似乎十分在意這木屋，多添了一句，「我們陵川的房子都是這麼蓋的，建在兩山之間避風的地方，因為怕積雨，房底高出地面一大截。」

溫阡愣道：「建在兩山之間？」

岳紅英一點頭，「你沒去過陵川吧，陵川山多，好多房子都蓋在山裡。」

溫阡的確沒去過陵川，卻聽玉山鎮的叔伯們提過，說那是一個山巒遍布、夏日多雨的地方。

聽了岳紅英的話，溫阡似有所悟。

他遲遲不把安置所的圖紙交給辰陽軍司，是因為戶部撥的銀子有限，按照他的想法修建，會超出預算。

可是，如果能為安置所重新擇址，利用天然的地勢避風擋雨，不就可以在原料上節省許多嗎？

是他墨守成規了。

溫阡豁然開朗，對岳紅英道：「我明白了，多謝你。」言罷，匆匆捲起紙軸與量尺。

「哎——」不等岳紅英叫住溫阡，溫阡已經疾步趕去書室修圖紙了。

岳紅英悻悻地坐下，她都說了她明天要走了，可他只當耳旁風，一心只關心他的圖紙。好歹相識一場。

岳紅英正是失望，忽聽房門一聲響動，溫阡竟又回來了。

他看著她：「你明天何時出城？」

岳紅英不明所以：「辰時吧？」

溫阡道：「好，明早我送你。」

岳紅英愣了愣，反應過來立刻道：「那說好了！」

溫阡笑了一下，點點頭，再度去書室了。

天很快黑了，岳紅英並不敢睡。

她沒跟溫阡說實話。

她明天離開，並不是因為找到了家人，而是算準了李瞎子今夜會來。

她已經託人把消息放出去了，說城東的客棧裡住著幾個有錢的士子。

而今城裡鬧大盜，城中富戶風聲鶴唳，不惜花重金請來護院日夜看護，唯有客棧裡的讀書人不知世道險惡，疏於防範。

士子們後天天不亮就要上京，今夜是最好的時機，李瞎子不是慣愛劫富濟貧麼，怎麼可能錯過這個機會？

等李瞎子來了，驚動了客棧外官兵，只能從後門離開。

後門外也有官兵把守，但西側有一個柴房，柴房後有一道暗牆，從暗牆翻出去，避走暗巷，這是最佳的逃跑路線。

岳紅英則是在柴房裡做了埋伏，只待李瞎子一來，必能中招。

天愈來愈暗，過了亥時，夜色濃得幾乎化不開，岳紅英以手支頤，坐在桌前打盹，外間忽然傳來一陣叫嚷。

「快來人啊，客棧裡進了賊！」

「有賊！有賊偷東西，還打傷了人——」

岳紅英驀地睜眼，見外間燈火通明，她立即朝後院的柴房尋去。

整個客棧被圍了起來，但官兵還在樓中搜尋，後院靜悄悄的。

岳紅英推開柴房的門，果見一個高大的身影伏在地上，柴房裡的迷香氣息已經淡了，岳紅英還是謹慎地摸出手帕攏住口鼻，喚了一聲：「李瞎子？」

地上的人沒反應。

岳紅英走近幾步，伸手推了推李瞎子，見他還是沒知覺，放下心來，她拿出早就備好的繩索，打算將李瞎子捆住交給官府，就在這時，地上的人忽然動了。

李瞎子驀地一個暴起，在黑暗裡伸出手，直直朝岳紅英擒來。

岳紅英反應也快，閃身要避，可倉促之間，她哪裡快得過早有準備的李瞎子？手臂被反折去身後，耳邊傳來李瞎子的低笑：「近日跟蹤我的女賊就是妳？」

岳紅英冷哼一聲：「原來你將計就計！」

李瞎子道：「妳故意放消息引我上鉤，我如果不來，豈非愧對妳一番苦心了。小姑娘，我跟妳無冤無仇，妳為何要設計擒我？」

岳紅英抿唇不答。

李瞎子再度哂笑道：「不說也罷，我大致猜得出來。小姑娘，妳還太嫩了，這是妳頭一回出山吧？想要擒個人，連對方的來歷都不知道打聽？妳不認得我，我可認得妳，妳我同是陵川人，妳的父親，就是柏楊山的岳翀！」

他說到這裡，大笑道：「堂堂岳翀之女，今夜居然落到我手上，傳出去，可要叫人笑掉大牙！」

「一人做事一人當！」岳紅英聽了這話，急道：「今夜我落在你手上，是我棋差一著，要殺要剮悉聽尊便，跟我老爹可沒關係！」

「怎麼沒關係？」李瞎子道：「他岳翀不是自認義匪麼？不是帶著柏楊山的弟兄們投軍麼？好事都讓他一人做盡了，卻叫世人笑話其他山賊不走正道！正巧，今夜岳翀之女落在我手上，我這就把妳投去官府，留下字據，說今夜是妳引我來偷盜的，還有我近日在明州犯下的所有案子，都是同岳翀合謀的！不然我為何明知今夜是計，還要前來？」

李瞎子大笑說完，拽著岳紅英躍出暗牆。

還沒走出暗巷，前方忽然出現一簇燈火，李瞎子倏然一驚，以為是官兵找來了。

他雖然要送岳紅英見官，自己卻不願與官府起正面衝突，正要避去牆側，岳紅英已然大叫出聲：「義士救我！」

巷口提著風燈的身影驀地一頓，明知此處有危險，竟是不避不退，朝巷中尋來。

離得近了，燈火映出提燈人的臉，清俊溫雅，氣度溫和，竟是溫阡。

原來溫阡聽說客棧進賊，回房沒有尋到小乞丐，擔心她遇到危險，逕自尋出來了。

岳紅英見自己竟把溫阡引來，心中懊悔不已。

她棋差一著，誤中他人奸計，一個人栽在這裡就算了，但她絕不願溫阡陪自己涉險。

不顧李瞎子扣住自己的手臂，她狠狠往外一掙，手肘差點被掰折，高聲道：「溫相公，我有法子脫身，你快走，你留在這裡只會拖累我！」

說話間，溫阡已經到了兩人近前。

李瞎子萬萬沒想到岳紅英努力從他手中掙開，竟是要勸走來人。

他狐疑地看了岳紅英和溫阡各一眼，心中漸漸了然。

他說呢，岳紅英一個山匪，如何能在士子落腳的客棧來去自如，原來是這讀書人心好，可憐「小乞丐」無家可歸。

李瞎子嘲弄地笑道：「小子，你還不知道吧，你被她騙了，她根本不是乞丐，更不是男人，她可是——」

「你一個大男人，欺負一個小姑娘做什麼，把她放了！」不等李瞎子說完，溫阡打斷道。

岳紅英愣住了：「你……知道？」

他知道她是女子？什麼時候知道的？既然知道，他為何還要收留她？他們讀書人不是最講究男女授受不親麼？他不覺得他們孤男寡女同處一室不妥麼？

溫阡看岳紅英一眼，沒答她的話，對李瞎子道：「我知道你就是官府四處捉拿的大盜，你劫走她，無非是想尋個人幫自己頂罪，引開官府的注意力，日後逃出生天。但你可想好了，她近幾日都同我一處，做了什麼，自有我為她作證，我們三人若僵在此處，等官兵來了，對你只有壞處，沒有好處，反之，你放了她，我只當從未見過你，如此兩廂安好，才是上策。」

李瞎子冷笑道：「你這讀書人倒是聰明，一眼就看出我的目的。但是，你算漏了一點，我為何要同你僵在此處？」

話音落，李瞎子忽然駢指一揮，一道極薄的刀刃如離弦之箭，直直朝溫阡射去。

「溫相公當心！」

岳紅英驚呼出口，就在這時，一道如流風的身影從牆頭躍出，從容地從樹梢摘下一片葉，信手揮出，飛葉撞開刀芒，薄刃被半空攔截，落在地上。

等李瞎子反應過來，岳魚七已然從他手裡搶回了岳紅英，與此同時，幾道身影隨之出現在巷中，為首一人高大挺拔，生的一對英眉，四十上下年紀，正是岳翀。

「小七，爹，你們怎麼來了？」岳紅英愕然道，又看向岳魚七，「是你……」

「不是我。」不待岳紅英問完，岳魚七逕自道：「上回忘了跟妳說，老爹投軍以後，明州官府交給老爹一樁差事，巧了，正是捉拿府城裡的大盜。今夜是老爹自己尋到這的，我可沒出賣妳。」

岳紅英一時間不知說什麼好，她原還想著獨自擒住李瞎子，到老爹面前邀功，證明女子也能投軍呢。

「我道今夜這客棧為何疏於防範，這麼久了，居然還沒官兵找來，原來竟是你父女二人裡應外合，一明一暗，不外乎是為了擒住我。」李瞎子以為岳紅英和岳翀合謀做局，憤然道。

岳翀沒多解釋，只道：「李應全，你劫富濟貧，終非正道，從今往後，罷手吧。」

「正道？」李瞎子冷笑一聲，「什麼才是正道？像你一樣投軍嗎？那你告訴我，你投軍以後，除了無頭蒼蠅般被官府驅使，又做了什麼？」

「明州、中州這麼多流民，每天多少人因災荒死去，你幫助過他們嗎？」

「岳翀，當初你在柏楊山，拒不劫掠，不傷害無辜，我佩服你。可你眼下屈服於官府，走上一條功名利祿路，我就是瞧不起你！還口口聲聲跟我談正道，虛偽！什麼是正道？小兄弟，你知道你的正道在哪裡嗎？」

李瞎子說到末了，偏頭看向溫阡。

溫阡不期然被他問住，一時沒答上話來。

李瞎子見他這反應，大笑道：「你看，你是要考功名的人，不也一樣不知道自己的路在何方？你或許都沒想過自己想要的究竟是什麼，只是天底下的人都說這條路是對的，說讀書能平步青雲，你就選擇了這條路。」

溫阡聽了這話，心中不由得反駁，不是的，他一直知道自己想做什麼，要的是什麼。

他這小半生鑽研營造修築之業，心中最大的願望，不外乎是修得廣廈，大庇天下百姓。

可他沒有把這話說出口，因為他眼下走的路，的確與他心中的願景背道而馳。

李瞎子道：「你說劫富濟貧終非正道，可我至少能清清楚楚地看到被我幫助過的人一點一點好起來，哪怕他們只能多活一個月，兩個月，甚至一天兩天，難道在這亂世間，走不一樣的路，就是錯的嗎？」

岳翀沒有回答，因為巷外已然亮起重重燈火——官兵終於尋來了。

李瞎子只覺多說無益，他當初選擇違背世俗，行心中之義，便預備好了有今天。

他伸出雙手：「你把我交給官府吧。」

岳翀看他一眼，卻沒有動手，而是道：「你走吧。」

這話出，在場眾人，岳紅英、岳魚七，包括溫阡，都詫異地看向岳翀。

岳翀道：「我不認可你的所作所為，但我查過，被你劫掠過的富戶，大多是奸商。我不知道亂世之中是不是真的需要你這樣的人，但我始終覺得，你還不算無可救藥，把你交給官府，在牢裡關個十年八年，飢一頓飽一頓卻不至於餓死，有點太便宜你了。」

李瞎子聽了岳翀的話，愣了半晌，吐出兩個字：「虛偽。」

他冷聲道：「你既然打定主意要放我走，今夜大費周章地布局擒我，又是何故？」

「今夜能擒住你實屬意外，非我所料。」岳翀沒解釋太多，「但我也可以藉此機會，告訴你一樁事，五天前的夜裡，被你劫掠的那家富戶，不過是徒有奸商之名罷了，事實上，他幫助過不下百名流民，節衣縮食，捐銀百兩，只為請官府再度開棚施粥。他名聲不好，乃是因為一個盜取了家中錢財，被他驅逐出戶的家僕在外惡意散播所致。」

「亂世中，有人為惡，但也不只你一人為善，望你日後行事，慎之又慎，拋棄俗世正途，就不要辜負心中之義，望你不悔所擇之路。」

李瞎子聽完岳翀一番話，目色幾起幾浮。

他諱名「瞎子」，不是因為目力不好，而是因為幼時苦難，而今不忍直見世間疾苦罷了。

他深深看岳翀一眼，點頭道：「好，柏楊山岳翀，我李瞎子今日承你的恩，記在心裡了！」

言罷，他往牆頭一躍，身形消失在夜色中。

李瞎子走了，溫阡還沉浸在他與岳翀適才一番言語中，久久不能回神。

——你看，你是要考功名的人，不也一樣不知道自己的路在何方？

——只是天底下的人都說這條路是對的，說讀書能平步青雲，你就選擇了這條路。

——拋棄俗世正途，就不要辜負心中之義，望你不悔所擇之路。

直到火色逼近，溫阡才陡然回過神來，來人高坐於駿馬之上，儼然是明州軍衙的將軍，他居高臨下的看著岳翀：「岳校尉，你讓本將軍相信你，說你會生擒大盜，大盜人呢？」

岳翀抱拳行禮：「將軍恕罪，末將疏忽，不慎讓大盜逃了。」

將軍的目光冷冷地注視著岳翀，良久以後，開口道：「既如此，你——」

「將軍恕罪，適才是在下疏忽，不慎被賊人劫拿，岳校尉是為了保護在下，才讓賊人逃了的。」不等將軍問完，溫阡搶過話頭。

他也不明白自己為何要這樣說，他只知道，如果讓軍衙知道岳翀故意放走李瞎子，柏楊山岳氏的行伍生涯，恐怕就要就此告終了。

他想起適才聽到的一句話——

不知道亂世之中，是不是需要這樣的人。

一個，所行所為唯心論之的人。

所以不如由他頂了這個罪名。

左右官府事後去查，也能查出李瞎子是被岳紅英引來的，而收留岳紅英的人，是他。

高坐馬背上的將軍冷冷掃了溫阡一眼：「溫舉人？」

他勒轉馬頭：「跟本將軍來吧。」

三天後。

岳魚七牽著馬，把岳紅英送到城外：「我跟老爹要隨軍北上，去劼北瞧瞧，妳回到柏楊山，就給我們來信。」

岳紅英攏了攏肩上的行囊，點點頭。

岳魚七又道：「老爹說了，妳路上如果遇到麻煩，就報柏楊山岳氏的名號，沒人敢為難妳。」

岳紅英又點點頭，催促道：「行了行了，你快走吧，老爹那邊不是已經整軍了嗎？你偷溜出來送我，也不怕被軍冊除名。」

岳魚七往官道上遙遙看一眼，見往來多是行人，岳紅英又會功夫，想來不會遇到麻煩，把轠繩交給她，掉頭上了自己的馬，背身揮揮手，往城裡疾馳而去。

岳紅英看著岳魚七的背影，卻沒有上路。

她等在城門口，從日出守到日暮，直到夕霞覆上雲端，巡邏的校尉出城來跟守衛們交接差事。

岳紅英連忙迎上去，喚問：「官差大哥，敢問前陣子在城東客棧落腳的士子們怎麼樣了？」

「士子？」

「就是上京趕考的士子。」

官差的打量岳紅英一眼，見她不像歹人，如實說道：「上京趕考的士子自然上京趕考去了，難不成還會留在明州？」

岳紅英一愣：「那、那溫舉人呢？」

「溫舉人？」

「就是辰陽來的，玉山人士，瘦瘦的，高高的，背了一個書箱的那個。」

這麼一說，官差想起來了，上京趕考的士人大多出身都好，只有辰陽的溫舉人，身邊連個書僮都沒帶。

「他啊，他不考了，回辰陽了。」

「不考了？」岳紅英愕然道：「為何不考了？」

「好像是犯了什麼事吧，不過官府好像也沒治他的罪，哎，說不清，放著大好的前途不要，誰知道呢？」

岳紅英怔怔地立在原地。

犯了事？那八成就是受她所累了。

可是官府沒治他的罪，他為何還是放棄科考了？

難道是為了那些……他想蓋房子？

霞光兜頭澆灑，岳紅英翻身上馬，官道上兩條岔口，一條往陵川，一條辰陽。

岳紅英勒馬徘徊，忽地想起那夜燈色如燒，溫阡被那將軍帶走前，她追了幾步，喚道：

「哎，你、你是如何看出——」

她還沒問完，溫阡就笑了。

他知道她想問什麼。

你是如何看出我是女子的？

溫阡伸出手，指尖輕輕碰了碰脖頸。

女子和男子的脖頸是不一樣的，初見那夜，她曾摘下暗紅佩巾揩額汗，脖頸白淨光潔，一看即知了。

原來他從一開始就知道她是個姑娘。

難怪他要去睡書室。

難怪他和她說話，時不時會耳紅。

可即便這樣，他還是願意收留她。

岳紅英這麼想著，心也定了，她驀地勒轉馬頭，朝另一個岔口疾奔而去。

翌日天色鮮亮，溫阡從驛站出來，再度上了路。

此去辰陽千里，為了節省銀子，他沒有僱馬車，路途雖然遙遠，他的步子卻是輕快的。

比起來時的迷茫，他眼下心中一片澄澈。

他終於知道自己真正想要的是什麼了，也有十足的勇氣做出抉擇。

等回到辰陽，他要把新畫好的圖紙交給軍司的羅校尉看，和他一起為安置所重新擇址。

甚至自此今日，會有更多的廣廈高樓從他手中拔地而起，遍布江山九州。

此行千里，他卻看得見遠方。

正這時，身後忽然傳來橐橐的馬蹄聲，溫阡似有所感，回身望去，與此同時，策馬人飛快勒馬，翻身而下，她圍著一張暗紅佩巾，高聲問，「喂，溫工匠，去辰陽這麼遠，不怕路上遇到歹人麼？要不要僱一個護衛？」

她一雙俏麗的眼靈動極了，像隻狡黠的小狼，眨眨眼又道：「我不收工錢，每天管飯就成，錯過這村兒，就再沒這便宜可撿了！」

番外　小野、容與

一、

「小二，上茶水！」

初春，江留的桃花開了，城外的茶鋪剛開張，就看到一行六位來客。

這六人瞧不出是什麼身分，看樣子像是江湖兒女，可氣度卻很不一般。

掌櫃的不敢怠慢，親自提了茶壺為他們看茶，一邊問道：「聽幾位的口音，可是京裡來的？」

其中一個面容清秀，身著白袷的僕從道：「我家主子就是江留人，從前客居京中幾年。」

這六人不是別人，正是謝容與一行主僕。

青唯四下看去，這裡是城外驛站附近，江留城自古富庶，每日城門一開，進出城的商隊、百姓絡繹不絕，眼下已經辰時了，莫要說茶鋪生意蕭條，城門外也人煙稀少。

青唯疑惑道：「掌櫃的，我記得原先這裡很熱鬧的。」

「幾位有日子沒回來了吧？」掌櫃的將擦桌的布巾搭在肩上，「近來城中鬧賊呢！」

「鬧賊？」

中州治安一向很好，到了嘉寧年，有「路不拾遺，夜不閉戶」之稱。官府也很清明，眼下江留府的推官正是謝容與的堂兄，謝琅。

「可不是，動靜還不小哩，那大盜別的地兒不偷，專挑私塾。城東幾家私塾的值錢物件兒都快被他搬空了，府衙的大人領著人追查了好幾日，愣是一點線索都沒找到。」

聞此言，謝容與和青唯不由得疑惑。

謝琅為官清廉，人也有些本事，不過一樁偷盜案，為何竟查不出線索？

再者說，私塾值錢物件少，事情又容易鬧大，這竊賊為何別的地兒不偷，偏偏要挑私塾呢？

時值嘉寧九年，去年青唯拜祭過洗襟臺，跟岳魚七去了辰陽，今年開春，她和謝容與回中州小住，沒想到遇到了這樣的事。

罷了，多思無益，一切還待回家問過謝琅再說。

中州謝府坐落在江留城長陽弄子，嘉寧五年到八年，青唯跟著謝容與回來過兩回。

謝家的人口簡單，家中旁支已經分出去住了，老宅裡除了謝老夫人，只餘二房一家，謝琅就是二房的庶長子，昭化七年考中進士，時任江留府六品推官。

馬車到了謝府，府上的廝役見了青唯和謝容與，急忙去正堂通報。

不一會兒，正院裡迎出一位鶴髮童顏的老媼。

「月前得了你們的信兒，日也盼，夜也盼，可總算把你們盼回來了。」

謝老夫人年近古稀，身子骨尚還健碩，只是腿腳不好。

青唯連忙上前攙住她：「祖母。」

德榮不需叮囑，立即吩咐下人將禮箱都搬入屋中，謝容與和青唯一同問了安，四下看了一眼，問，「怎麼家裡人都不在？」

「沒想到你們這麼快回來，謝三兒他們幾個去鋪子上了，你大哥衙門上出了點事，你嫂子昨兒急病了，眼下估摸正歇著，我沒讓人喚她。」

謝老夫人說著，藉著光細細看著青唯，「我怎麼瞧著，小野的氣色不如上回好了？」

謝容與看青唯一眼，「路上請大夫看過，說可能是連日趕路累的，加上身上舊傷牽扯，養養就好了。」

「沒有大礙就好。」謝老夫人收起憂色，轉而笑道：「叫我說，不然就在江留住上一段時日。」

「我們也是這樣想的。」

謝容與說著，正預備吩咐掌事的去請保安堂的大夫，院中忽然疾步行來一人。

來人身著鵝黃襦裙，生得細眉淡眼，正是謝容與的長嫂吳氏。

吳氏一臉愁容，扶著門框期期艾艾地喚了一聲，「容與，弟妹，你們可算回來了。」她一副有事相求的模樣，咬咬牙，終似下定決心，幾步上前，說話間竟要跪下，泣聲道：「容與，你大哥這回遇著大麻煩了，你可得幫幫他啊！」

青唯將吳氏扶住，「大嫂多禮了，大哥遇到什麼麻煩，您先說來聽聽看。」

吳氏含淚起身，看謝容與一眼，見他沒有反對，捏著帕子揩揩眼眶，「是……是一樁私塾失竊案。」

「……一開始只有留春街一家私塾失竊，後來左近幾家也被盗了。丟的東西很雜，有書冊，有玉鎮紙，好像還有學生抄的文章。二月頭，陽和書居存的前朝《行雲策》孤本沒了，事情一下就鬧大了。」

「你大哥追查了好幾日，一點有用的線索都沒找著，昨兒我去衙門給你大哥送飯，聽到府尹訓斥他，說他不會辦事……你大哥在任這些年，兢兢業業，兩袖清風，一直是江留府為人稱道的好官，幾曾受過這樣的冤枉？」

吳氏說著說著又啜泣起來。

她對案子了解不深，說到後來反倒宣洩起情緒，謝容與問她「失竊案最初是怎麼發生的」，「私塾的坐堂先生是什麼人」，「丟東西的幾家私塾有什麼關係」，她一概不知。

好在話到一半，謝琅回來了。

謝琅本來在衙門辦案，家中僕役報說謝容與到家了，連忙往家中趕。

謝琅到家後，見吳氏和謝容與說起了失竊案，心中十分不快，但他轉念一想，前小昭王名滿天下，江留官府人人敬他，失竊案鬧得大，不可能瞞得住他，這麻煩不想添也添了，不如如實相告，如果容與肯幫忙，那就再好不過了。

見吳氏說得顛三倒四，謝琅乾脆接過話頭，「留春街私塾的坐堂先生姓周，是咸和年間的舉人。咸和年後來不是亂麼，他索性辭了官，回鄉辦學。他授學很有本事，這回被盜的陽和書居、春陽學堂幾個私塾的坐堂先生，都是他的學生，哦對了，前幾年，他的學生裡還出了個進士，周老先生因此很有賢名。也不知道哪家賊這麼不長眼，居然偷到周老先生頭上，如果不是這樣，事情也不會鬧得這麼大。」

青唯問：「聽大哥這意思，被盜的幾間私塾不是周老先生自己的，就是他學生的？」

謝琅答道：「正是。」

青唯不由犯起嘀咕，照這麼看，這案子應該不難查的。

這盜賊明擺著是衝著周老先生去的，從周老先生身上入手不就行了？

謝琅看青唯一眼，說道：「我知道弟妹妳在想什麼，妳覺得可以從周老先生查起，是不是？是，我們起初也是這麼想的。周老先生長居江留，這些年從未與人結仇，乾淨得很，提起他的本家宗族，你們必然知道，慶明周氏。」

慶明周氏是開國功勛，江留周老先生這一支是分支，曲茂的母親周氏，就是慶明本家那邊的嫡女。

「雖然說江留這一支跟慶明本家的親緣有點遠，周老先生的生平，周氏族譜上一查即知，加之他這些年教書育人，常人只有敬重他的，哪有恨他的？」

謝容與問：「私塾失竊案的卷宗有嗎？」

「有，容與你想看，我去衙門取回來給你，周老先生還有他學生並著幾樁失竊案的卷宗都在我案頭擱著呢。」

謝琅說著，嘆一聲，「說回失竊案本身，這案子本來也怪，那盜賊本事高得很，神不知地來，鬼不覺地去，幾乎沒留下任何蹤跡，我查了好些日子，什麼有用的線索都沒找著，真是抱著黃連敲門，苦到家了！」

失竊案說起來紛紛擾擾，不知覺間，小半日都過去了。

謝老夫人用過膳，午歇去了。謝容與從前在朝廷做事，知道把衙門的卷宗取回家不妥，乾脆跟謝琅一起去衙門。

他回房換了衣衫，臨出門前，青唯叫住他，「官人，我能不能……」

「不行。」謝容與逆光站在門前，「妳是覺得這盜賊功夫古怪，想跟著我去衙門看卷宗，試試能不能幫上我，對不對？」

他說著，眉間浮上些許憂色，「小野，妳身子從沒有出過這樣的狀況，大夫也說了，妳需要好生將養，保安堂的坐堂大夫我已派人請了，妳在家安心等著，如果大夫確認妳沒事，妳再陪我不遲。」

也不怪謝容與擔憂。

回中州的路上，青唯暈過去了數回，每每醒來都是一身冷汗，人也虛乏無力，謝容與請了好幾個大夫為她看過，卻診不出是什麼毛病，後來聽說她從前受過重傷，才斷言說是舊傷埋下的病根。

謝容與走了後，青唯本打算聽他的勸，安心等大夫上門看診，她躺在榻上，越想越不對勁，且不說這失竊案古怪，單是這偷盜後，一點痕跡不留的作風，青唯莫名間覺得熟悉，似乎在哪裡聽說過。

她回到中州後，自覺身體狀況已經好了許多，不再覺得疲乏了。

再說了，將養將養，也不是悶在家裡才算將養，偶爾出去透透風，走動走動，對身子也有好處嘛。

青唯這麼想著，避開府中僕役，來到後院。

後院圍牆有丈尺來高，青唯上下打量一眼：就憑這，能困得住她？

二、

嘉寧三年，青唯在張遠岫的襄助下逃離上京，當時張遠岫塞給她一張名錄，說如果遇到困難，可以找名錄上的人幫忙，青唯因此結識了中州衙門的俞清。

後來張遠岫獲罪，朝廷寬厚仁德，並未因此牽連俞清。

這位俞大人是有真本事的，歷經幾載沉浮，眼下已升任中州府府丞。

青唯此行正是尋俞清去的。

謝容與不讓她跟去衙門看卷宗，她去被盜的幾家私塾轉轉還不成麼？

她在中州又不是沒熟人！

俞清聽聞青唯的來意，只道這事簡單，吩咐身邊的胥吏領青唯去私塾，還特意叮囑不要驚動江留官府。

被盜的私塾都在留春街附近。

胥吏得了俞清吩咐，帶著青唯一間一間看過去，凡青唯有疑問，必定知無不言。

很快過了正午，青唯跟著胥吏來到陽和書居。

胥吏道：「最值錢的《行雲策》孤本，就是在這裡丟的。其實私塾失竊這事，一開始並沒有傳開，但是這個陽和書居的梁先生吧……」胥吏頓了一下，猶豫著該怎麼措辭，「他很能鬧。」

很能鬧？

青唯正待問很能鬧具體是什麼意思，身後傳來官差的聲音，「……是，書舍裡的筆墨都收起來了，鎖在庫房裡，十二個時辰有人看守，梁先生可以放心……」

青唯回頭看去，只見一個身著襴衫，留著兩撇八字鬍，年三十上下的男子正跟著官差邁進書居，「……我連著想了好幾宿，眼下哪裡都不安全，指不定那賊是衝我來的呢？陽和書居這裡他已經偷過了，但我家他還沒來過，要是他再來我宅子裡幹上一票，那我還過不過了？是故我連夜收拾了些值錢物件兒，拿來這邊庫房存著，你們不是說這裡一天十二個時辰——」

男子話未說完，看到院中清一色的官差中，立著一個身著青裳，清雅好看的姑娘，「這位是？」

胥吏遲疑一會兒。

昭王已經是過去的昭王了，可洗襟臺之案後，謝氏公子的名望不減反增，又深得今上信任，如果說眼前的女子只是一名普通民婦，豈不是怠慢了她？

胥吏態度端得恭敬，「這位是俞大人請來幫著緝拿盜賊的。」又對青唯道：「這位先生姓梁，正是陽和書居的坐堂先生。」

梁先生一聽青唯竟是俞清親自請來的，只當她是一位真正的高人，又見她身姿亭亭，氣度不凡，更以為得了救星。

對梁先生來說，這天底下沒什麼東西能比《行雲策》更重要了，那可是他打算當作傳家寶傳給子孫後代的孤品！

他幾步上前，合袖對青唯一揖，「閣下既然受俞大人之託，前來緝拿盜匪，千萬一定要明察秋毫。閣下不知那盜賊張狂，當日在下分明……」

梁先生說著，把《行雲策》孤本是怎麼丟、何時丟的，他這幾日是如何愁慮的，通通和青唯敘說了一遍，再到那孤本是什麼來歷，和梁家有什麼淵源，如何幾經坎坷到了他的手上，再到別的私塾丟了什麼，值不值錢，來歷淵源云云……總之有用的沒用的說了一籮筐，加上他嗓門大，人又容易激動，胥吏和青唯試著打斷了好幾次，都沒能成功。

等到天色昏昏，隔壁秋濃書堂的林先生過來尋他，他還沒絮叨完。

林先生和梁先生相交莫逆，見狀，知道梁先生的老毛病又犯了，拉著他跟青唯和胥吏賠禮，這才告辭離開。

這回不需胥吏解釋，青唯也知道所謂的梁先生「很能鬧」是什麼意思了。

胥吏看了眼天色，日近黃昏，晚霞初上，說道：「晃眼晚了，夫人看可是要回家？馬車就停在巷口。」

青唯略一思索，「我且問你，適才梁先生說，《行雲策》孤本失竊當夜，你們本來已經追上那盜賊，後來卻給他溜了？」

「是，說起那日也是碰巧。留春書堂丟的東西不算貴重，所以一開始，官府沒把這案子當大案辦，就連周老先生自己也沒放在心上。後來連著幾家私塾失竊，官府才重視起來。夫人剛才過來的時候也看過了，這條街上，涼夏書堂、秋濃書舍、陽和書居幾間私塾是挨著的，哦，秋濃書舍的坐堂先生夫人您看見過，就是適才把梁先生拽走的林先生。」

「春、夏、秋三間私塾先後失竊，官府於是派了巡衛盯梢，是故等到第四間私塾，陽和書居被盜當夜，左近是有人把守的。」

「那晚盜賊來後不久，巡衛就覺察到了，等到盜賊取了《行雲策》孤本出來，整條街的官差都驚動了。統共……大概二三十號人吧，分了三條街去追……」

胥吏記得，當夜並不算晚，很多鋪子還點著燈。

盜賊一出現，四下裡登時火光沖天，官差們追出留春街，眼看已快擒住盜賊了，卻被他翻牆避入一條窄巷。

「那窄巷是賣雜貨的，左右都有鋪子，奇怪的是，盜賊避入這巷子後，幾個還開著的鋪子卻沒受驚動，照常做營生，咱們的人去問，都稱沒見過盜賊。」胥吏說道：「哦，還有一點最為古怪，陽和書居失竊當夜，道上還有積雪，那盜賊起先逃跑，雪上還有他的腳印，等他翻入窄巷，腳印也消失了。」

青唯聽完胥吏的話，心道就是這個了。

莫名其妙地出現，莫名其妙地消失，驅使她今日前來詢問究竟的熟悉感就是這個。這種盜賊，她總覺得在哪裡見識過。

「帶我去那條巷子看看。」

窄巷離陽和書居不遠，出了巷弄拐兩個彎就到。

胥吏給青唯指明了盜賊翻牆過來的路線，來到牆根前，「那盜賊的腳印就是在這裡消失的。」

昨夜下過春雨，牆頭腳下還有一層春泥，青唯上下打量了一眼，「這不難。」

她說著，順手摘下幾片葉，往牆頭一灑，隨後縱身躍上牆頭，足踩片葉，疾行數步，等她飄身從牆頭落下，泥間只有幾道落葉的淺痕，哪有什麼腳印？

胥吏目瞪口呆地看著這一幕。

如果說他之前對青唯的敬重是因為昭王妃這個身分，眼下卻是真正佩服她的本事了。

而青唯勘破盜賊「踏雪無痕」的真相，心中疑惑更深。

照理說，這盜賊有這等本事，被官差發現之初，就可以把他們甩開了，何必帶他們兜這麼久圈子？

還有，為何偏偏到了這窄巷，這盜賊便不願留下腳印了？

難道這條巷子裡，有他想護著的人嗎？

青唯忽地想到胥吏說「盜賊避入這裡後，街上幾個還開著的鋪子卻沒受驚動，照常做營生，咱們的人去問，都稱沒見過盜賊」。

她問：「當夜街上做買賣的人，你們都查問過了嗎？」

「夫人是懷疑街上有盜賊同夥？」胥吏問，又道：「全都查問過了，有做茶水營生的，有賣雜貨的，還有夫妻開鋪賣糖餅的，都是些平頭老百姓，根底乾淨，名聲也好，不像跟江洋大盜有瓜葛的。」

總而言之，線索千端，理不出個頭緒。

如果說青唯起先過問這案子，只是為了幫謝容與和謝琅，眼下倒真來了點興致。她利索地往長街走去，語氣乾脆：「走，我們再去鋪子轉轉。」

天色漸暗，德榮焦急地在謝府門口踱步。

遙遙聞得駿馬嘶鳴，一輛馬車使近，他快步上前打簾，把謝容與從馬車上迎下來，低低喚一聲，「公子……」

謝容與「嗯」一聲，隨口問，「保安堂的大夫來了嗎？」

德榮支支吾吾道：「來是來過了，但是少夫人……」

不待他說完，只聽朝天「咳」了一聲打斷他的話，「公子，大夫來過了，也為少夫人看了診，少夫人吃過藥，等了公子一下午，適才忽然說有點乏，要睡一會兒，眼下恐怕將才歇下。」

他稍頓了一下，又扶著刀，提著嗓門道：「公子，老夫人那邊晚膳已經備好了，就等著您過去用膳呢。」

謝容與一看他這副「堂堂正正」的模樣，就知道有事，一言不發地往內院而去，推開屋門。

桌上新沏的「春山葉」動都沒動過，床鋪整整齊齊，上頭哪有什麼「有點乏將才歇下」的少夫人？

「人呢？」謝容與冷聲問。

朝天垂著眼不開口。

謝容與知道他慣愛給青唯打掩護，看向德榮。

德榮道：「午過大夫來時，裡屋已經沒人了，天兒在後院的牆根下找到了腳印，少夫人八成是翻牆走的。留芳說這事不好驚動老夫人曉得，跟駐雲一起去老夫人那兒打掩護了。小的本來想託人去找少夫人，但是少夫人的腳程，尋常人哪裡追得上……」

他說著，抬眼看謝容與一眼，怯聲問：「公子，您知道少夫人去哪兒了嗎？」

那頭好一陣寂靜。

半晌，謝容與才涼聲開口：「中州衙門有個叫俞清的，是她的熟人。她午前跟我提過想去衙門看卷宗，我沒同意，她主意正得很，應該去找俞清幫忙了。」

馬車到了巷口，青唯撩開車簾，左右看了一眼，「就到這裡吧。」

謝府尚遠，胥吏以為她在客氣，「小的把夫人送到府門口。」

青唯忙道不必，逕自下了馬車，繞去後巷。

謝府橫跨三條街巷，占地很廣，青唯眼看天晚了，快步來到後巷，打算走老路，翻牆溜回屋中。

她心中抱著一絲僥倖，失竊案頭緒繁多，官人不通宵耗在衙門就不錯了，應該不會提早回來。再說朝天慣會給她打掩護，官人如果不問，德榮也不會多嘴……

青唯這麼想著，縱身躍上高牆，夜色深暗幽靜，她四下觀察一番，腳尖無聲落地，正欲神不知鬼不覺地溜回屋中，後牆根下忽然繞出一人。

一身月白直裰，肩頭罩了一身禦寒的薄氅，笑容裡藏著一絲冷淡：「小野姑娘辛苦了，這是辦完案剛回來？」

三、

「我該在家休息我知道，我說真的，那竊賊的功夫我真覺得熟悉，一定是從前見過或聽過但我想不起來了。」

「再說我身上已沒有大礙了，你看我這幾日能吃能睡的，可能就是路上累著了。」

「大哥也說這案子棘手，我去私塾就是為了幫你和大哥，我知道你擔心我，我道歉還不行嗎？」

回房路上，謝容與一言不發地走在前頭，青唯跟在後頭一路解釋。到了房中，謝容與在桌前坐下，看她一眼，「過來。」

青唯猶豫了下，依言坐下。

「祖母那邊我已替妳解釋過了，說妳舟車勞頓，今晚歇息好，明早不必去請安了。」

青唯點點頭，「哦」一聲。

「保安堂的大夫明早會再來，他是江留名醫，很難請，妳到時不可再放他鴿子了。」

「哦。」

謝容與看她認錯態度尚算誠懇，語氣溫和了些，「吃東西了嗎？」

青唯搖搖頭。

謝容與於是吩咐駐雲把備好的晚膳送進來，陪她吃完，又催她去更衣沐浴。

春夜涼涼的，被衾也浸著一縷寒，好在謝容與身上溫暖，青唯沐浴完，依偎進他懷裡，暖意就透過薄薄的中衣傳遞過來。

她知道他這會兒不氣了，仰頭問：「你今日怎麼這麼早回來？」

「妳知道我去衙門翻卷宗，算著我會晚？」不然她怎麼掐著點兒回家呢？

謝容與垂眸看青唯，「妳說呢？」

他是擔心她。

初春海棠開了，一枝花影映在窗紙上，窗櫺隙著一條縫，隱隱幽香飄進屋中，謝容與看著青唯，他的小野姑娘近日的確養好了些，浸著淡香，頰邊如染桃花。

謝容與目光似水，水波微微一晃，他俯下臉去。

一時不知雲深幾何，青唯在他愈發粗沉的呼吸間想起正事。自從她在路上犯過頭暈，請過大夫，他已克制了七八日了，今夜好不容易放開，依他的常例，只怕要到天明。她近來記性不好，今天查到的線索又隱晦，折騰到天明再睡一覺，指不定給忘了。

青唯推推謝容與：「等等，我有要緊事跟你說。」

謝容與撐起身，看著她，那目光在問，這時候有什麼要緊事？

青唯道：「是我今天查到的線索。」

謝容與一頓，欲言又止半晌，吐出一個字：「說。」

青唯道：「我去幾間被盜的私塾看過了，那竊賊功夫很好，如果私塾沒有防備，偷個東西對他來說如同探囊取物。不過他運氣不好，去陽和書居那晚，恰好驚動了官差，被官差追了三條街，後來不得不使出了真本事，隱去了蹤跡。」

「這聽起來沒什麼奇怪對吧？但是，陽和書居在留春街的岔口，有很多條路可以逃跑，這竊賊偏偏選了最難的一條，這便罷了，他明明早有本事甩開官差，偏偏到了賣雜貨的窄街才隱去蹤跡，你說這是為什麼？」

青唯不等謝容與回答，逕自說道：「反正照我猜，他是故意把官差引到雜貨街的，他希望官府懷疑這條街上有他的同夥，去查這條街。」

事實上官府的確查了。

可惜什麼都沒查到，街上都是本本分分做買賣的人。

謝容與聽了青唯的話，若有所思，半晌，他翻身平躺在榻上，「妳知道為何這案子至今沒有頭緒嗎？」

「為何？」

「因為找不到動機。」

青唯不解。

謝容與繼續說道：「官府其實查到很多線索，譬如這竊賊這麼三番五次的偷盜不是為財，至少在留春、秋濃幾個私塾拿走的東西不算太貴重，至於《行雲策》孤本，也是有價無市，且官府至今沒在黑市上發現任何被盜取的財物；這竊賊偷盜也不是為了私仇，留春的周老先生的不提，夏、秋、陽幾間私塾的先生也從未與人結仇，而他們的學生對他們只有敬重，沒有不滿。」

青唯問：「這些都是你在衙門的卷宗上看來的？」

謝容與微微頷首。

這就奇了，不是為財不是為仇，那偷盜還能為了什麼，總不能是鬧著玩吧？

青唯百思不得其解，這時，謝容與卻道：「其實，我想到一種可能。」

「什麼？」

謝容與看她一眼，吐出兩個字：「義匪。」

青唯聽到「義匪」二字，一下子來了精神，「你是說，行俠仗義的義匪？」

青唯出身岳氏，咸和年間民生艱難，岳氏可不就是柏楊山的義匪麼？

謝容與道：「江留太平太久了，即使在昭化初年，也甚少有義匪出沒，是故江留官府漏掉了這種可能，沒有方向，所以沒有頭緒。」

而他為什麼能想到，一是因為他身邊的溫小野，原本就是義匪出身；二是因為在追查洗襟臺真相的日子裡，他所接觸的岳魚七等人，無一不是為了一腔熱血奔走四方的。

青唯豁然開朗：「你這麼說，一切就解釋得通了，這竊賊為什麼專挑私塾偷盜，因為他就是想把事情鬧大，想引起官府的注意。偷走《行雲策》不是目的，關鍵在於《行雲策》的主人梁先生太能鬧了，他一鬧，事情就能傳開，官府才能更加重視。之後這竊賊為什麼往賣雜貨的窄街跑，一定是這條窄街上有不平事，他想引官府去查。窄街上自然都是本本分分的買賣人，可是正因為太本分了，所以可能會遭受冤屈和不平。至於這竊賊為何不直接報官，這一點我想不出，會不會私塾也脫不開干係，官人，你覺得呢？」

青唯說著，雙手支頤，趴在謝容與身邊，問道。

謝容與看著她，半晌問：「說完了？」

青唯沒反應過來，「嗯」了一聲，下一刻謝容與將她身子往上一提，把她一隻手縛去身後，撐著坐起身來。

屋中再沒了私語聲，紛擾的動靜間，窗外拂過陣陣風。

海棠花枝搖曳在春風中。

「夫人脈象康健，此前體虛乏之力，應當是舟車勞頓，亦或水土不適所致，是故到了江留，一切便好轉了。」

翌日午間，保安堂的坐堂大夫為青唯診完脈，如是說道。

德榮道：「可是我家夫人年少遊歷四方，從未出現過水土不服的症狀，我們路上也請過好幾位大夫，都說夫人的病勢來得蹊蹺，也許是身上的舊傷所致，還請大夫為夫人仔細診過。」

坐堂大夫捋了捋長鬚，「夫人此前脈象遲緩，兼之找不到病因，的確像是舊傷引起的體虛。然而，傷病畏寒，眼下冬寒已去，春暖宜人，夫人若是舊傷復發，何故會發在暖春呢？再者，舊傷復發，傷病必定綿延時久，絕無可能三五日就痊癒，是故老夫敢斷定，夫人的身子康泰，絕無大礙，就是……」

大夫頓了頓，頗是小心翼翼地問：「路上那些大夫可曾給夫人開過活血化瘀、散鬱開結的傷病方子？」

謝容與道：「開了，但我沒讓她吃。」他解釋道：「她自小習武，身子底子很好，這幾年從未犯過病痛，兼之路上大夫的診言都是『或許大概』，無法肯定，所以我們只用了些安神的藥調養。」

大夫鬆了口氣：「這就好，這就好。」

他說著，起身請辭，「夫人身體安泰，公子自可安心，不過，夫人既然病過一場，眼下還是應當悉心調養為主，聽聞夫人自小習武，照老夫說，近日……還是暫不要使功夫了。」

眼前這位是中州最好的大夫，堪比深宮的御醫，他的話，謝容與還是信的。

謝容與微微頷首，命一旁的廝役把大夫送出府。

謝府的廝役很有規矩，到了府外，拿出一個繡福祿吉祥紋雲緞荷包遞給大夫，「辛苦大夫了。」

坐堂大夫心有餘悸地回望了府門一眼，問：「適才那二位，果真是貴府的謝二公子和公子夫人？」

這位江留名醫常為貴人看診，謝府二公子是什麼身分，他豈有不知道的道理？

正是名聞天下的小昭王。

而今謝容與因為洗襟臺，昭王封銜被褫，可明眼人都知道，遠在廟堂的官家對他無比信任，兼之他在士大夫心中的地位，誰敢說他不是「王」了呢？

而今他回到江留，門庭這樣清淨，不是因為世態炎涼，而是因為門檻太高，饒是中州世家權貴雲集，也不敢輕易拜訪。

是故坐堂大夫有此一問。

他不敢相信自己竟這樣見到了小昭王和昭王妃。

廝役禮數周全，笑道：「可不是，我家二公子今次回江留長住，日後若有叨擾，還請大夫不要嫌麻煩。」

「不麻煩不麻煩。」大夫原地徘徊數步，再次低聲叮嚀，「你回頭告訴府中上下，好生照顧少夫人飲食，清淡為主，近日……一定仔細將養，切忌動武……」

「我說什麼來著？我身子好，一點事沒有，之前就是路上累的，你竟不信我。你看大夫是不是也這麼說？」

保安堂的大夫一走，青唯沾沾自喜道。

謝容與在她身旁坐下，端起案上的涼茶，淡淡道：「大夫也說了妳該在家調養，不可動武，最好也不要四處走動。」

青唯連聲說知道了，看他坐在旁邊一點要動的意思都沒有，納罕道：「失竊案不是有線索了麼，你怎麼還不去衙門跟大哥說一聲？省得他著急。」

謝容與道：「去過了，也交代過了，那幾間私塾我也看了，有了頭緒這案子就不難辦，如果不出意外，今晚就見分曉。」

青唯更詫異了：「你何時去的？我怎麼不知道？」

謝容與看她一眼，闔上茶碗蓋，嘴角悠悠浮上笑意：「自然是早上去的，妳不知道不奇怪，妳今日起得太晚了。」

四、

當日正午，留春街雜貨巷。

隨著一聲呼喝，幾名官差從一間糖餅鋪子帶出一對夫婦。

「帶走，都帶走——」

婦人二十來歲，一身素衣拙釵，她的丈夫是個跛子，被官差半拖半拽著出了巷子。

巷口圍了一群人，有不怕事的四處打聽：「出了什麼事，張家大哥大嫂怎麼被帶走了？」

有人低聲回道：「好像跟私塾失竊有關。」

打聽的人根本不信：「怎麼可能，張家大哥大嫂都是本本分分的老實人！」

謝琅沒在意這些議論，吩咐官差把嫌犯押上囚車，揚長而去。

官差一走，圍觀的人群也散了，這時，一名身材魁梧，五十上下的男子扛著兩捆木材來到雜貨巷，巷口小食鋪的掌櫃招呼他：「李叔，過來啦。」

李叔邊走邊往回看，「張家兄弟怎麼被官府帶走了？」

「哎，誰知道呢？好像說張家夫婦是偷東西的賊，我們都不信。可有什麼辦法，官府要拿人，攔又攔不住！」

李叔若有所思地「唔」了一聲，把兩捆木材放下，「羅掌櫃，您今兒的柴禾。」

羅掌櫃道了謝，見李叔往巷外去，招呼著問：「李叔，您今兒還有活啊？」

李叔似乎心裡有事沒回答，羅掌櫃也沒在意。

這個李叔是一年前來到他們這條巷子的，說是兒女沒了，來中州投奔侄子，卻不知道侄子住在哪裡。

雜貨巷的人看他一把年紀孤苦伶仃，便每戶分給他一點零活幹，左右這條巷子的人做的都是小本買賣，有時候忙不過來，也是要僱臨工的。

李叔出了巷子，卻沒有去他做臨工的地方。

他在後街的陋舍裡歇了一會兒，再出來時，身上的衣著已經變成一身灰撲撲的短袍。時近黃昏，他離開留春街，逆著人群，默不作聲地來到官衙的後巷。

後巷裡，一堵半丈高牆隔出衙地內外，牆內傳來鼎沸的人聲，似乎是私塾的先生聞訊趕來了。

李叔年紀大了，有點耳背，隔著牆聽不清他們在說什麼。但他一點也不急，四下望去，見牆頭西角有一片屋簷，腳跟在地上略微借力，輕而易舉躍了上去。

暮色與他周身的灰袍融為一體，他往下看去，院中立著的兩位先生他認識，秋濃書舍的林先生和陽和書居的梁先生——難怪這麼吵呢。

「那條雜貨巷賣糖餅的人幹的？我怎麼這麼不信呢？」

「他們能有這本事，那還賣什麼糖餅？」

「我的《行雲策》追回來了嗎……還待審？這要審到什麼時候？」

梁先生聽聞大盜被捕了，拉著林先生火急火燎地趕過來，一連串的問題險些沒把衙門的典吏問懵了。

典吏道：「二位先生稍安勿躁，案子的細節還待審查，至於二位遺失的財務，我等一定會為二位追回，只是……」

典吏說著，苦惱起來，「二位也知道，這案子鬧得太大，遠在上京的官家也聽說了，咱們的府尹大人昨兒得了官家口諭，一定要嚴辦此案，嫌犯在咱們衙門審過不算，還要等京裡的欽差問審，欽差現今還在路上，可有得耽擱了。」

這話出，林梁二人詫異地對看一眼，林先生問：「此言當真？」

「確鑿無疑，攜官家口諭的『黃符』已經被供奉在衙署公堂，正是因為欽差要來，在下過會兒還要把兩位嫌犯移送至軍衙看守呢。」言罷，拱手跟林梁二人請辭，辦差去了。

典吏一走，梁先生遲疑著說道：「他們是不是說要押送嫌犯，要不我們去看看？那條雜貨巷我去過，我覺得那邊的人不像是賊。」

林先生卻道：「是不是賊我們說了不算，得聽官府的。」

「如果官府斷錯案了呢？你不是聽到了嗎？官府要等欽差，萬一要把嫌犯押送上京，這二人豈不冤枉？」

林先生往關押犯人的方向望了一眼，淡淡道：「押送上京豈不更好？有官家親自過問，你的《行雲策》也不愁找不到了。」

說罷這話，他很快從官邸的側門離開。

李叔望著這二人的背影，輕蔑地冷哼一聲。

他在心中盤算著時辰，官府傍晚會把嫌犯押送軍衙，他要救人還來得及。

張家兄弟有腿疾，最忌濕寒，是蹲不得牢獄的。

很快到了戌時，府衙的側門「吱呀」一聲開了，幾名衙差驅著一輛囚車往東而去。

李叔暗中跟上，等囚車來到城郊林外，兩名官差去驛站交接，他躍下樹梢，以迅雷之勢劈暈兩人，餘下二人正欲大喊，口鼻立刻被李叔掩住了。

他的手掌不知沾了什麼粉末，被二人吸入肺腑，隨即暈了過去。

囚車裡的張家夫婦反應過來，又驚又疑：「李……大哥？」

「是我。」李叔扯下蒙面巾，「此事是我連累了你們，你們先走，餘下的交給我。」

張家婦人詫異道：「李大哥，你在說什麼？什麼連累？難不成……難不成，那幾間私塾的東西，是你盜的？」

李叔來不及解釋，「這事說來話長。」他從衙差腰間借來鋼刀，一刀劈開囚車的鐵鎖鏈，「總之你們只管回家，我保證衙門事後絕不會找你們麻煩。」

張家夫婦下了馬車還沒走遠，林間忽然颳過一陣微風。

像群鳥離枝引起的晃動。

李叔忽地意識到不對勁，高喝一聲：「快躲開——」

就在這時，樹梢頭躍下一人，此人一身黑斗篷，舉掌就往李叔左肩劈去。

李叔閃身避開，掌中藥粉揮出，直襲黑衣人面門。

黑衣人似乎早有準備，撩起黑袍遮住口鼻，輕飄飄後撤。

李叔鬧不清來人是什麼路數，看她身形明顯是個女子，可招式間，居然有點江湖匪氣，連他備的藥粉也算到了。

她適才幾次出招都遊刃有餘，功夫極可能在他之上，李叔只道來者不善，叮囑張家夫婦離開，引著女賊往另一個方向奔去。

女賊與李叔一追一逃，眼前密林漸漸變得蕭疏，前方一座高山聳立，居然是條斷頭路。

李叔一不做二不休，正打算掉頭和女賊拚了，兩旁林間忽然湧出數名官兵，火把的光霎時間照亮四野。

李叔這才意識到自己中計了——適才林間有三條路，一條回城中，一條去軍衙，還有一條就是這條斷頭路，女賊這是吃不準他的根底，故意把他往這條路上引！

官兵將李叔團團圍住，謝琅問：「盜取私塾財物的竊賊就是你？」

李叔冷笑一聲，「老夫還道江留官府都是一群酒囊飯袋，原來竟不賴。」

左右被擒住了，他也懶得掙扎，逕自把心底的疑惑問出口：「你們是怎麼查出我和張家的關係的？」

他和雜貨巷的人關係都不錯，官府如何判斷出他偷盜私塾，是為了張家夫婦？

再者說，他去私塾偷盜這事，張家夫婦也不知道啊。

「這……」謝琅聽了這一問，猶疑著看向謝容與。

「沒查出來。」謝容與乾脆俐落道。

「沒查出來？」

「是，閣下藏得很好，我們除了判斷出你在雜貨巷有熟人，什麼都沒查出來。」

「既然什麼都沒查出來，你們為何就拿了張家夫婦？你們就不怕拿錯了人，不能逼老夫現身嗎？」

「閣下不是義匪麼？」謝容與淡淡一笑，「張四哥的腿腳不好，急需醫治，如果被關入牢中受濕受寒，腿就廢了，就算我們拿錯了人，以閣下俠肝義膽，難道不救麼？閣下應該跟雜貨巷的人關係都不錯吧？」

《行雲策》失竊當晚，官兵追到雜貨巷，盜賊就不見了，之後官兵挨家挨戶查問，雜貨巷的人均稱當夜沒有見過行蹤詭異的賊人。

當夜動靜那麼大，盜賊逃到巷子，不可能沒有人見過，按理說，見到他的人甚至不只一個，而事發倉促，雜貨巷的人也不可能合起夥來撒謊。

那麼雜貨巷眾口一詞又是為什麼呢？

解釋只有一個，盜賊應該是一個經常出現在雜貨巷，與所有人都熟悉的人。

加上謝容與推斷盜賊是義匪，青唯查出這義匪有故意把官差引去雜貨巷的嫌疑，官府自然斷定，雜貨巷中有不平事。

義匪盜竊，本來是為了幫人，最後弄巧成拙，害雜貨巷的人被官差帶走，甚至可能要廢了一雙腿，他怎麼可能不出面救人呢？

知道這一切後，謝容與就有了計策。

他先讓官府假意帶走張家夫婦，爾後散布欽差將至，要把張家夫婦押解軍衙關押的消息，逼得盜賊李叔出面救人。

自然李叔也不是傻子，不可能旁人一下餌他就上鉤，聽說欽差要來，他先去衙堂確認了黃符真偽。

豈不知這枚黃符是真，官家口諭卻是假的。

這枚黃符是趙疏私下賜予謝容與的，以防他在外遇到急難，可以傳天子口諭暫緩事態。

李叔聽完謝容與的解釋，冷聲道：「江留官府請來高人，今日老夫計輸一籌，落到你等手中，老夫認了，你們要殺要剮，請便吧！」

話音落，卻見林子另一頭有兩人疾步行來，其中一人還杵著木杖。

是張家夫婦，他們竟沒有離開。

到了近前，他二人相互攙扶著跟謝琅拜下，「官爺，請您寬宏大量，放過李大哥吧，李大哥他不是賊，草民適才想明白了，李大哥去私塾偷盜，他都是……都是為了我們！」

李叔見狀卻道：「張家兄弟，張家妹妹，你們起來！何必求官府，官府從來都是為貴人辦事的，權貴狼狽為奸，哪裡會聽賤民求情？」

這話謝琅不愛聽了，他兩袖清風，辦案從來公允不阿，怫然道：「足下行盜竊之事，卻把髒水潑到官府身上，這是什麼道理！」

「老夫可不是平白無故說這話，老夫問你，今年年關前，江留官府可曾接到狀書，狀告秋濃書舍的林居尤林先生仗勢欺人？」

這……

謝琅是江留推官，經手的案子過目不忘，印象中沒有看過這樣的狀書。

但是狀書遞到推官手裡前，底下的錄事還會幫著過一遍，否則狀書太多，官府忙不過來不說，有些扯皮事，實在不必鬧上公堂。

謝琅看向一旁的錄事。

錄事想起來了，拱手回說，「是有這麼一個狀子，說是林居尤仗勢欺人，譬如一戶姓張的人家開酒水鋪子，他就介紹人去旁的酒水鋪子吃酒，這家人請大夫看病，他就橫插一腳，把大夫請走，總之這家人做什麼，他攔什麼……下官仔細看過這狀子，也私下查過，因為狀子上寫的都是些雞毛蒜皮的小事，介紹旁人去其他鋪子吃酒，臨時重金請大夫，這些都不觸犯律規，加之林居尤從未在背後詆毀過張姓人家，下官以為不必鬧上公堂，便將狀子按下了。」

「壓下了？那狀子老夫幫忙遞了三回！最後一次說明了林居尤和張姓人家的私怨，你們管了嗎？你們還是沒管！」

謝琅微微蹙眉：「什麼私怨？」

錄事道：「回大人，那私怨分屬家事，官府就更不好管了。事情是這樣的，秋濃書舍的林先生，就是林居尤……」

原來林居尤年少清貧，十七歲娶了鄰村張家的大姑娘，就是張氏。

娶妻後，他依舊苦讀，終於考中秀才，遠去縣裡求學，張氏就在家等他回來。

沒想到這一去，張氏一等不回，二等不回，直到十年過去，林居尤一點消息都沒有，家鄉的人都以為他死在外頭了。這十年中，張氏幫他照顧他重病的父母，為二老操辦後事，期間託人給林居尤去了無數封信，林居尤一封也沒有回。

張氏守了寡，有回去縣城為老父買酒，遇到了開酒水鋪子的張四哥。張四哥為人老實憨厚，只是因為腿腳有毛病，怕耽誤人家姑娘，所以至今未娶。

張氏和張四哥相遇後，二人情投意合，張四哥也不在乎張氏是個寡婦，很快娶她為妻。

好在張氏旺夫，嫁給林居尤，林居尤就考中秀才，嫁給張四哥，張四哥酒水鋪子的生意就愈發興旺。

幾年後，有鄉人從中州回來，與張家夫婦說起異地見聞，說江留城何等繁華，江留的貨物何等琳琅，還說江留的大夫醫術高超，有回春之妙手，什麼疑難雜症都能治。

張四哥與張氏成親後，什麼都好，就是腿腳愈發不靈便，夫婦二人一商量，乾脆把家鄉的酒水鋪子關了，去江留另開一家，一邊做買賣一邊求醫。

沒想到張氏去了江留後，有回照管鋪子，居然遇到了前夫林居尤上門買酒。

原來林居尤並沒有死在外頭，他去縣裡求學不久，遇到了一位在官府頗有人脈的老先生。

老先生還有一個小女兒，比林居尤只小三歲。

林居尤自覺資質平平，單靠自己，什麼時候才能出人頭地？就在這時，他接到張氏的信，說他的父母病重，請他速歸。

林居尤本欲跟老先生請辭回鄉，老先生卻先一步告訴林居尤，自己要攜家人遷往江留，此一別不知何時再見，望他來日珍重，老先生的女兒望著林居尤，更是泫然欲泣依依難捨。

善惡取捨只在一念之間。

林居尤驀地心一橫，雙膝落地，將要說出口的話變成了自己的父母早已過世，從今往後，只願侍奉老先生左右。

林居尤原先並不叫林居尤，是老先生憐他無父無母孤苦伶仃，才讓他改隨自己姓林，賜名居尤，還把他的戶籍落在了自己名下。

林居尤到了江留，便下了決心與過去徹底割斷，不過他沒有娶老先生的小女兒，而是娶了一位七品官爺家裡的千金。

七品官爺本想為他謀個好前程，可惜林居尤心中本來就有雜念，見識過江留繁華，哪裡還靜得下心用功？連個舉人功名都屢考不中，後來七品官爺只好讓他跟著周老先生，又藉周老先生的名，給他辦了書舍，這樣旁人見了他，好歹稱一聲「先生」。

說回林居尤在酒水鋪子遇見張氏。

他見了張氏，心中自是害怕不已，他擔心張氏記恨他，一心要把他過去的醜事捅出來，這些事如果被他老丈人知道了，只怕把他攆出家門都是輕的。

林居尤於是一心想逼張氏夫婦離開江留。

張家做酒水買賣，他就介紹人去別家吃酒，張家好不容易等來名醫看診，他就臨時花重金把名醫請走。

「老夫到了江留，受過張家兄弟恩惠，得知此事，自然為他們打抱不平。老夫亂世年間也是一條好漢，劫富濟貧仗義疏財不在話下，原以為江留官府清明，老夫起初還循規蹈矩地幫著遞狀子，哪裡知道你們根本不接！」

「張家兄弟息事寧人，老夫卻沒這麼好的脾氣！這林居尤忘恩負義，連病重的老父老母都能割捨，你們看得慣，老夫可瞧不下去！你道老夫為什麼要偷私塾的東西？老夫就是要把事情鬧大，那周老先生名望不是高得很麼？那個梁什麼的不是寶貝他的《行雲策》麼？老夫就專盜他們的物件！等到失竊這事傳得人盡皆知，老夫就把姓林的惡行寫成狀子，貼得江留城大街小巷處處都是，讓所有人都知道周老先生門下，秋濃書舍的林先生，究竟是個什麼樣的狗東西！」

李叔說到末了，只覺恣意痛快，嘲弄地大笑起來。

笑過後，他繼續道：「你們今日擒住我又如何，那狀子我已請人抄好了，明早隨便一個巷口都能瞧見，我李瞎子這一遭痛快得很，值了！」

李瞎子？

青唯聽到這個名字，錯愕異常，叫「李瞎子」的她知道一個，她揭開兜帽，「……李前輩？」

李瞎子聽到這個稱呼，朝適才追他的女賊看去，火光映照下，女賊面容清麗動人，可眉眼裡卻藏著英氣。

李瞎子年紀大了，記性不大好了，可這樣熟悉的氣度，他只在一個人身上見過。

「小丫頭，柏楊山岳翀……是妳什麼人？」

青唯張了張嘴，沒說出話來。

那是一段她數度聽說，卻不曾參與的往事。

咸和十三年，溫阡進京趕考，在明州邂逅岳紅英，彼時岳翀帶柏楊山岳氏投軍，岳紅英為了證明自己，願隻身擒住明州城大盜李瞎子，得溫阡相救，二人因此結緣。

可以說，後來溫阡成為築匠，岳氏能夠順利投軍，都源自於此。

「多少算個特別的人吧，妳外祖父勸他說劫富濟貧終非正道，他卻說這世間有些事不是單靠一個『正』字就能解決的，柏楊山的匪不就是這麼起家的麼？至少有人在他的幫助下好起來。所以對了錯了，誰說得清呢？反正我說不清，我也懶得說清。」

後來岳魚七跟青唯提起李瞎子，如是說道。

烈烈火光中，李瞎子終於反應過來眼前的人是誰了，「妳是……溫小野？」

「岳翀是妳的外祖父，溫阡和岳紅英就是妳的父母？難怪妳有這麼好的功夫，岳魚七那小子教妳的吧。」

青唯點了點頭，語氣裡帶著恭敬，「沒想到會在江留遇見前輩。」

李瞎子大笑起來，「我李瞎子平生最敬重的僅有一人，柏楊山的岳翀！江水洗白襟，沙場葬白骨，他說到做到，今次能遇見故人後人，值了，太值了！」

他知道自己所為終非正道，行俠仗義一生，有今日這樣的結果，不算壞。

他不欲讓青唯為難，伸出雙手：「上鐐銬吧。」

官差遲疑地看謝琅一眼，謝琅點了點頭。

官差拿著鐐銬上前，這時，周遭忽然颳來一陣怪風，吹得四野的火光皆是一暗。

一道人影如鬼魅般，彷彿憑空出現在這荒野，輕飄飄落在李瞎子身旁，抓住他的肩膀，暗道一聲：「走。」輕而易舉帶他脫離了官兵的包圍。

等到官兵再要去追，哪裡還瞧得見盜賊的影？

而唯一追得上的青唯卻沒動，那道人影離開時，掠過她身旁，往她手裡塞了張紙條。

青唯展開紙條一看，上面的字跡可太熟悉了——

「我們溫岳二家結緣，說起來還得多謝李瞎子，這個人情債算在妳爹身上，妳師父我幫他還了。」

這行字下，還有一行小字，字跡十分潦草，顯然是倉促間寫的。

「妳不是病了？怎麼還這麼野來野去，再這樣當心為師打斷妳的狗腿！」

青唯來中州路上忽然體虛，這事岳魚七知道，因為謝容與曾寫信問他溫氏、岳氏祖上可有過類似病症。

岳魚七一個江湖逍遙客，這些年自在來去慣了，聽聞小野病了，自然來江留看她，沒想到一到江留就撞見故人，順手就把人給救走了。

青唯已經大半年沒見到岳魚七了，得知他到了江留，高喊一聲：「師父——」立刻就要去追，誰知她剛一提氣用力，忽然一陣眼花，還沒反應過來，腿腳一軟，落在急跟過來的謝容與懷中，什麼都不知道了。

「老夫再三說了不能動武，不能動武，夫人怎麼就不聽勸呢？」

「捉賊是官府的事，勞動夫人大駕做什麼？看不住？看不住捆起來也得看住！」

「如果有個三長兩短，老夫一條命都不夠賠的！」

保安堂的坐堂大夫聽說昭王妃在城郊暈過去了，提起醫箱火急火燎地往謝府趕，到了府中，看人面色蒼白地半躺在榻上，不等把脈，先把人一通訓斥。

謝容與道：「此事怨我。」

捉賊當晚，青唯說想跟去看，謝容與知道攔不住她，便帶著她一塊兒去了，想著有他在身邊看著也好。然而到了城郊，等到李瞎子救下張氏夫婦，青唯非說李瞎子功夫熟悉，說不定是故人，想要出手相試。她主意正得很，話說出口，人已舉掌劈向李瞎子了，謝容與無奈，只能與謝琅一起在小路另一頭把二人截下。

德榮道：「大夫您快別說了，您先為少夫人看看。」

坐堂大夫這才意識到自己情急之下竟把小昭王一起訓斥了，不免膽戰心驚，但他見多識廣，面皮子上依舊強撐著一副肅容，本來麼，請大夫看病，大夫說的話最管事！

他在榻邊坐下，隔著簾為青唯診脈。

唔，上回來還不太明顯，時像時不像，也就一兩日功夫，已經這麼明顯了。

他淡淡收回手：「身上沒有大礙，很康健，只是……」

一屋子的人都屏住呼吸，等著他說只是。

大夫嘆了一聲，「只是我說了不算，你們請醫婆來吧。」

眾人都露出不解之色，德榮又問：「大夫，為何要請醫婆？」

「為什麼？你們說為什麼？老夫是男子，有了身孕，難道還請老夫看麼？自然得請醫婆！」

屋子裡的人都愣住了。

「你說什麼？」青唯一掀被衾坐起身來。

大夫高深莫測地捋著長鬚。

謝容與怔怔地問：「大夫您是說，我娘子她，有身孕了？」

小昭王親自問了，自然得知無不言，大夫站起身，對謝容與恭敬一揖，「回公子的話，有孕者初時症狀大有不同，體現在脈象上，通常要足有才能診出，夫人此前體虛、暈眩等症狀，大抵都是身孕所致，只是有孕尚不足一月，脈象又康健有力，是故先前的大夫以為是舊傷牽扯，而今夫人有孕月餘，在下自敢斷言。」

他說著，再度一拜，「恭喜公子。」

謝容與聽了大夫的話，立在暖意融融的春風裡，好半晌說不出話來。

這幾年他和小野一起遊歷山河，看她自在恣意，從未與她提過自己想要一個孩子，怕因此束縛了她。

可是他總在心裡想，有朝一日，能看著一個跟小野一樣的小姑娘，或者像小野一般自在的小公子長大，會是什麼樣子。

微風拂面，謝容與在風中回過神來，忽地道：「德榮。」

「公子。」

「仔細天冷，快給小野備湯婆子！」

三月尾，江留城百花爭春，青唯漫步走在江畔，忽聽臨街傳來喧嘩聲。

她心中好奇，踱到臨街去看，只見一個蓬頭垢面的男子抱著一捆書，被人從一間宅邸中推搡出來。

門前閽人似乎多看他一眼都覺得晦氣，「走走走，我們老爺放話了，絕不請你這樣的先生！」

有好事人上前打聽，周遭便有人解釋說，「那是原先秋濃書舍的先生，叫林居尤，他的事情傳開後，妻子跟他和離了，老丈人也不認他，周老先生把他逐出私塾，他吃不上飯，出來找活幹，被人攆出來了唄。」

好事人聽了這話，「原來是他啊，這種人，真是活該！」

「誰說不是呢？」

青唯路過似的，在人群喧鬧處站了一會兒，接著回江邊百花盛開的地方去了。

她的步子明顯歡快了一點，惹得留芳和駐雲在身後直追，「少夫人，慢點，公子叮囑了，您要慢點。」

青唯卻想，管他呢，前路花開爛漫。

她只管往前走，什麼都不用管。

——《青雲臺【第二部】不見青雲》番外完——

——《青雲臺》全文完——

高寶書版集團
gobooks.com.tw

YE 099
青雲臺【第二部】不見青雲（下卷）
作　　者　沉筱之
封面設計　張新御
責任編輯　楊宜臻
內頁排版　賴姵均
企　　劃　何嘉雯

發 行 人　朱凱蕾
出　　版　英屬維京群島商高寶國際有限公司台灣分公司
Global Group Holdings, Ltd.
地　　址　台北市內湖區洲子街88號3樓
網　　址　gobooks.com.tw
電　　話　(02) 27992788
電　　郵　readers@gobooks.com.tw（讀者服務部）
傳　　真　出版部(02) 27990909　行銷部 (02) 27993088
郵政劃撥　19394552
戶　　名　英屬維京群島商高寶國際有限公司台灣分公司
發　　行　英屬維京群島商高寶國際有限公司台灣分公司
法律顧問　永然聯合法律事務所
初版日期　2024年10月

原著書名：《青雲台》由北京晉江原創網絡科技有限公司授權出版。

國家圖書館出版品預行編目(CIP)資料

青雲臺. 第二部, 不見青雲/沉筱之著. -- 初版. -- 臺北市：英屬維京群島商高寶國際有限公司臺灣分公司, 2024.10
冊；　公分. --

ISBN 978-626-402-100-5(上卷：平裝). --
ISBN 978-626-402-101-2(中卷：平裝). --
ISBN 978-626-402-102-9(下卷：平裝). --
ISBN 978-626-402-103-6(全套：平裝)

857.7　　113014274